AF196432

Krone auf und raus

Joern Rauser

Roman

© 2021 Joern Rauser

Titelbild: „Möglicherweise" aus Triptychon: Memory,
© Freda Heyden, www.fredaheyden.de

Gestaltung und Satz: Beate Stangl, tigerworx.de

Verlag und Druck: tredition GmbH, Halenreie 40-44, 22359 Hamburg

ISBN Taschenbuch: 978-3-347-25900-3
ISBN Hardcover: 978-3-347-25901-0
ISBN e-Book: 978-3-347-25902-7

Das Werk, einschließlich seiner Teile, ist urheberrechtlich geschützt. Jede Verwertung ist ohne Zustimmung des Verlages und des Autors unzulässig. Dies gilt insbesondere für die elektronische oder sonstige Vervielfältigung, Übersetzung, Verbreitung und öffentliche Zugänglichmachung.

Bibliografische Information der Deutschen Nationalbibliothek:
Die Deutsche Nationalbibliothek verzeichnet diese Publikation in der Deutschen Nationalbibliografie; detaillierte bibliografische Daten sind im Internet über http://dnb.d-nb.de abrufbar.

EINS

Vorhin ruft sie an, und wieder das Gleiche. Ich denke erst nichts, sondern höre Julia. Dabei ist die Stimme anders, ganz andere Stimme. Natürlich. Na ja, Stimmen. Stimmen sind, wie soll ... Doch keine ganz andere Stimme, bloß verwandt. Eben. Annes Stimme ist heller wahrscheinlich, aber das ist noch nicht der springende Punkt, sondern etwas darin, *in* der Stimme, oder sagen wir unter der Oberfläche, nämlich wenn Stimmen Oberflächen hätten, aber Stimmen haben eigentlich *nur* Oberflächen, oder? Bestehen doch da draus. Oder falsch? Oberflächen? Nee, das kann man nicht sagen. Kann ich mich erinnern an ihre Stimme? Nein nein nein, leider nicht. Eigen auf jeden Fall. Gewesen. Eigentümlich. Kaum bis wenig, da ist nichts, wo die Stimme in der Erinnerung sein müsste. Mochte ich aber von Anfang an. Sehr. Schwingung und so weiter, zum ersten Mal gehört, im Grunde hab ich mich, das weiß ich ja auch heute, das hab ich die ganze Zeit ... das hab ich auch immer gesagt, schon in der Anfangszeit, oder *gerade* in der, ich habe mich zuerst in deine Stimme verliebt. Beziehungsweise in Schwingungen. In Schwingung versetzte Luft. Oder die Lüfte. Ganz persönliche Luft, die bei mir ankommt, natürlich geschwungen. Ich habe ihre Stimme gehört, und heute würde ich sagen, da hast du doch sofort Bescheid gewusst. Ehrlich. Aber das ist vielleicht auch geschönt, wer weiß. Im Nachhinein. Und Annes Stimmbänder müssen die Luft in eine ganz ähnliche Stimmung … irgendwas ist jedenfalls ähnlich und irgendwas ist sicher auch anders. Aber bevor ich mich verheddere, ich verheddere mich schon, glaube ich, ich hab mich schon, ich bin allein, würde ich sagen, oder ich würde sagen, dass Annes Stimme Teile, vielleicht sogar solche Klangteilchen von Julias Stimme beherbergt. Ja, das kann sein. Wie denn auch nicht? Das müsste sogar eigentlich so sein. Julias Stimme war nochmal anders, na klar, sonorer, oder? Bestimmt sonorer. Oder wie klang sie denn, wie hat sie in Annes Alter geklungen? Also als Julia so alt war wie Anne heute? Das weiß ich nicht. Wie alt ist Anne? Und wie hat Julia da geklungen? Daran kann man sich nicht erinnern, das ist jetzt zu schwierig. Muss auch nicht sein. Denn ich höre ja normalerweise sofort im nächsten Augenblick, dass es Anne ist, dass es Anne war. Und nicht Julia. Es kann auch nur Anne sein, Julia ruft nicht an. Aber bevor ich mich verheddere, Anne braucht sich keine Sorgen zu machen. Julia wollte den Namen. Anne, hat sie gleich gesagt, am Anfang, noch davor sogar, ich war für Sofia, aber es war gut, von heute aus gesehen, dass wir auf Julia gehört haben. Sofia klingt heute fremd. Wir? Also dass Julia auf sich selbst gehört hat. Und ich einverstanden war. Na klar, Julia war ja auch freundlich, Julia war schon fast so weit, Sofia besser zu finden und mir recht zu geben. Es stand auf der Kippe. Aber als es auf der Kippe stand, habe ich es gewusst, obwohl Anne noch nicht auf der Welt war. Und trotzdem schon da? Sofia ist das nicht, ich hab schnell ge-zweifelt, keine Sofia, ich hab mir selber lieber nicht recht ge-geben, von heute aus zum Glück, es sei denn, sie wäre dann zu einer Sofia geworden. Na gut, das kann auch sein. Dass daraus eine Sofia hätte werden können. Was? Anders also geworden wäre. In unseren Fantasien, und in ihrer eigenen. In ihrer eigenen von sich. Das kann ich nicht wissen, aber kann natürlich sein. Nur kann ich mir das nun nicht mehr vorstellen. Jetzt. Zu spät, so ist das. Okay. Wenn man die Wahl hat. Es gibt nur eine einzige Möglichkeit. Nicht mal ein Doppelname wäre eine andere. Der wäre wieder etwas Drittes, würde ich sagen. Klar. Anne denkt, sie müsse sich Sorgen machen. Aber ich gehe sowieso nicht so viel raus zur-zeit, und wenn, dann pass ich auf. Ich pass auf. In der Dro-gerie und beim Bäcker, und wo noch? Supermarkt. Wo noch hin? Supermarkt, ja. Und Ärzte. Ich komme den Leuten nicht so nahe, das weißt du doch, und so lange geht das be-stimmt auch nicht, das dauert nicht mehr als, irgendwann ist wieder Schluss, die Zahlen werden auch schon besser, heißt es ja, April, Mai, habe ich gelesen, erst höher, dann niedriger, das schöne Wetter. Irgendwann wärmer, und dann. Anne ist auch freundlich, genau wie. Vielleicht manchmal auch zu sehr, oder? Von Julia hat sie bestimmt die Freundlichkeit, von mir nicht, selbstverständliche Freundlichkeit meine ich, da muss sie aufpassen, das hab ich schon mal gesagt. Oder freundliche Freundlichkeit, allzu freundliche. Dass das nicht ausgenutzt wird, kann leicht passieren. Macht sie die Erfah-rung, macht sie was draus. Ist ja auch schlau.

Habe versucht, zum Frühstück Johannisbeermarmelade zu essen, im Grunde esse ich den ganzen Tag, ich gehe manchmal, an manchem Tag gehe ich von Essen zu Essen. Hangele mich so mehr schlecht als recht. Bin aber gescheitert. Ja, ich bin an dem Vorhaben gescheitert, Johannisbeermarmelade zu essen. Ich kann es nicht. Ich habe in der Küche eine ganze Abteilung voller Marmeladen stehen, wie nennt man das, für eine Person viel zu viele, Wortfindungsschwierigkeiten, wie nennt man so einen Teil des Schranks? Wie nennt man das? Keine Schublade, sondern höher, an der Wand hängend, oben, ein Teil des Schranks, aber nicht der ganze Schrank und keine Schublade, wie gesagt, die sind ja weiter unten. Aber zum Öffnen. Aufmachen. Heißt das Abteilung? Nein. Gibt es dafür überhaupt ein Wort? Vielleicht werde ich auch zu wenig gefordert in der letzten Zeit. In der letzten Zeit? Das sind Jahre. Die letzte Zeit, das sind Jahre. Die Jahre, seit. Die Jahre, seit sie. Ja, Diejahreseitsie. Die so genannten Diejahreseitsie. Das stimmt. Jetzt werde ich weniger herausgefordert seitdem, den ganzen Tag lang, seltener in einem Zwiegespräch. Nie. Oder einfach auch nicht so geübt vielleicht? Auf jeden Fall hat sich das Glas Johannesbeermarmelade – oder Johannisbeermarmelade? Weiß ich im Augenblick auch nicht, aber irgendwo muss ein Fehler sein, nehme ich an, ein Fehler stecken. Auf jeden Fall lässt sich das Glas nicht öffnen. Alles selbstgemacht. Kleine Varianten in fruchtiger Süße. Hauptsächlich süß. Alles geschenkte Marmeladen, selbstgemachte. Süßes hervorzubringen, das ist sicher ein Vorteil, den man nutzen kann. Oder? Marmeladen selbstmachen, wer kocht sie nicht selbst ein? Das machen so viele, das machen – glaube ich – fast alle Leute heutzutage. Ich hätte jetzt auch Zeit. Hoch erhitzt, oder? Oder kalt geschlagen? Aber dann geht der Verschluss nicht auf. Warum nicht? Geht doch sonst auch auf, macht einen Knack und ist offen. Siehst du. Aber der von der Johannisbeermarmelade, ich glaube, so heißt es besser oder richtiger, Johannisbeermarmelade, nicht Johannesbeer, ich müsste nachgucken, um ganz sicher zu sein, oder es aufschreiben, dann sieht mans gleich, wenn mans liest, Johannesbeermarmelade sieht aber bestimmt, das ahne ich jetzt schon, das weiß ich im voraus, bevor ich einen Stift auch nur suche, das sieht ganz bestimmt komisch aus. Seltsam. Das stimmt doch nicht: Johannes. Vielleicht stimmt auch Johannisbeermarmelade nicht, irgendwie scheint da inzwischen noch was anderes falsch zu sein. Aber Johannesbeer stimmt auf keinen Fall, das weiß ich jetzt. Zu hoch erhitzt, lässt sich unmöglich öffnen, oder falsch erhitzt oder zu früh geschlossen oder zu spät, das Glas, vielleicht nach der Erhitzung. Ich weiß es nicht. Ich habe dreimal dazu angesetzt, es zu öffnen, mit bloßer Händekraft. Beim dritten Mal erst kam die echte Einsicht, dass es nicht möglich ist. Nee, unmöglich. Ich müsste ein Loch hineindrücken mit einem spitzen Gegenstand, einem Öffner oder einer Art Instrument, wie wir es früher mal hatten, ich seh es noch vor mir, mit einer dunklen Eisenspitze und einem Griff aus Holz, aber seit dem Umzug kann ich das nicht mehr finden. Der Umzug ist jetzt fast dreißig Jahre her, oder? Oder siebenundzwanzig. Sie hat

– Julia hat – wahrscheinlich gedacht, damals, wir bräuchten es nicht mehr und hat es ausrangiert. Brauchen es aber noch. Wie so vieles. Das hat sie oft gesagt: *Ausrangiert*. Das habe ich ausrangiert, hat sie gesagt, das brauchst du gar nicht erst zu suchen. *Das brauchst du gar nicht erst*, hat sie auch manchmal gesagt, und dann hat sie das gesagt, was man gar nicht zu tun brauchte. Fragen, suchen, wünschen. Das kann ich jetzt hören. Einen ganzen Menschen in einem einzigen Wort, in einem halben Satz, auch wenn es inhaltlich nicht unbedingt besonders gut gepasst hat zu ihr, als einzelnes Wort: *Ausrangiert*. Ein ganzer Mensch ist in einem einzigen Wort nachzuhören, aber nein, das stimmt auch wieder nicht. Das ist doch bloß eine schöne Vorstellung, so ein angenehmer Satz. Natürlich Unsinn. In Wahrheit ist das Quatsch. Geschmeichelt oder. Ich habe drei Mal versucht, das Glas zu öffnen, ich kannte die Schrift nicht auf dem Glas. Hat mich ärgerlich gemacht. Clara, oder? Ich mag Johannisbeeren nämlich sehr sehr gern. Wem sag ich das? Ich weiß nicht, ob es meine Lieblingsfrucht ist. Die absolute. Johannisbeeren oder Pfirsiche? Äpfel, die ich auch mag, aber sicher etwas weniger. Weiß es wirklich nicht. Beides gut, oder? Früher war so was wichtig, wenn man sich einbilden konnte, dass man ein Publikum hatte, und sei es auch ein winziges, dem man erzählte, einem oder zwei anderen Menschen, Eltern, Freundin, Kind, Freunde, Mitarbeiter, die sich dafür interessierten. Oder nicht. Jedenfalls Kinderkram. Für die Geschichten, die man so zu erzählen hatte, für so eigene Dinge wie Lieblingsmarmeladen oder Sorten oder Früchte oder Farben.

Oder Autos. Ich hatte kein Lieblingsauto, oder? Eigentlich
nie. Autos? Weiß ich nicht, glaub ich aber nicht. Nicht so
interessant. Für niemanden ist wichtig, ob Johannisbeer oder
Pfirsich. Und irgendwas stimmt nicht. Da dran. Ich habs jedenfalls nicht aufgekriegt, das Glas, und mich dann doch
noch geärgert, nicht bei dem ersten Versuch, und auch noch
nicht bei dem zweiten. Bei diesem zweiten Versuch habe ich
immerhin schon mal den Gedanken gehabt, mich zu fragen,
ob es mich, wenn ich das jetzt noch mal versuchen würde,
ärgern wird. Ob mich das dann ärgern wird. Dann würde
ich es nämlich nicht versuchen. Aber ich habe geglaubt, ich
bin sogar sicher gewesen, dass nein. Das würde mich dann
natürlich nicht ärgern. Aber nach dem dritten Versuch, das
Johannisbeermarmeladenglas zu öffnen, dann hats mich
doch. Es war einfach zu fest zu, ich konnte nicht verstehen,
warum es so fest zu sein musste, so absolut. Warum. Und
wer das war! Das war einfach Unsinn, alles. Ich habe mich
sogar sehr geärgert, jetzt nach dem dritten Versuch, besonders über die Schrift, die ich lesen konnte, aber nicht kannte, sodass ich nicht sagen konnte, von wem die Marmelade stammte. Also habe ich eine andere, eine gelbe Marmelade geöffnet, Quitte mit Apfel. Die ließ sich leicht öffnen,
kommt von Peter, der quasi alles aus Quitte macht. Er hat
einen Garten oben in seinem fünften oder sechsten Stock-
werk, eine zum Garten umgewandelte Terrasse, einen Fünf-
mal-fünf-Meter-Urwald, da wächst unter anderem all dieses
Quittenzeug. Ich mag Quittenmarmelade nicht sonderlich,
man kann sie natürlich essen, wenn sie ein bisschen süß ist,

manchmal ist sie auch nur süß, manchmal ist sie aromatischer, manchmal weniger, aber nie gerate ich bei Quittenmarmelade in diese Koste-Lust oder wie das heißt oder in die Vorfreude oder Nachfreude. Ich würde sie zum Beispiel nie als Erstes wählen auf einem Frühstückstisch mit mehreren Marmeladen, sie ist bei mir immer die typische zweite Wahl. Oder dritte. Weil das Johannisbeerglas nicht aufging. Soll ich es, obwohl die Quittenmarmelade jetzt offen und schon probiert ist, doch noch mal versuchen? Noch *ein*mal? Nie, nee, nein, ich kann mich beherrschen. Vielleicht morgen, oder wenn das Mütchen gekühlt ist und ich nachmittags Lust auf einen Toast mit Johannisbeermarmelade haben sollte und wieder Kraft hab und mich dann nicht beherrschen kann. Das passiert ganz leicht, dass ich mich nicht beherrschen kann. Wenn ich ehrlich bin. Johannisbeer steht auf weißem Klebepapier, wahrscheinlich ist das ein besonderes Marmeladen-Klebepapier, das man im Supermarkt kaufen kann – und jetzt weiß ich, in diesem Augenblick, oder ich glaube wenigstens, dass das Julias Handschrift sein müsste. Immer noch Julias? Dann sind das Jahre! Nee. Etwas andere Buchstaben oder leicht veränderte Schrift vorausgesetzt, wegen des wenigen Platzes zum Schreiben auf dem kurzen und knappen Stückchen Papier. Kommt die wirklich von Julia? Bitte sag mal jemand ja. Brauche eine Bestätigung, von Seiten einer unabhängigen Distanz. Johannisbeer steht ja auch drauf. Instanz. Also nicht mit e.

Dann ich auch nicht. Ich muss ja nicht. Zum Glück kontrolliert mich keiner. Außer mir selbst. Außer mir natürlich. Strengster Richter sowieso. Und wenn alle nicht rausgehen und gute Gründe haben, kann ich auch drin bleiben und gute Gründe haben. Dazu kann ich nur raten. Und Fernsehgucken, andauernd Talkshows, eine nach der anderen, um zu sehen, wie die Situation ist. Wie ist die Situation? Systemrelevant bin ich zweifelsfrei nicht, nein, eher schon Risikogruppe. Worte, Worte. Klar, Risikogruppe auf jeden Fall, aber wen interessiert das, wenn man siebenundsechzig ist. Siebenund. Oder fast achtund. Trotzdem tatsächlich Entspannung, zumal Anne Sachen einkauft und vor die Tür stellt. Herrlich. Das ist oder daraus entsteht eine neue Art der – *Freundschaft* hätte ich fast gesagt. Verbundenheit. Aber mit Anne befreundet? Ach, das stimmt schon, freundschaftlich stimmt. Ich soll die Tür nicht mal öffnen. Das halte ich aber für übertrieben. Wenn sie wieder unten ist, ruft sie mit dem Handy an. Dann merke ich erst, dass sie da war, immer noch da ist, entfernt, dann öffne ich die Tür und sehe nur die Tüten, aber nicht Anne, die steht inzwischen schon wieder auf der Straße, am Auto. Zum Winken. Ich gehe zum Fenster und sehe Anne, die von einem Bein aufs andere wechselt. Das könnte eine Aussage sein, dass sie aufs Klo muss, oder? Kenn ich, seit sie ein Kind war. Aber jetzt? Ich kann doch nicht runterrufen, ob sie mal müsse? Musst du mal? Dann komm doch rauf, ich geh auch in die Küche und schließ mich ein und lüfte gleichzeitig. Ist eine erwachsene Frau, wie sie dasteht und wieder vom einen Bein aufs andere wechselt. Und sie würde bestimmt nicht in die Wohnung kommen, um Himmels Willen. Das weiß ich.

Später ändert sich nicht so viel. Nachdem Zeit vergangen ist, esse ich wieder von den Dingen, die Anne hingestellt hat, wofür ich ihr den Betrag, den sie per WhatsApp aufgeschrieben hat, sofort bargeldlos überweise, ein bisschen aufgerundet. Erstens hat sie es nicht nötig, sonst würde ich großzügiger aufrunden, Leo verdient schließlich gut und mehr, als ich je verdient habe, und sie verdient sowieso auch, und wahrscheinlich auch mehr, als Julia je verdient hat oder ich selbst auch, das weiß ich nicht, ist möglich, aber ist auch egal. Und tut sich auch noch um einiges leichter damit, zu arbeiten und Geld zu verdienen als wir damals. Kein Problem und offensichtlich keine Angst vor welchem Zusammenbruch auch immer. Und zweitens hat sie es nicht gern.

Und ich esse weiter so mit großer Vorliebe Gewürzgurken. Ich finde das wirklich köstlich, wie die Dinge, die Anne mitbringt, von denen abweichen, die ich sonst kaufe. Inwiefern abweichen? Geschmacklich? Aber ich könnte natürlich genauso gut einkaufen gehen, gut geschützt. Im Grunde. Glaube ich. Aber sie möchte das nicht.

Okay. Aber rausgehen darf ich hin und wieder doch, oder? Spazieren.

Wenn du niemandem zu nahekommst, sagt sie.

Okay.

Und ich geh erstmal nicht raus, was sie nicht wissen muss, sondern gehe lieber von Zimmer zu Zimmer und warte, abwechselnd hier und da, dann sitz ich schon, habe mich, ich habe mich längst schon hingesetzt, aber ich habe vergessen, dass ich mich eben gesetzt hatte. Habe. Ich sitz ja da, hier, muss grad erst geschehen sein. Hingesetzt habe ich mich und hatte den Tisch offenbar auch längst gedeckt, so ist das, so redet man, lange bevor die Nachrichten kommen, die ich sowieso kenne, denn ich habe sie im Computer gelesen. Zweimal bereits. Auf unterschiedlichen Seiten und Kanälen die fast gleichen Nachrichten, die ich nicht mal besonders dringend brauche. Das vergisst man immer: Ob du das eigentlich brauchst. Ob du das eigentlich willst. Ich habe den ganzen Tag immer wieder reingeschaut und gesehen, was mir in die Augen gesprungen ist, Überschriften springen in die Augen, und ich lese noch fünf Sätze weiter, dann weiß man schon so in etwa Bescheid, tagsüber. Ich habe längst begonnen zu kauen, bevor die Tageschau anfängt. Kauen. Manches vergessen sie da auch. Ich stelle die Abweichungen fest, die nicht interessieren. Oder keinen. Natürlich *vergessen* sie nichts, in dem Sinn vergessen sie sicher überhaupt nichts, aber sie halten offenbar manches nicht für so wichtig. Für nicht so wichtig. Entscheiden sich dagegen. Wie ich. Einiges unverständlich, aber ich möchte jetzt nicht … ich würde zum Beispiel die Zahlen anders präsentieren, wenn man mich fragte, ein bisschen erläutern auch, das können sie doch, zum Beispiel die Krankheitsfälle, was das bedeutet und so weiter, die Anzahl der Genesenden. Dass sie gar nicht so unfroh sind, wenn es noch möglichst viele waren, heute beziehungsweise vor zwei Wochen. Möglichst viele harmlose Fälle. Herdenimmunität mag ich nicht, schon das Wort nicht, aber das ist wichtig, das seh ich ein. Alles mit Herde klingt komisch. Warum? Warum eigentlich? Weiß ich auch nicht. Dann die Länderübersicht, wo es am schlimmsten ist. In welchen. Das ist natürlich furchtbar, hochgerechnet. Denke ich in ganzen Sätzen? Niemand schreibt mir mehr was vor, so alt bin ich schon. Und es kommt auch nicht mehr so drauf an. Da siehst du. Unkontrolliert verbringe ich Zeit in diesen nach wie vor gemieteten vier Wänden, die kennst du noch. Würdest du sofort wiedererkennen, wenn du jetzt wieder da wärest. Überraschungsbesuch. Kaum was verändert. Aber du bist ja tot. Miete trotzdem weiter und hoffe sehr, dass das auch wirklich weitergeht. Lange, so lang wie möglich. Warum nicht? Die andern doch schließlich auch. Gleiches Recht, auch wenn ich die drei Zimmer nicht unbedingt alle brauche jeden Tag. Aber alten Baum verpflanzt man nicht. Ich höre, was die Nachbarn tun. Durch die Wände kann ich den ganzen Tag mithören. Und wenn wer kein Geld hätte plötzlich, dürften sie zurzeit nicht hinausgeworfen werden. Heißt es. Im Prinzip. Siehst du. Guter staatlicher Schutz, plötzlich … fürsorglich. Hast du das schon mal erlebt? Bleibt nur die Frage, welche Nachbarn ich meine, weil ich die Richtungen nicht sicher zuordnen kann. Immer noch nicht. Woher denn die Laute. Laute Laute und leise Laute. Weiß man doch, Bässe und Höhen wirken unterschiedlich hinsichtlich der Ortbarkeit, oben unten auch, weißt du ja, dass das nicht so gut geht. Was von links kommt, passt eher zu den Leuten von oben, komisch, irre mich doch täglich, und irre mich so jeden Tag ein Stückchen weiter. Ich berichte auch weiter: Ich esse nicht nur Gewürzgurken, ich esse die Gewürzgurken vor allem zu Broten, Begleitmusik, ganz wichtig, zu diesen Broten, die mit unterschiedlichen Käsesorten belegt sind, die Brote esse ich hauptsächlich, abends vier bis fünf Stück, oder ich vergesse, wie viel und esse einfach weiter, glaube ich, kann auch mal sein, nebenbei esse ich Gewürzgurken, seit der Kindheit ist das so. Also auch Brot, Gewürzgurken hatte ich lange nicht gegessen, ich glaube sogar Jahre nicht. Seit ich Kind war, ein Kind war ich, hat sich nicht so viel geändert. Als Kind dachte ich, würde sich mehr ändern, bis jetzt, bis ich so alt wäre wie heute. Hat sich aber wirklich nicht. Nein, da schwimmt man durch in Wahrheit, oder? Schräges Bild, das vorn und hinten nicht stimmt. Aber so drunter durch geschmuggelt. Und die alten Leute von damals sind längst fort, unmerklich. So viel wie unmerklich passiert. Leute passieren unmerklich – heißt, sie verschwinden. Ich hab es nicht gemerkt und vergesse auch Veränderungen. Am ehesten ist es schon Schwimmen, aber wie lange bin ich nicht mehr geschwommen, wirklich geschwommen, meine ich, im See, im Meer, im Bad, also im Bassin, im Pool, wie lange nicht mehr Fußball gespielt, wie lange habe ich die Hoffnung aufgegeben, nochmal Fußball zu spielen? Jahrzehnte sicher. Längst. Ich erinnere mich. Im Studium das letzte Mal, ganz sicher, mit den Zahntechnikern gespielt, gebolzt aber bloß, Tartanplatz für Kinder, nicht für Studenten eigentlich, die Kinder hatten Vortritt, wenn sie kamen, dann haben wir uns was anderes gesucht, mit Auto. Weitergefahren auf die Wiese, Stoppelfeld. Oder einen staubigen Platz gesucht, wo man aufpassen musste, nicht hinzufallen, wegen eventuellem Blut im Staub. Tetanus. Aber ist nicht passiert, kein Unfall, dafür erschöpft und abgekämpft, verschwitzt auf ein einziges Tor, aber schön auch da, wenn Spielzüge gelungen sind, minutiöse Schönheiten auch dabei, ohne Zuschauer, im kleinen Feld, auch auf dem Hartgummiplatz oder wie der Belag hieß, heißt, so mit Noppen. Stimmt Tartan? Gabs das damals überhaupt schon? Rutschfest, aber auch nicht ungefährlich. Und wenn die Erinnerung spinnt? Rutschen ist besser, glaube ich. Mittags, wenn keine Kinder da waren, wie gesagt, die den Vorzug gehabt hätten. Dabei wie gesagt auch so leichte, kurze Gefühle von Schönheit hin und wieder, trotz Hemdsärmligkeit, tja, Momente, und körperlich begeistert war ich glaube ich genauso oder noch mehr als im großen Feld mit der vollen Mannschaft. Da gar nicht so, glaube ich. Wenn ich mich. Mannschaften, zwei. Konnte ich mich begeistern jedenfalls. Jachtern, altes Wort für Kinder, die schnell rennen, schwitzen, sich verausgaben, Freude des Körpers, Freude im Kopf als der wahre Zustand. Warum nicht? Aber erkälte dich nicht, mein Junge. So soll es sein. Körper bewegt sich die ganze Zeit, gebärdet sich. Man ruft sich was zu und ärgert sich auch zwischendurch, wenn einer nicht abgibt, und lobt, falls doch und bei Gelingen. Genuss, wenn ein Tor fällt. Das sowieso. So sollte es an und für sich immer sein.

Name klingt heut ganz unverbraucht. Jahre, Jahrzehnte hab ich *sie* gemeint, wenn ich Julia gesagt hab. Wenn ich den Namen jetzt – leise – ausspreche, Julia, kommt mir das lebendig vor. Klingt immer noch. Gern mache ich den Fehlschluss, ich täusche mich. Gut, jetzt ist sie wenigstens nicht gefährdet. Komischerweise erleichternd. Das kann sie nicht treffen, wir müssen nicht aufpassen, wir müssen nur noch auf mich aufpassen, ich war doch der, der dauernd kränklich war, jahrelang immer wieder, jedenfalls öfter als sie. Durchchecken, die Werte. Ermahnte sie mich. Auf sie hätten wir ohnehin nicht aufgepasst, um mich hätten wir uns gesorgt. Jetzt müsste ich mich allein sorgen, um mich, aber was soll das, sorgen, ich sorge mich einfach nicht. Anne sorgt sich, aber das ist wieder was anderes. Anne soll sich um sich sorgen, um ihre Kinder. Aber Kinder sind offenbar nicht so betroffen, geben es nur weiter, heißt es, unter der Hand, bilden nicht unbedingt Symptome aus. Aber andererseits heißt es, wir wissen noch zu wenig. Wir stehen ganz am Anfang. Und jeden Tag April-Sonnenschein, das ist ungewöhnlich, das ist auch ungerecht, diese Trockenheit. Oder gerade gerecht. Ach Quatsch, gerecht oder nicht gerecht. Quatsch ist das! Für mich sowieso von Anfang an Erleichterung, ich kann zu Haus bleiben, ich bleib sowieso zu Haus, aber jetzt darf ich es mir gemütlich machen, ich brauche kein Leben zu führen und bleibe und lebe trotzdem. Ich bleibe zu Hause und habe Zeit. Erstmal viel. Sowieso. Ich telefoniere. Ja, manchmal geh ich auch raus, ich mache Listen, ich kaufe ein, soviel ich tragen kann. Das macht Spaß.

Da draußen die Leute ansehen, neuerdings auch mit Mundschutz. Ich habe nichts dagegen, ich habe gegen kaum etwas was. Ich brauche nicht mal eine Meinung, ich muss mich nicht festhalten, ich habe die Erfahrung gemacht, das lässt sich sowieso nicht schaffen. Was? Ich nehme die Lage wirklich hin, ohne zu beurteilen. Glauben Sie nicht? So fühlt sich das an, fühlt sich überzeugend an. Ich höre auch den Ärzten gerne zu, ich finde das, was sie sagen, und auch *wie* sie es sagen, ich finde das spannend, im Augenblick höre ich sogar den Politikern ganz gern zu. Jedenfalls manchen. Endlich, scheint es, können sie sich bewähren. Sie müssen nicht dauernd was behaupten und sich durchsetzen. Müssen sie wahrscheinlich auch, aber vorläufig geht es konkret um was. Konkret um was geht es sonst natürlich auch, aber jetzt ist es sagen wir mal dramatisch. Leben und Tod. Richtig was los. Gleichzeitig wenig. Aber es geht um was, das ist es. Anne hat zu viel zu tun, inzwischen ist es anstrengend geworden, die Kinder jeden Tag zu haben, ganztägig dafür zu sorgen, dass sie sich nicht langweilen. Sagt jeder, heißt es überall. Leo kann zum Glück arbeiten, auch zu Hause, systemrelevant. Das ist gut. Anne wird es überstehen, in dem Sinn quälen werden die Kinder sie nicht. Mich dürfen sie nicht besuchen. Auch zum Glück. Und Julia? Julia, was sagst du?

Was Anne zu essen mitgebracht hat, ist wirklich anders als das, was ich kenne. Anne als anderer Mensch. Das Gleiche, aber anders. Bratwürste, die dicker sind, wo hat sie die her? Vielleicht Markt? Einwickelpapier unbekannt. Und im Kunststoffbehälter Kartoffelsalat, weil sie weiß, wie sehr ich Kartoffelsalat mag und dass ich mir den nie selber machen würde. Kenn ich auch nicht von den Essen mit Julia. Jahre nicht gegessen. Bratwürste schon. Aber wir haben glaube ich wirklich nie Kartoffelsalat gegessen, oder? Hab ich nicht und hat sie nicht zubereitet, nicht gewusst wie, und dann vergessen. Sieht wenig aus in dem Behälter, die Menge, aber das ist immer mehr, als es aussieht. Pass auf. Eine Portion. Und Senf hab ich, steht im Kühlschrank, zwei unterschiedliche. Morgen dann.

Ich weiß auch nicht, vielleicht langsamer. Aber auch heute ist Essen eingeplant, Essen spielt schon eine große Rolle ... Gurkengeschmack, Geschmack von junger Gurke am frühen Abend in der Abendsonne. Zum Glück. Abends kommen die Gurken. Ich hab nichts vor sonst. Ist das ein Problem? Aber für wen denn? Niemand erfährt, ob ich etwas vorhabe. Aber ich. Vielleicht langsamer, jede Bewegung ein bisschen beobachtet, gespürt, nicht direkt aus Altersgründen, sondern weil es Spaß macht. Indirekt. Weil es Spaß macht, das zu beachten. Dann rauche ich. Ich rauche wieder. Julia mag das nicht. Ich habe die Erfahrung gemacht, man verliert die Freude an allem, wenn man zu schnell ist. Ich habe wieder angefangen zu rauchen, nach soundsoviel Jahren, nicht mitgezählt wie viele, ich könnte aber nachrechnen. Warum denn nicht? Warum nicht rauchen? So ein bisschen. Ich rauche jetzt langsamer als früher. Julia fiel damals immer auf, dass ich so viel rauche und so hastig. Andauernd. So oft Gelegenheiten. Na klar, ich schade mir wahrscheinlich genauso, wenn ich langsamer rauche, oder? Ich schade mir sicher, selbst wenn ich gut aufpasse. Inwiefern kann man eigentlich gut aufpassen beim Rauchen? Was heißt das? Jeder Zug ein Ereignis. Nicht übertreiben. Ich trinke auch, aber alles überschaubar. Ein Glas Wein, allerdings erst später, vielleicht um zehn. Noch Stunden. Manchmal vergess ich es auch. Nach Sonnenuntergang. Zigarillos bestelle ich, ich habe einen Shop gefunden, im Internet entdeckt, warum bin ich da nicht früher drauf gekommen, da ist in aller Ruhe Auswahl möglich. Hier gibt es Läden, aber sie haben jetzt nicht offen, und als sie noch offen hatten, hatten sie keine Auswahl, keine richtig guten Zigarillos und niemanden, der sich auskannte. Und ich musste mich schnell entscheiden. Dann habe ich schon gar nicht mehr gewollt. Dagegen der Shop hier. Kostet kein Porto, wenn ich genug bestelle. Wunderbar, ich hab teure bestellt, so viel Geld ist da, ich muss nichts sparen. Lebensabend. Die Sonne scheint schon von Tag zu Tag länger herein, es wird schneller warm im Zimmer, auch wenn ich nicht heize. Nachmittags. Nächte sind eiskalt. Raureif morgens, wenn ich früh rausgucke. Aus dem Fenster, beschlagen ein bisschen. Vormittags stell ich die Heizung noch an, sie geht dann gegen elf, zwölf von selbst aus. Die Sonne hat schon Kraft. Einfallswinkel, UV-Licht bei bestimmtem steilem Einfallswinkel zerstört auch das Virus. Muss man wissen. Oder etwa nicht? Gegen zwei Uhr kann ich es wagen, bei ausgestellter Heizung das Fenster zu öffnen und bei gekipptem zu rauchen. Ein Zigarillo, und wenn es gut war, noch einer. Sieht keiner zu. Ist mir aber lieber bei gekipptem Fenster. Julia hätte was dagegen, nicht gegen das Fenster, sondern gegen das Rauchen. Wäre mir lieber, sie wäre da und hätte was dagegen. Dann würde ich aber nach wie vor nicht. Nicht ihr zuliebe nicht rauchen, würde ich sagen, sondern mir zuliebe, würde ich sagen. Sie hat mir das vor Jahren abgewöhnt. Aber nicht gründlich genug offenbar. Siehst du. Man muss nicht immer leben. Du lebst ja auch nicht immer. Nicht wieder. Aber ich glaube nicht, dass die Zigarillos mich krank machen, ich hab überhaupt keine Angst davor, Angst längst abgewöhnt, das ist das Schöne, falls ich mich nicht täusche. Bin sonst aber Experte für Angsthaben, allerfeinste Ahnungen, Angst verengt die Arterien. Entspannung von morgens bis abends, Entspannung vielleicht von der ganzen vorherigen Lebenszeit, das kann schon sein, das hab ich mich gefragt, ich muss es aber nicht wissen, es reicht, dass … Lust, nicht zu denken. Unbelastet davongekommen. Ganz leicht geblieben. Eine Weile. Rauchen, essen. Na ja, etwas zu tun ist gut. Beobachten, was so passiert. Beobachten und Beachten ist auch Tun. Sogar gerade. Das ist nicht wenig, das ist eine, wie hieß das, wie heißt das, was das …? Dass wir zu Hause bleiben müssen oder sollen, kommt mir natürlich entgegen, glaube ich. Offenbar ist das so. Gut. Hätte es mir ganz anders vorgestellt, aber es läuft zum Glück so ähnlich ab und fällt nicht schwer. Keine Quälerei, sondern ich finde wirklich: So ist das zum Glück, so ist das. Muss kein Leben führen, nö.

Feriengefühl, aber Disziplin, das war das Wort, das hatte ich gesucht. Zum Beobachten, was passiert. Kleinigkeiten, nehm ich mir vor. Immer diese. Geht auch so weiter, glaube ich.

Krise am Morgen: will nicht aufstehen. Langweilig. Trotz Helligkeit, die trotz der Vorhänge sogar immer mehr wird. Sonne wandert auf mich zu. Aber sie steigt auch, und irgendwann. Verlasse das Bett nur alle zwei Stunden für Klo-Gänge, mühsam hin zum Klo, mühsam zurück, aber erleichtert, nicht wegen des Drucks, der fehlt, sondern wegen der Zeit, der neuen zwei Stunden. Wieder. Irgendwann werden es mehr als zwei Stunden werden, wenn ich nichts trinke inzwischen. Sage *endlich*, wenn ich mich wieder ins Bett fallen lasse. Schöner Satz. Was für ein schöner Satz. Aber der Moment ist gut. Ins Bett fallen lassen. Ich muss ja nicht. Hunger ist kaum wichtig, Hunger schiebe ich dann zur Seite. Später. Auf später. Sonne scheint herein und wandert sowieso. Weiter, weiter, weiter. Kein Staub in den Strahlen, oder wenigstens kaum. Keine Luftbewegung, trotz des offenen Fensters. Die ganze Nacht das Fenster offen gehabt, und in der Nacht wird es immer noch kalt, ja wirklich sehr. Hereingekommen die frische Luft und zugedeckt geblieben bis zum Hals. Wie als Kind. Solange das Telefon nicht klingelt, kann mich nichts versuchen. Bleibe. Bleibe standhaft und bringe mit jedem weiteren Augenblick den Tag durcheinander. Werden wir ja sehen. Dann eben so. Das kann ich auch. An das Telefon denke ich, das Telefonklingeln löst immer noch einen Reflex aus, ich kann dann nicht nachdenken, ich habe dann keinen Spielraum. Hörst du. Wenn gefragt, dann muss ich auch antworten. Wenn Klingeln, muss ich mich melden. Immer schon eine … eine … hat mich schon immer geärgert. Mangel an Ecken und Kanten. Früh gesagt zu mir selbst: du, ohne Widerstand. Oder etwas anderes fehlt. Egal jetzt auch. Ich habe für den Juni eine Reise nach Irland gebucht, das erste Mal seit sie nicht mehr. Seit sie weg ist. Fahre ich auch weg, wenigstens nach Irland. Siehst du. Oft davon gesprochen. Ist unmöglich, dass ich das jetzt mache, allein. Aber trotzdem. Sie wollte immer lieber in wärmere Gegenden. Das erste Mal, dass ich mich wegbewege seitdem. Mutig oder nicht mutig. Das wird nun vielleicht doch vereitelt, was mich nicht mal traurig machen würde. Ehrlich gesagt. Aber das sage ich nicht. Im Gegenteil. Nein, ich wär gern gefahren, ich könnte immer noch, darauf hab ich Anspruch. Wer weiß außerdem, was im Juni ist. Juni. Über ein Reisebüro gebucht schon im Januar, war das noch im Januar? In dem Reisebüro, das hätte man nicht tun sollen, klar. Und das ich inzwischen ein paar Mal angerufen habe. Klar. Alles unsicher sowieso. Und weil sich niemand gemeldet hat in dem Reisebüro, warum wohl, habe ich auf den Beantworter gesprochen. Hallo. Einmal, zweimal. Hätte auch nach Indien fahren können, noch schlimmer, auch noch teurer. Und erwarte nun seit Tagen den Rückruf. Da kannst du lange warten. Aber es kommt tatsächlich kein Rückruf, auch heute Morgen nicht, ich kann liegen bleiben, obwohl ich dran denke. Kein Reflex auf kein Klingeln. Und wenn die doch anrufen? Beziehungsweise weil ich dran denke, kommt er auch heute Morgen nicht. Zum Glück. Das könnte sein, so wird es ... Alleinlebender Mensch, alleinstehender. Na ja, aber immerhin wohnt Anne in der Stadt. Noch. Ja. Und wenn alle sterben? Sterben nicht. Alle sterben nicht. Nur hoffentlich Anne nicht und die Kinder sollen auch nicht krank werden und Leo sowieso nicht. Bitte. Aber wenn, dann. Und dann? Ist nicht wahrscheinlich, aber im Rahmen des Möglichen natürlich. Im Rahmen des Wahrscheinlichen ist alles möglich. Siehe Hiob. Auch wenn man sich verspricht, entstehen vielleicht ... sinnvolle Sätze könnten entstehen. Und wenn durch ein Sich-Versprechen nun ein sinnvoller, aber bisher nicht gedachter, nie gedachter Satz gesagt und gehört und verstanden wird, der einem etwas sagt, das noch kein Mensch wusste bisher, weil sich keiner in dieser spezifischen Form versprochen hat? Mutante. Kann das sein? Woher kommt das dann? Eine echte Neuigkeit zum Beispiel, eine ganz neue Einsicht. Nicht mal gewusst, aber zufällig ausgeplaudert. Insofern Umwälzendes. Denkst du dir doch bloß aus. Nicht schwarzmalen. Dann, wenn du schwarzmalst, schwärze ich mich selbst ein. So was passiert eben, wenn man im Bett liegen geblieben ist. Muss man mit rechnen. Wenn einer eine schon so lange Zeit. Und ungewaschen. Warum denn? Bis wann denn? Im Schlafanzug. Wie spät? Wie spät eigentlich inzwischen? Irgendwann muss es doch sein. Elf schon jetzt, immerhin, wenn jetzt jemand klingelt, und ich renne hin, im Schlafanzug? Aber ich hätte gedacht, längst zwischen zwölf oder eins. Dann bin ich doch nicht noch mal eingeschlafen nach dem vorletzten Klo, oder? Ich bin nicht krank, ich bin nicht mal schwach, aber ich habe … das ist Lustlosigkeit bis zum … oder eher noch irgendeine Art von Schwere. Blei. Bleischwere. Nach Hause gehen, ich möchte jetzt nach Hause. Sofort. Bitte drum. Ich möchte jetzt mal wieder wirklich endlich ganz nach Hause und mich gründlich da aufwärmen. Das müsste doch verantwortlich sein, oder Fieber? Wenn man mir zuhört, was? Aber was denn für eins? Körperlich doch nicht. Dann möchte ich wenigstens, dass jetzt ein neuer Tag kommt. Dass das anfängt. Bitte sehr. Heute nochmal einen anderen neuen Tag auswählen. Die ganze Familie verschwunden, wo sind die? Diesen will ich nicht, zu sonnig. Vielleicht kann ich auch im Land bleiben, hier, und statt Irland woandershin. Müsste man mit dem Reisebüro verhandeln vielleicht über eine Art Gutschein, wie von der Bahn, einen Reisebüro-Gutschein, einen Reise-Gutschein, die sollen für mich eine neue Reise planen, die sollen mich für eine neue Reise einplanen, nicht so weit weg, sondern innerhalb der Grenzen, im Juni oder Juli oder im August, aber August müsste es schon sein, warm soll es noch sein den ganzen Tag. Aufwärts. Allerdings wäre dann auch September möglich, nach den neuesten Regeln, September wahrscheinlich gerade noch. Aber die melden sich nicht, ich meine das Reisebüro, die wissen ja gar nicht, was ich von denen genau will, was hab ich auf den Beantworter gesagt? Dann muss ich eben nochmal drauf sprechen.

Spiegelei. Nein, Plural, Spiegeleier, nämlich gleich zwei, und dazu ein Brot rösten. Ungewohnt. Früher habe ich immer nur ein einzelnes gegessen, wenn überhaupt. Nach diesem Satz mache ich eine Pause. Und warte einen Augenblick. Aber seit ich allein lebe, esse ich manchmal schon frühmorgens zwei Spiegeleier auf zwei gerösteten Broten. Und danach noch eins mit Marmelade.

Ich höre mich immer seltener sprechen, kenne die Stimme kaum wieder, die sich inzwischen auch verändert hat, glaube ich. Wenig Gelegenheit, geschwundene Muskeln. Aber ich kann doch nicht nur deshalb laute Selbstgespräche führen. Andererseits, das ist meine Wohnung, und ich muss ja nicht brüllen. Manchmal kommt kein Ton heraus.

Rausgehen ist unter Umständen möglich. Aber ich mache das erst morgen, glaube ich. Vielleicht morgen. Heute muss das noch nicht sein. Wie viel Pflanzen hatten wir bis vor fünf Jahren? Die Sonne ist gewandert, scheint jetzt durch ein anderes Fenster, das Schlafzimmerfenster. Auch auf dem Balkon hätte man inzwischen Sonne, ich könnte rauchen. Ich habe in diesem Jahr schon auf dem Balkon gesessen, allerdings nicht lange, dann wurde es doch zu kalt. Trotz der Sonne. Luft ist kalt, der Wind ist noch kälter. Jetzt stehen drei Töpfe vor den Fenstern. Vielleicht waren es vorher zwanzig? Zwanzig? Ich glaube schon, mindestens. Ich hab sie aber nicht vergessen, an keinem einzigen Tag. Sondern regelmäßig gegossen, sogar gern. Wasser fülle ich schon am

Abend ein, damit es am nächsten Morgen Zimmertemperatur hat. Ist besser. Aber kein grüner Daumen. Ich war die ganze Zeit hier, bin nicht weggefahren, habe die Pflanzen nicht allein gelassen. Trotzdem konnte ich zusehen, wie sie eingingen. Das ist ein Rätsel. Etwas Unaufhörliches. Jedes Mal habe ich es ziemlich bald festgestellt. Ihnen angesehen, dass etwas fehlte, auch wenn ich nicht wusste, an welchen Details das überhaupt zu erkennen war. Ich bin kein Experte. Jetzt muss ich lachen. Vielleicht war das das Problem, vielleicht hast du sie zu sehr gegossen, höre ich Julia sagen. Na ja klar. Sagt sie aber nicht und hätte sie auch nicht gesagt. Ich habe sie nicht *zu sehr* gegossen, sage ich. Es gibt so viele Pflanzen, die Blumengeschäfte sind voll davon. Ja, vielleicht nicht zurzeit. Wann haben jemals die Blumenläden schließen müssen? Verbot. Richtiges Verbot. Gab es das schon mal? Wenn man allein lebt, darf man sich ruhig mal wiederholen. In der langen Geschichte der Blumenverkäufe. Trotzdem hängt man an den wenigen Pflanzen, die in der eigenen Wohnung stehen. Und ich mag Wiederholungen ganz gern, vor allem, wenn es variierende Wiederholungen sind, nicht immer ganz das Gleiche noch mal, das kriegt man gar nicht hin. Auf eigenartige Weise leidet man, auch ich, wenn die Pflanzen verkümmern. Ich hatte sogar ein schlechtes Gewissen Julia gegenüber, obwohl diese Pflanzen zu unserem gemeinsamen Hausstand gehörten. Immerhin, drei haben es geschafft. Das geheimnisvolle Pflanzensterben hat in den ersten beiden Jahren nach Julias Tod stattgefunden, also ist schon seit gut drei Jahren keine einzige Pflanze mehr eingegangen. Glaube ich. Das ist ein Erfolg. Und den dreien geht es gut. Ich kenne niemanden, dem ich davon erzählt habe. Erzählen könnte. Die Stimme könnte es zurzeit auch gar nicht, noch ein Verlust. Ja. Eingegangene Stimme. Andererseits telefoniere ich gern, da höre ich doch die eigene Stimme und übe sie. Übe sie. Ich kann mich nicht über zu wenig Kontakte beklagen. Am Telefon. Aber über Blumen sprechen wir dann nicht. Anne, die bis vor kurzem noch ungefähr einmal in der Woche zu mir kam, ist es sicher aufgefallen. Ich habe sowieso keine Lust, mich zu beklagen. Früher habe ich oft geklagt, zwar nicht gejammert, glaube ich, aber bedauert und schade gefunden und mich im Grunde doch beklagt, ehrlich gesagt, auch wenn ich versucht habe, es nicht so klingen zu lassen. Aber seit Julia nicht mehr, was denn?, sag doch: *lebt*, seitdem habe ich nicht mehr daran gedacht zu klagen. Impuls verschwunden. Die ganze Kategorie Klagen erscheint mir, wenn ich jetzt daran denke, geradezu absurd. Klagen war und ist keine Möglichkeit mehr. Nee. In dem Augenblick – als klar war, dass Julia aus dem Krankenhaus nicht mehr zurückkommen würde – furchtbar. Habe ich vielleicht nicht daran gedacht, aber alles in mir hat gewusst, eine Klage wäre sinnlos, Verschwendung mindestens, aber auch falsch irgendwie, das Gegenteil dessen, was ich wollte. Widerstand mir sowieso. Auch wenn ich nicht wusste, was ich wollte.

Müdigkeiten zwischendurch. Ich glaube, auch den Dingen in der Wohnung ist es zu viel: meine ständige Gegenwart.

Ich soll wohl lieber mal rausgehen, auf die Straße. Aber in den Regen? Ist das ernst gemeint? Für eine Weile draußen sein. Na gut. Aber da fällt auch gar kein Regen, im Augenblick. Sieht nicht so aus. Der große Baum im Hof noch ohne Laub. Staub im Gras, das scheint aber nur so, das ist der trockene Boden. Ich geh lieber ins Bett, wieder ins Bett, ich zähle mit und lege mich mindestens dreimal täglich hin. Ist das wahr? Mir gegenüber ist mir das nicht peinlich, glaub ich, überhaupt nicht, aber dann die Befürchtung, alle aktiven Regungen einschlafen zu lassen. Müsste Fahrrad fahren. Schwimmen. Andere wandern doch. In meinem Alter. Ich wandere aber nicht, ich habe keine Lust dazu, oder wie soll man das nennen, was ich nicht habe? Zwischendurch hat Anne angerufen, sie macht den Vorschlag, dass wir uns sehen sollten, irgendwo, wo wir in zwei Metern Abstand gehen oder hocken können. Auf Spielplätze dürfe man nicht. Parkbank, als Alternative? Nein, sagt sie, die Parks sind so was von voll. Leben ist nicht angehalten, sagt sie, geht aber anders weiter. Komisch. Sie sagt es, als liege darin ein Risiko. Niemand weiß, wie das ausgehen wird. Nach einem oder zwei Monaten ergeben sich vielleicht ganz neue Möglichkeiten, Ansichten, Aussichten, der Rhythmus ist ein veränderter, die Welt aus dem vertrauten Takt. Vertrackten. Man schüttelt den Kopf, hat Morgenluft geschnuppert, die Luft eines anderen Morgens vielleicht, der sich so daraus ergibt, den bisher aber noch keiner kannte. New Morning, Plattenname. Trotzdem bin ich müde, und kurz nachdem wir telefoniert haben, liege ich schon wieder. Also. Wenn sie das wüsste. Wo ist sie jetzt? Denkst du noch an das Sprechen von eben? Sie macht sich Sorgen, wenn sie überhaupt Platz dafür hat. Sorgen um mich, was? Wir wollen morgen noch mal sprechen, vielleicht machen wir dann spontan was aus. Dass ich so viel schlafe, habe ich ihr nicht gesagt. Sie ist den ganzen Tag wach, von früh bis spätabends. *Schlafe* ich überhaupt so viel? Nee, das ist eher Schlummern, was ich. Und beruht schon auf Kraftlosigkeit, glaube ich. Durchaus. Oder Frühlingsmüdigkeit? Na ja. Obwohl ich eben meist nicht richtig einschlafe, sondern bloß schlapp daliege und liegen geblieben bin. Unzufrieden, weil ich mich sinken lasse, aber auf keinem Grund aufkomme. Lässt sich das so sagen? Nur schwer bin. Schwer wiege. So schwer wiege ich gar nicht. Oder es nicht merke, dass ich doch aufkomme. Kann auch sein. Und spüre das Gewicht. Aber ist das denn ein Frühling? Was ist das Gewicht in einem? Fehlendes Eisen oder so? Aber was kann so schwer sein, dass es einen herunterzieht? Doch nicht Körpergewicht, oder? Das fühlt sich an wie die Zellen, die es runterzieht, jede einzeln und alle zusammen. Im April, und der weiß es diesmal ganz genau: Sonne von morgens bis abends. Entschädigung für einen nassen, warmen Winter. Entschädigung für das Zuhausebleiben. Und jetzt auch Wärme, sodass ich mich schon in den Schatten setze beziehungsweise die Vorhänge zugezogen habe. Zu viel Licht für mich. Regen hat auch was Beschützendes. *Hätte* auch was Beschützendes jedenfalls. Tropfen trösten, besonders im Frühjahr, finde ich. Feuchtigkeit. Trösten denn Tropfen?

Ich wünsche mir beim Aufwachen regelmäßiges Getröpfel. Das wäre schön. Einmal bitte, morgens. Liegen geblieben im Bett und eine Sache nach der anderen durch den Kopf ziehen lassen. Lässt man ziehen oder gehen oder laufen oder zieht man selbst? Nachts liege ich dann zeitweise wach, sicher sind das ganze Stunden, aber so was lässt sich nur schätzen. Zu langweilig, auf die Uhr zu gucken.

Ich krieg Zustände! Hat meine junge Mutter in Augenblicken der Überforderung gesagt. Ende der Fünfziger Jahre. Und dann macht sie sich an die Verfolgung, weil das Kind – ich – vielleicht irgendwas getan hat, im Hof angestellt hat, etwas, das es nicht durfte. Und die Mutter sagt zehn und zwanzig Jahre später, sie habe mich nie geschlagen, womit sie recht hat, weil Schläge die andere Kategorie sind. Das hat der Vater übernommen, aber nicht drüber gesprochen. Nur Klapse habe es gegeben, sagt sie erst nicht, gibt sie erst nicht zu, dann aber doch und im Ton der Berechtigung. Klapse ja, sagt sie vor Jahren. Beide tot, lange. Schlagende, klapsende Eltern. Schon wieder so viel Zeit, seit sie das gesagt hat, das sind schon wieder zwanzig Jahre her, oder? Klapse. Womit sie recht hat. Harmlose Klapse auf den Po. Womit sie unrecht hat. Ich hatte niemals Angst vor ihr, aber vor ihm, und das wollte er auch. Und hat später nie ein Wort drüber gesagt oder auch bloß eins hören wollen.

Vierzig Jahre danach sagt die Mutter dann tatsächlich und sieht mir mit offenen Augen in die offenen Augen, auch Klapse habe es nicht gegeben. Was?, sage ich. Damit hat sie nicht recht, denke ich und sage: Doch, hat es gegeben. Hat erst weggeguckt und den Kopf geschüttelt. Dann bist du nicht meine Mutter, sage ich, dann muss ich woanders gewohnt haben, *meine* Mutter, *die* hat nämlich Klapse gegeben. Und dann hat sie nochmal den Kopf geschüttelt und dann doch genickt, ja, Klapse ja, sagt sie.

Wenn ich zum Pinkeln gehe in der Nacht, vergess ich manchmal, dass ich allein liege, und wenn ich wieder zurück bin am Bett, ist es ganz leer, ich atme aus und habe begriffen, was los ist. Julia war, wenn ich zum Pinkeln ging in der Nacht, oft aufgewacht, hat sich geregt, umgedreht, nach mir gefasst, hat ein Wort gesagt oder zwei oder drei und danach eine Weile nicht mehr einschlafen können.

Seit Jahren ist das so, wenn ich zurück bin vom Pinkeln, das Bett ist leer, seit den Jahren, in denen ich das, wie es aussieht, nicht lernen will. Offenbar wehr ich mich im Dunkeln, obwohl ich tagsüber schon seit einer Weile so gut Bescheid weiß.

Auch die Schwimmbäder sind bis auf weiteres geschlossen. Wie schade. Enttäuscht, fast empört. Dabei bin ich schon seit Jahren nicht mehr ins Schwimmbad gegangen. Aber ich hatte in diesem Jahr ins Schwimmbad gehen wollen, am liebsten in ein Freibad, das Kaifu in der Nähe, obwohl ich glaube, dass ich für ein Freibad zu alt bin. Alte Männer in Freibädern habe ich zuletzt als Student gesehen. Vielleicht morgens, ganz früh am Tag, dann kommen nur die

Alten und keiner guckt. Aber nun. Ich fühle mich einge-
engt, so ohne geöffnete Schwimmbäder, auch in ein Hallenbad wäre ich gegangen, meistens sind sie ja ohnehin kom-
biniert, zum Beispiel das Kaifu. Das letzte Mal, das kann
doch nicht wahr sein, bin ich mit Anne in einem Freibad
gewesen. Also vor Jahrzehnten, Anne ist jetzt über dreißig.
Ich habe jahrelang nicht daran gedacht, wie lange es her
ist, dass ich das letzte Mal in einem Freibad geschwommen
bin. Müdes Gebein. Haut. Habe ich noch die letzte Bade-
hose? Julia? Julia weiß es. Da hat sie Schwimmen gelernt,
Anne, da bin ich mit ihr ins Schwimmbad gegangen, ich bin
immer gern ins Schwimmbad gegangen, auch früher, selbst
als Kind, als Jugendlicher und später, ich weiß nicht, warum ich so lange nicht in ein Schwimmbad gegangen bin.
Sie hatte einen Schwimmkurs in der Schule, mit acht oder
mit sieben? Und, weil ihr der Schwimmkurs in der Schule aus irgendwelchen Gründen nichts genützt hatte, waren
wir parallel dazu noch zu einem externen Schwimmkurs mit
ihr gegangen, der vom Kaifu angeboten worden war. Glaube ich. Vom Schwimmbad selbst, nicht von der Schule. Ich
weiß nicht, ob sie Angst hatte vor dem Schwimmen, vor
dem Wasser, ich glaube eigentlich nicht. Sie hatte Respekt
vor dem Element, und sie verstand nicht, was es sollte. Das
Ganze. Ich war irgendwie locker fasziniert davon: Sie wollte partout nicht schwimmen und sah nicht ein, warum sie
überhaupt ins Wasser musste. Stellte das Ganze in Frage.
Wie kommt man auf so einen Gedanken? Ich möchte gar
nicht, hat sie gesagt, oder sie hat irgendwas ganz Ähnliches

gesagt. Sie hat sich nicht lautstark gewehrt, aber sie hat es einfach nicht gelernt. Nee. Wir sollten immer mit dabei sein, das spricht schon für Angst, würde ich sagen, einer von uns ist auch wirklich immer mitgegangen oder fast immer. Wer Zeit hatte eben. Ich bin ungern mitgegangen, weil ich es mir langweilig vorstellte, da eine Stunde oder mehr zu sitzen und zuzusehen. Aber natürlich bin ich mitgegangen und habe sie von oben, von einer Art Tribüne aus, soweit ich mich erinnere, gesehen, kleines Mädchen, wie sie da verhandelt hat mit dem Schwimmlehrer, da ging es ums Tauchen, Schwimmen wollte sie nicht, aber Tauchen wollte sie erst recht nicht, vor allem keine längere Strecke. Auch nicht am Beckenrand entlang. Wo es flach und sicher war, wie der Schwimmlehrer vielleicht gesagt hat. Warum denn?, hat sie gefragt. Und alle anderen konnten das schon. Aber das hat sie glaube ich gar nicht interessiert. Ob das schon wer konnte. Vielleicht habe ich mich täuschen lassen. Sie wollte es nicht, sie wollte es gar nicht erst können. Warum denn? Und das alles weiß ich jetzt noch, aber ohne Julia. Julia wüsste vielleicht noch mehr. Anderes. Manches weiß ich, manches wüsste Julia, aber ihr Gehirn existiert nicht mehr. Ihr Wille ist nicht da. Das Gehirn hat nur eine Zeitlang existiert, wie sich herausgestellt hat, weil auch sie sterblich war, wie sich herausgestellt hat, es hat lediglich vorübergehend existiert, eine Weile ist es körperlich gewesen. Auch mein Gehirn existiert wahrscheinlich bloß vorübergehend, gerade in diesem Augenblick existiert es aber, ganz wach ist es jetzt, aber nur vorübergehend wach, und Annes Gehirn existiert auch, auch bloß unvorstellbar vorübergehend. Anne weiß nach wie vor Bescheid über die Schwimm-Sache – wenn ich sie darauf ansprechen würde, würde sie sich erinnern. Wenn ich zum Beispiel von dem Bademeister anfange, den sie bequasseln wollte. Aber ich sage es nicht. Wir sprechen nicht oder wenig über etwas, über das es Gespräche auch mit Julia gab oder hätte geben können. Problem der Überlebenden. Anne hatte sich noch viel mehr Mühe gegeben, das sehe ich vor mir, den Bademeister von der Sinnlosigkeit der Tauchübung zu überzeugen, mit dünnen, hinter ihrem Rücken verkreuzten Armen. Dünn und verkrampft. Sie hat sich mehr Mühe gegeben, nicht schwimmen zu lernen, als sie sich Mühe hätte geben müssen, schwimmen zu lernen. Sie hat sich zunächst sogar fast gar keine Mühe gegeben, schwimmen zu lernen. Auch wenn es von Anfang an zwecklos war, hat sie es versucht, aber der Bademeister streckte den Arm aus und zeigte noch einmal, von wo bis wo sie tauchen sollte. Leidlich schwimmen hat sie in dieser Zeit vielleicht gelernt, aber immer ungern. Erst später gern. Von selbst. In dem Sommer danach oder in den Sommern danach, in den Ferien, bin ich manchmal mit ihr ins Kaifu gegangen. Haben auf dem Rasen gelegen, haben Süßigkeiten gekauft, haben gequatscht und haben nicht gequatscht, und sind ins Wasser gegangen, sind geschwommen, auch getaucht manchmal zwischendurch, ich bin bis zum Beckenrand, sie ist bis zu mir. Das weiß ich noch, aber mehr weiß ich nicht, nur dass es an einem Tag irgendwann auf einmal Spaß gemacht hat, und sie wollte morgen wieder ins Kaifu. Morgen ist nicht heute. Heute geht jetzt nicht, ginge jetzt nicht, ist zu das Kaifu, Draußenbad sowieso, aber Hallenbad auch, morgen genauso, zu, vorläufig zu, vorübergehend geschlossen. Vorübergehend verboten. Vorübergehend zu gefährlich. Mal sehen, vielleicht im Sommer.

Sie hat mir mehrere Suppen mitgebracht, in Büchsen. Abwechslung. Kürbis, Tomate. Noch andere Kombinationen, vor denen ich ein bisschen Angst habe. Alles aus dem Supermarkt. Ich glaube, das sind nicht irgendwelche billigen Sachen, eher ein kostspieliges Unterfangen, das hätte ich mit meiner Erziehung oder Prägung oder so selbst nicht gekauft. Dass es hochwertige Produkte sind, sieht man an den knappen Ablaufzeiten. Ich habe glaube ich überhaupt noch nie Suppen gekauft, oder? Fertigsuppen. Nee. Heute stehe ich irgendwann doch auf, ich habe nicht viel Zeit. Ich stehe auf, nur um eine Kürbissuppe vorsichtig zu erhitzen, ein paar Minuten in der Küche, dann in einen Teller und hinsetzen, auch in der Küche, und los. Heute kein Fernsehen, heute mal gar nichts. Dazu ein Glas Apfelsaft, den sie im Fünfliterpack mitgebracht hat. In letzter Zeit habe ich mir Apfelsaft angewöhnt. Nicht zu viel, aber zwei Gläser schon.

Ja, die Stadt ist still. Das habe ich gesagt, nachdem mir Clara schon vor Wochen am Telefon erzählt hat, sie finde, eine unheimliche Ruhe liege in den Straßen, das mache ihr Angst, das sei unheimlich, sie gehe ungern raus, nur wenn sie unbedingt was brauche. Sie sagt, wenn sie sage, in den

Straßen liege die Ruhe, dann heißt das: zwischen den Häusern ist es so still, die Geschäfte sind zu. Eine unruhige Stille, eher verbotenes Geräusch. Na ja, das stimmt ja nicht, sage ich, aber Clara hört nicht. Clara und ich telefonieren selten, und heute über die WhatsApp, mit Handys, aber nicht mit Bild, nur mit Ton. Ich sage zu ihr, die Züge sind leer, aber sie fahren. Clara sagt: Ja, sie fahren sogar ununterbrochen, nur die wenigsten fallen aus, sie fahren nur so, um einen Anschein zu erwecken, lange waren sie nicht mehr so pünktlich. Sind erst pünktlich geworden, seit sie leer fahren. Komisch. Leerfahrten, sage ich. Ja, sagt Clara. Man müsste mal mit einem mitfahren, auch wenn man eigentlich nirgendwohin will, das ist doch *die* Gelegenheit. Clara findet das lustig, ja lustig, sagt sie, aber nicht zum Lachen. Na ja, sage ich und beschließe im Stillen, in den nächsten Tagen einen Ausflug zu machen. Mit dem Zug. Dann sagt sie: Lass uns in Verbindung bleiben. Ich finde auch, sage ich. Dieses Alleinsein ist schrecklich, sagt sie, und ich schüttele den Kopf und habe ein gutes Gefühl von Spielplatz, endlich, dieses ganze städtische Gelände.

Einkaufen gehen, selbst, na ja, so langsam brauch ich dringend Brot und Joghurt, Käse, Müsli, an manchen Tagen esse ich sogar mehrfach Müsli, wahrscheinlich weil es sich so leicht zubereiten lässt oder ich manchmal vergessen habe, dass ich es schon gegessen habe, und dann kann ich schulterzuckend darauf verzichten, Warmes zuzubereiten. Ich rufe jetzt nicht erst Anne an und frage, ob sie für mich einkaufen geht. Ich bin nicht über neunzig. Rotwein, Gurken, für mich ist ja Gurkenzeit. Praktisch immer. Vielleicht gibt es noch andere als die, die ich kenne. Was heißt das? Ich kaufe immer die normalen Gewürzgurken, habe aber gehört, dass es auch scharfe, also Paprika- oder Peperonigurken geben soll. Kann ich mir nicht vorstellen, wie ich mir überhaupt wenig vorstellen kann, das ich nicht kenne. Schafskäse wäre auch gut. Aber das reicht erstmal. Vielleicht in den nächsten Tagen.

Im Februar hätte ich noch wegfahren können, verreisen irgendwohin, mit dem Zug in den Süden. Aber ich bin noch nie im Februar in den Süden gefahren, ich glaube, auch wenn ich im Februar gewusst hätte, wie schwierig es ist, im März oder April in den Süden zu fahren, wäre ich im Februar nicht in den Süden gefahren. Wohin auch.

Auf der Treppe aus dem vierten Stock herunter kommt mir niemand entgegen. Eine Maske habe ich nicht. Noch gibt es kaum welche, ich habe auch noch keinen gesehen, der eine trägt. Nur im Fernsehen. Anne hat gesagt, sie wolle mir welche mitbringen, wenn wir uns sehen. Morgen vielleicht. Oder ich gehe heute schon an einer Apotheke vorbei und frage da. Auf dem Fußweg passe ich auf die Abstände auf, aber auch dort sind wenig Menschen zu sehen. Neue Disziplin. Manche Leute mit Hunden. Kinderwagen. Der Weg zum Supermarkt dauert etwa zehn Minuten, und ich merke, dass ich Spaß daran habe, in der Sonne zu gehen, vielleicht sogar zu warm angezogen. Ja. Schal umgebunden, Pseudomaske sozusagen. Was ist jetzt anders?, frage ich mich. Kaum Autos, das stimmt, die stillere Stadt, fällt schnell auf. Die Stadt weiß nicht mehr, was sie soll, vielleicht der Zustand von 1950? Oder sogar noch früher? Oder etwas später? Mir gefällt es. Entschuldigen Sie, mir gefällt das, aber das sage ich nicht, zu niemandem, ich kann es auch nicht ändern, sage ich nicht, aber von mir aus könnte es getrost immer so sein. Ist nicht wahr, oder? Doch, noch stiller. Kaum Bewegung. Wann hat es in der Stadt das letzte Mal so ausgesehen? Ich brauch keine brausende Stadt, ehrlich gesagt. Lärm. Vor vierzig Jahren? Sonst ist es auch wirklich zu voll, finde ich. Finden Sie auch? Mir gefällt diese relative Leere und Stille, aber die Leute wissen nicht mehr, was sie hier in der relativen Stille sollen und bleiben lieber zu Haus. Und wenn ich mich umseh, werden Bäume und Büsche nicht grüner, trotz der Sonne. Wahrscheinlich weil der Regen fehlt. Auch Thema. Bitte mal regnen. Es könnten wie gesagt noch weniger Leute sein meinetwegen, auch noch weniger Autos, das ist keine Meinung, das ist keine Werbung, das ist keine Rhetorik, eher ein Gefühl, das sagen will: Die Straßen sind zu schmal für – sonst – so viele Autos. Oder? Und die Stadt ist kein Gelände mehr. Nee. Ein bisschen windig. April ohne Aprilwetter, Sonne von morgens bis früh am Abend.

Auch im Supermarkt ist die Dichte erträglich. Überschaubar alles. Mit Schal vorm Mund. Und Nase. Ich suche mir zusammen, was auf dem Zettel steht. Dann fallen mir noch Kekse ein, Schokolade. Ich werde sowieso dicker. Älter und dicker. Kein Fusballspielen mehr bis zum nächsten Leben. Okay. Darauf würde ich mich wirklich freuen. Es gab aber immer Zeiten, in denen ich dicker wurde. Und dann die Anstrengungen abzunehmen. O nein. Jetzt stört mich das nicht mehr, auch wenn ich immer wieder eine gewisse Sehnsucht habe nach dem Gewicht mit Anfang zwanzig, den Körper sich wieder so anfühlen zu lassen. Schlanke Erinnerung. Natürlich, das wäre nicht dasselbe. Heute. Ohne Zuschauer. Vor allem ohne Zuschauer in spe. Ich merke, ich denke andauernd, ich denke dermaßen viel Gequassel. Macht nichts, hat aber seinen Preis. Für meinen Geschmack vereitele ich irgendwas, keine Ahnung. Ach … oder bin sowieso nicht richtig draußen.

Wieder in der Wohnung zurück, setz ich mich gleich hin und schmier ein Brötchen mit Marmelade. War nur ein kurzer Ausflug. Pflaume mit Ingwer, den ich in Marmeladen nicht mag. Ingwer. Sonst schmeckt er mir. Im Tee. Im Mittagessen. Ich habe Energie, ich könnte auch … Dazu schwarzer Tee, Earl Grey. Aber Earl Grey ohne Ingwer. Beim Verlassen des Supermarkts war ich vorhin noch an dem Bäckerstand vorbeigegangen. Beziehungsweise nicht daran vorbeigegangen, denn ich hab Brötchen gekauft für heute Abend und ein geschnittenes Brot für morgen. Wenn ich mich nicht geirrt habe, also wenn ich nicht zu wenig eingekauft habe, brauche ich erst in ein paar Tagen, vielleicht sogar erst in einer Woche wieder einzukaufen. Schlau. Brokkoli gefroren und Chinagemüse hab ich noch mitgenommen. Schnittlauch. Und irgendwann meldet sich Anne, wir wollten uns ja treffen. Wenn sie Zeit hat.

Julia wollte nicht, dass ich rauche. Aber ich wollte rauchen. Dann wollte sie wenigstens, dass ich nicht in der Wohnung rauche. Ich habe Spaziergänge gemacht, um draußen zu rauchen, Spaziergänge ohne sie. Im Gehen geraucht, im Stehen an der Ampel, auf dem Fahrrad geraucht, im Sitzen auf einer Bank, mit Zeitung, mit Unterlagen, die ich ansehen konnte dabei. Aber auch nicht im Büro geraucht, wegen Alexander, der auch nicht raucht. Und mit dem ich schließlich fast noch mehr verheiratet war als mit Julia, Arbeitsehe, gemeinsame Anwaltspraxis, über Nichtrauchen haben wir nie gesprochen. Ich bin Unterlagen draußen auf einer Bank sitzend durchgegangen, rauchend. Ich habe jeden Gang übernommen, ich habe jeden Gang genutzt, Einkäufe, Abholungen, Post, kostbare Zeit, um rauchen zu können. Noch eine Runde gedreht. Budni. Rauchend. Auf dem Fahrrad zum Gericht, akrobatisch mit Butterbrot und Zigarette zwischen den Lippen. Wirklich! Dann, später, mittags oder am Abend, zur Wohnung zurück und noch eine Viertelstunde über die Wohnung hinaus, um noch eine Zigarette, das konnte sie mir nicht verbieten, und dann wieder zurück, auf die Wohnung zu. Hat sie auch nicht versucht. Wir haben uns gar nichts verboten. Ich bin mir aber vorgekommen wie ein Kind. Wahrscheinlich mir selber gegenüber.

Ich sehe die Wohnung wieder als leere vor mir. Das ist – ich überlege, wie lange das her ist – siebenundzwanzig Jahre müsste das her sein. Oder etwas länger. Julia wüsste es.

Wir sind noch nicht eingezogen, die Vormieter sind aber schon ausgezogen, wir haben einen Monat Zwischenzeit und Spielraum, um aus der Katharinenstraße herüberzuziehen. Julia und Anne sind noch dort, aber ich fahre an den Spätnachmittagen schon hierher und werkele ein bisschen herum, baue Regale auf, die wir neu gekauft haben. Reiße den alten Teppich weg. In dieser Zeit kommen wir oft mit den Fahrrädern, gehen auf dem Weg bei Marco oder wie er hieß ein Eis essen, gibt's jetzt nicht mehr, ist längst was anderes drin, und freuen uns auf die Wohnung. Ich bleibe bis spät in der Nacht allein da, wie gesagt, um zu machen, was Väter machen: den alten Teppich abziehen und wegkratzen, um das Parkett darunter zum Vorschein zu bringen. Jetzt ist es da. Wie schön. Bis heute. Und dass es inzwischen zerkratzt ist, macht nichts. Der Vermieter ist tot, sein Sohn war noch nicht da. Den kenne ich nur vom Telefon. Glaube ich jedenfalls. Julia möchte lieber auf Parkett wohnen, sie sagt: Wenn schon welches da ist. Hat auf diesem Parkett nie jemand gewohnt vorher? Glaube nicht, obwohl die Wohnung zu diesem Zeitpunkt schon mindestens dreißig Jahre alt ist. Mehrere Vormieter. Sind wir also die Ersten auf dem Parkett? Jungfräuliche Parkettbewohner. In manchen Ecken, weiß ich noch, ist es mir nicht ganz gelungen, den Teppich abzukratzen. Ich hab es nicht ordentlich gemacht, aber Julia hats nie gesehen. Und die Ecken sieht man auch nicht, weil das Sofa da steht oder Regale oder der Schrank. Da drunter müssten noch Reste kleben. Meistens scheint die Sonne, und es ist eine leichte Zeit, damals die Zeit war eine leichte

Zeit, von heute aus, aber Quatsch bestimmt, was ich sage, mindestens einmal, da hat es einen ganzen Nachmittag und Abend geregnet. Das weiß ich noch, das spür ich richtig, da muss ich die ganze Zeit allein hier gewesen sein und hatte plötzlich Zweifel, tiefe, tiefste, dass diese Räumlichkeiten zu uns passen. Nee. Wo war die Lebendigkeit? Wenn es draußen grau ist, kann man hier nicht leben, hab ich gedacht. Unmöglich. Einen ganzen Nachmittag lang. Unmöglich. Später hab ich das nie wieder gedacht. Aber an den Tag erinnere ich mich. Ich seh mich um, ist immer noch auch Julias Wohnung. Abgrund am Nachmittag. Und Annes, aber Anne wohnt jetzt mit Leo in einer eigenen, das ist was anderes. Und Julia hat Spuren hinterlassen, mit denen ich gut leben kann. Ich musste nicht das Bett zersägen, ihre Sachen sind unsere. Trotzdem lebe ich allein, erstaunlich.

Auf dem Weg zu Anne, wir sind draußen verabredet, um zwei, es ist ein bisschen so, als träfe ich meine Tochter heimlich, das ist verboten oder fast verboten. Okay, man darf uns sehen, aber zu nah beieinander sollten wir lieber nicht gehen, stehen, obwohl wir bestimmt auch nicht zu nah beieinander sitzen werden. Wir wissen noch nichts Genaues, wie sieht es in ein paar Wochen aus? In einigen Monaten? Wer weiß, ob es insgesamt nur Monate dauert, vielleicht dauert es auch ein paar Jahre, vielleicht wird es noch schlimmer. Vielleicht ist es für unbestimmte Zeit, und ich gehe hastig. Aber warum? Ich bin früh genug losgegangen, ich bin nicht eilig. Ich brauche nicht hastig zu gehen, wie haben uns am Telefon verabredet, sie bringt mir eine oder zwei dieser Masken mit, in den Apotheken sind die Masken zu schnell ausverkauft, das ist alles noch viel zu neu. Immer wenn ich hingehe, sind sie ausverkauft. Kommen Sie ganz früh morgens, wurde mir gesagt, auf jeden Fall bis elf Uhr, sonst sind alle wieder weg. Das ist zu neu, in der Apotheke wussten sie noch gar nicht, was eine Maske kostet. Sie müssen aber mindestens fünf Stück kaufen, wurde mir gesagt, noch besser zehn, zehn sind auch billiger, ich konnte mich auf eine Warteliste setzen lassen, aber das hat wenig Sinn gehabt, wie sich einen Tag später zeigte, die nächsten Masken waren doch verkauft worden, trotz Warteliste, dann brauchen wir Ihre Telefonnummer, wurde gesagt. Ja klar. Dann rufen wir Sie an, sobald die nächsten Masken da sind, sofort, wenn sie da sind. Aber mich hat niemand angerufen, als die nächsten Masken da waren, ich war zu spät wieder da, da waren die nächsten Masken schon wieder weg, da war schon wieder keine Maske mehr da, ich bekomme keine Maske, es wird einfach nichts mit der Maske. Dann gehe ich eben nicht raus, meine Tochter kauft mir zu essen. Nun bringt mir Anne auch eine Maske mit, mal sehen, ich muss sie fragen, wo sie die Masken her hat, die sie hat, und wie viele sie hat, wie viel Geld sie bekommt, nicht vergessen, wie viele braucht man überhaupt so als Einzelner? Braucht man unterschiedliche Masken für unterschiedliche Gelegenheiten? Sind manche Masken schicker als andere? Ich möchte mit Anne sprechen, gern auch über Masken, aber ohne Maske sprechen, wir treffen uns am Rande eines Spielplatzes, der Spielplatz selbst ist gesperrt, ein

Spielplatz ist zurzeit zu gefährlich, also haben sie alle Spielplätze gesperrt, streng verboten, auf Spielplätze zu gehen, auf keinen Fall darf man das, aber wir halten uns auch nur am Rand des Spielplatzes auf, wir kennen diesen Spielplatz, also knapp außerhalb des Spielplatzes, außerhalb des roten Bandes, das den Spielplatz eingrenzt, da stehen Bänke, auf die man sich gerade noch setzen kann, die Temperaturen erlauben es zum Glück, wenn nicht schon jemand da sitzt. Wer zuerst kommt, reserviert, haben wir gesagt. Anne hatte die Idee, ich kann mich setzen, sie kann sich setzen, so ist es gedacht, zwischen uns wäre dann mehr als ein Meter Abstand, man könnte es auf anderthalb bis zwei Meter schätzen, also genug, wir müssten nicht schreien, wir würden aber auch nicht von Passanten gehört werden, jedenfalls wird nicht jedes Wort gehört, wir hätten Zeit, Leo hat in dieser halben Stunde die Kinder, Anne freut sich, einmal ohne Kinder zu sein, eine Stunde, Leo freut sich vielleicht, einmal mit Kindern zu sein, einmal am Tag, eine Stunde, hat sie am Telefon gesagt, ganz schön, mal eine einzige Stunde am Tag ohne Kinder, mal allein einkaufen gehen und dann mit dir sprechen oder vorher mit dir sprechen und dann einkaufen gehen, eine Weile allein, hat sie gesagt, zwischendurch auch mal. Ist gut.

Ich sehe sie von weitem, sie sitzt schon da, genau da, wo ich dachte, dass wir uns verabredet haben, wir haben uns nicht missverstanden, ich freue mich auf ein Gespräch nicht am Telefon, auf ein Gespräch draußen, in der Sonne, normal, schade dass wir nichts zu trinken haben, wir hätten, fällt mir plötzlich ein, auch auf dem Balkon sitzen können, auf meinem, man muss erst auf die Idee kommen, vielleicht beim nächsten Mal, darf man das denn? Spielplatzgespräch mit Anne, Balkongespräch mit Anne, worüber werden wir sprechen? Schade, dass es immer so etwas Besonderes ist. Dann muss ich erst noch über die Straße und links weiter und kann sie eine Minute lang nicht mehr sehen, aber das ist kein Drama. Bis ich sie bald wieder sehe.

Ich würde gern mal Essen gehen, das wäre eine Idee, wenn die Restaurants geöffnet haben, im Mai vielleicht und nicht allein, sondern mit jemandem, vielleicht mit Anne und Leo und den Kindern, die lade ich dann alle ein, wenn das alles vorbei ist. Das schlag ich mal vor. Italienisch oder wie sie wollen.

Die ganze Stadt ein Spielplatz. Beim Rausgehen aus dem Haus hatte ich sofort das Spielplatzgefühl. Dass dann ein solcher Satz kommt oder so ein halber! Komisch. Warum komisch? Und die Sonne kommt grell zwischen den Häusern auf mich zu, in die Augen hinein. Unnatürlich. Wegen grell und wegen der Stille, dieses Spielplatzgefühl? Heute sehr so. Und ab und zu schon mal ein Auto, aber viel mehr Autos stehen abgestellt, wer weiß wann abgestellt, an den Seiten herum. Parking meter. When I caught a glimpse of Rita. Ich gebe zu, dass mich das freut. So schön still ist es gut. Ruhe sanft. Befriedigend. Die Leute sitzen wohl in den Wohnungen. Kann man sich gar nicht vorstellen. Auf Spielplätzen ist es außerdem lauter als hier. *Wäre* es lauter. Das stimmt, da ist überhaupt keiner. Hier spielt doch niemand. Kinder nicht. Ich auch nicht, ich gehe bloß, ich gehe bloß auf meine Tochter zu, sehen Sie mal, meine Tochter, die von hier aus wieder nicht mehr zu erkennen ist, am Rand des gesperrten Spielplatzes, der auch nicht zu sehen ist und noch gar nicht zu sehen sein kann. Ich rede schon leise los und freu mich drauf, Anne gleich zu treffen, vielleicht eine halbe Stunde zu sprechen und sie dabei anzusehen, oder etwas länger sogar, wenn wir ins Reden kommen. Warm geworden vielleicht, aus einem Abstand natürlich. Gegen Abstände habe ich eigentlich nichts, das muss nicht schaden. Abstände. Ich wollte aber nicht ,schaden' denken, sondern ein anderes Wort. Mal sehen. Ich weiß, ich gehöre plötzlich zu einer Risikogruppe. Ich nehme aber an, sie wird es nicht erwähnen, Anne, sie wird sich denken können, dass ich es ohnehin weiß, ich bin müde, aber auch noch schlau unter der müden Haut. Und dass ich das nicht besonders gern höre, nicht gleich, auch nicht aus ihrem Mund, ahnt sie. Ich trau mich noch nicht so richtig, glaube ich, noch nicht so ganz dorthin. Ich merke, beim Gehen blicke ich wieder eher zu Boden, wahrscheinlich ist die Körperhaltung eine gebeugte. Wieder. Wie früher. Immer gebeugt. Das strahlt aus. Und bedeutet auch was. Ja ja. Oft merke ich das aber selber gar nicht. Fühl mich so wohler. Nachgegeben, gebeugt.

Und da. René. Ja, was denn? René, oder? Das ist eine Überraschung. Hallo. Das hätt ich nicht gedacht. Wirklich. Eine Überraschung, nur wer überrascht hier? Wenn du auf etwas zugehst und einen Plan hast, oder sagen wir, du hast ein Vorhaben, das ganz einfach ist: wie zum Beispiel deine Tochter zu treffen, kennen wir, habe ich schon gesagt. In drei Minuten etwa bist du an der verabredeten Stelle. Und jetzt? Circa drei Minuten vorher? Überraschung, hier an der Kreuzung. Kreuzung jedenfalls von Fußwegen, wenn es das bei Fußwegen gibt. Jetzt bist du im Kopf schon fast da. Da bei Anne. Und noch einen kleinen Augenblick vorher? Da steht, nein, da steht gar nicht, da *geht*. Da geht jemand vor mir. Ich glaube, ich wusste es kurz zuvor, ich hatte ihn am Gang erkannt, Ähnlichkeit, im Kopf und … denn mein Gehirn hat diesen Gang gleich erkannt, das wusste schon Bescheid, denn leicht erkennt es Gänge oder erkennt Bewegungen, aber bis eben hatte es ihn noch nicht, es hatte ihn *noch* nicht … Wie heißt das? Wenn ich mir das Gehirn vorstelle wie ein selbstständiges Wesen … zugeordnet, das meine ich. *Zugeordnet* ist das Wort. Klingt übertrieben. Es ordnet zu. Gut, genau. Und indem es den Gang jemandem zuordnet, spring ich in die Luft. Im gleichen Augenblick. Im Kopf. Überrascht. Ich habe Anne vergessen, ich treffe sie gleich, ich denke aber, dass der Mann, den ich immer noch nur von hinten sehe, René sein muss. Niemand anders. Wieso hier? René. Halt. Nein, das sag ich nicht. Spreche ich ihn nicht an? Meinst du? Auch das Gehirn weigert sich. Warum denn? Ist doch Abenteuer. Wer außer dem Hirn kann sich überhaupt weigern? Lässt lieber alles beim Alten. Ich lasse lieber alles so. Aha. Und gehe weiter hinter dem Gang her, muss ich sowieso, wenn ich zu Anne kommen möchte. Gleiche Richtung. Den ich kenne und zugeordnet habe, René zugeordnet. René habe ich seit zehn Jahren glaube ich nicht mehr gesehen, ich bin mir fast sicher. Zehn Jahre. Vor zehn Jahren hat er nicht hier gewohnt, meine ich, mehr weiß ich nicht. Oder zwölf. Zuletzt habe ich ihn noch anzurufen versucht, vor zehn Jahren oder wann, sogar immer wieder, damals hatten wir es noch nicht so mit E-Mails, unsere Freundschaft war älter. Telefon. Stundenlanges Telefonieren. Abendelang. Lange Abende lang. Aber da hat er sich nicht gemeldet. Freundchen, Mensch. Nicht mehr von da an. Aus keinem Grund. Warum auch immer. Jedenfalls kein böses Blut. Nicht aus Feindschaft, nicht mal aus Nicht-Freundschaft, glaube ich, oder ich weiß es nicht, aber ich hab nicht das Gefühl. Und warum laufen einem die Leute davon? Aber so sind Freundschaften. Menschen sterben auch, und Freundschaften sind sowieso immer auf Zeit, oder? Heißt es doch. Auch wenn ich das vergesse, während der Freundschaft. Kann man überhaupt da dran denken dabei? Koordinationsprobleme. Ja, das vergesse ich. Aber ich habe die Freunde nicht mehr, keinen von denen, mit denen ich angefangen habe, nur noch ein paar dünne Freundschaften heute, ich kenne Leute, aber nicht mehr so alte Freundschaften, vielleicht sogar gute oder bessere, weiß ich auch nicht. Bekanntschaften. Schäme ich mich, wenn ich das sage? Vor wem? So klingt das nämlich. Ach Quatsch, das ist doch Quatsch, ich bin siebenundsechzig Jahre alt. Das Schöne ist, es macht mir nichts mehr aus. Zu alt und abgeknickt sowieso irgendwie.

Jetzt noch ein bisschen in den Tag hinein und Gurken essen und ein Bier pro Abend, nicht mehr, und Zigarillos, ich darf unbeherrscht sein, ein bisschen, ich hab kein Ziel. Bin aus der Richtung geschwemmt seitlich rüber. Niemand ist mehr aus mir zu machen. Aber das da, der Gang, das ist René. Irgendwann ist es klar. Und wenn ich den Namen jetzt rufe? René. Manchmal vergesse ich, dass ich nicht mutig bin, dann hab ich plötzlich schon losgeredet, erst hab ich das zu leise gesagt, und dann noch mal, dann aber vielleicht zu laut. René! Jedenfalls dreht er sich sofort um und sieht ein bisschen erschreckt aus. Erkennt mich. Hallo René! Jetzt wieder nicht so laut.

Was machst du denn hier?, fragt er, als wollte er lieber nicht, glaube ich.

Ich wohne hier, ich lebe doch hier.

Ja klar, sagt er, er weiß es ja oder müsste es wissen, und lacht zwar und das Gesicht hellt sich auf, wie ich das kenne an ihm, aber irgendwas … Hatte er mich vielleicht schon gesehen und gewusst, dass ich hinter ihm gehe? Und wollte weg? Wirkt kaum überrascht.

Wohnst du auch hier?, frage ich staunend und fröhlich und ein bisschen naiv, vielleicht weil es so einfacher ist. Warum auch immer. Er hatte, als wir uns das letzte Mal kannten, in Düsseldorf gewohnt, war damals immer ein bisschen hin und her gezogen, zwischen Düsseldorf und Essen, ich glaube, er war mal für eine Zeit zu jemandem hingezogen, der in einem Rollstuhl fuhr. Saß. Das fällt mir erst in diesem Augenblick wieder ein, ich hatte René vergessen, aus dem Blick, obwohl wir so befreundet waren, beste Freunde, weshalb mir überhaupt auffällt, dass ich ‚Wohnst du auch hier?' frage. Das kann man einen besten Freund eigentlich nicht fragen. Aber ist er ja auch nicht mehr. Und als er mich ansieht, habe ich das Gefühl, dass wir das, wenn wir uns so gegenüberstehen, nicht hinkriegen. Keine besten Freunde zu sein. Das ist seltsam.

Wahnsinn, sage ich.

Mehr als zehn Jahre, sagt er.

Noch mehr, ja?, frage ich.

Ich glaube elf-einhalb.

Oh.

Er nickt, als sei es seine Schuld. Als ginge es wirklich um die Jahre. Ich sehe ihn an und weiß nicht, was ich sagen soll. Ich weiß es nicht, nichts. Kommt zu plötzlich. Natürlich ist es seine Schuld. Aber auch wieder nicht *Schuld*. Klar. Ursache vielleicht. Wenn wir uns getroffen haben, haben wir immer geredet, eigentlich war meistens gleich Gespräch da. Quirlig. Gutes Gespräch oft, sprachlich habe ich mich selten mit jemandem so wohl gefühlt, wie René gegenüber, das ist jetzt ein Satz wie hinten auf einem Buch, oder so: Sprachlich habe ich mich selten mit mir so wohl gefühlt wie in seiner Gegenwart. Ich habe oft gut sprechen können in seiner Gegenwart, sonst war es für mich nicht immer eine Lust zu sprechen. Und ich habe kaum gut gesprochen irgendwo. Aber jetzt? Ich bin so still wie die Straße. Weiß nicht weiter, er offenbar auch nicht. Aber mir fällt Anne ein.

Ich bin auf dem Weg zu Anne, sage ich. Dass er nicht gleich fragt, wie es Anne geht, was Anne macht, ist typisch für René.

Ja, sagt er – und?

Was meinst du?, könnte ich fragen. Er weiß bestimmt weiter, er weiß, was er weiter sagen könnte, aber er sieht mich an und sagt nichts. Und er hat noch nicht gesagt, ob er hier wohnt. Ich glaube nicht, dass er hier wohnt, das passt nicht zu ihm, auch jetzt nicht, das war nie seine Stadt, obwohl er es mal behauptet hat, und ich hätte ihn bestimmt auch schon vorher gesehen. Andererseits, ich hab natürlich keine Ahnung. Ich kenn dich nicht mehr, denke ich, aber keineswegs traurig.

Wir können uns ja mal treffen, sagt er.

Gern, sage ich.

Ich ruf dich an, sagt er, ich glaube, ich hab deine Nummer noch. Ist es die gleiche geblieben?

Gern, sage ich, ja, genau die gleiche.

Grüß Anne, sagt er.

Ja, mach ich.

Und merke, dass er Julia nicht grüßt. Also weiß er das. Ich würde noch mehr sagen, nämlich dass ich mich freue, ihn gesehen zu haben, dass ich immer gedacht habe, es ist eigentlich ein bisschen ausgeschlossen, dass wir uns so gar nicht mehr oder so ganz und gar nie mehr sehen, obwohl es natürlich überhaupt nicht ausgeschlossen war. Aber ich sage es lieber nicht, und ich glaube auch, ich tue gut daran. Besser keine großen Worte, lieber jetzt nicht, nee, auf keinen

Fall. Und gehe weiter nach rechts und winke ihm zu, der geradeaus weitergeht und auch die Hand hebt und dabei lacht, wie er immer lacht. Über sich, über uns, über das Winken, keine Ahnung. Weiß ich nicht. Das ist sehr seltsam. René. Es kann schön sein, dass einer, wenn er lacht, so lacht, wie René immer gelacht hat, bis vor elf oder zwölf Jahren. Trotz Spott eventuell darin. Insgesamt aber, rechne ich nach, kenne ich ihn schon seit knapp über vierzig Jahren. So lange. Nein, seit knapp über fünfzig. Ach so.

Nachbarn nach dem ersten Kind. Nachbarn nach dem ersten Kind, was heißt das? Weißt du eigentlich … aber ich würde sagen, René ist auf den ersten Blick kaum älter geworden, oder? Stell dir mal vor, er wäre wirklich nicht älter geworden, das … wie hieß der, diese Romanfigur? Nicht möglich natürlich. Aber wie komisch. Dorian. Dorian Sowieso. Und ich bin auf jeden Fall älter geworden, das weiß ich, dicker auch, sieht man sofort, entfärbter auch, hat er sicher gleich gesehen. Weißer Mann, bleicher Mann. Zehn Jahre oder elf oder mehr, aber das wird ihn kaum interessiert haben. Das Gesicht formt sich so ein bisschen um mit der Zeit. Meins jedenfalls. Ist auch egal, Julia unverändert beziehungsweise … René interessiert sich nicht für das Alter anderer Leute. Glaube ich. Wofür interessiert sich René? Heutzutage? Tja. Weiß ich nicht. Würde mich aber interessieren, was ihn so interessiert. Viel Interesse überall. Und vielleicht treffe ich ja noch andere Leute aus der Vergangenheit, hier auf den paar Schritten heute auf dem

Weg zu Anne. Anne ist schon da, oder? Vielleicht ist das ein Traum-Gang in Wirklichkeit? Aber das weiß ich noch nicht. Nachbarn nach dem ersten Kind sind andere, zum Beispiel Clara und … wie lange ich Klaus schon nicht gesehen habe. Aber ich habe auch Clara lange nicht gesehen, und jetzt sowieso nicht. Nur telefoniert wie immer. Und sie haben sich noch zu zweit. Und sie haben Anette, die Anne aber nicht mehr kennt oder wenigstens kaum noch, soweit ich weiß. Aber ich weiß nicht, ob es für Anne nicht langweilig wird, wenn ich sie jetzt nach Leuten frage, für die sie sich, warum auch immer, zurzeit nicht interessiert. Nehme ich an. Riskant. Wer sich so alles nicht interessiert. Vielleicht ja doch, vielleicht sagt Anne sogar: Gut, dass du fragst, grad heute, denn gestern habe ich mit Anette eine ganze Stunde telefoniert. Eine Stunde oder mehr oder weniger eine Stunde. Eine Stunde ist so etwas Rundes, ein Kreis, Zeitkreis. Oder ich gehe hier gar nicht lang, und das ist auch geträumt. Kleiner Junge, der sein Alter träumt. Graues Haar. Ich glaube aber nicht. Weiß ja, was Träume sind, und das hier ist richtig draußen. Mit Steinen und kalter Luft und heller Sonne, und wahrscheinlich Atem aus dem Mund. Krankheitserreger womöglich ausgepustet. Und bestimmt wartet Anne schon. Aber Nachbarn nach dem ersten Kind, daran muss ich nachher noch mal denken, wenn ich zu Hause bin, das merke ich mir. Das beschließe ich jetzt auf alle Fälle. Okay? Und René merk ich mir auch. Und Clara ruf ich an.

Und Anne sagt, die Zeit sei bisher gar nicht so schlimm für sie, das könne man natürlich falsch verstehen, eine solche Aussage, ich solle das nicht falsch verstehen, aber es sei ja ein bisschen wie Eingeschneitsein bei vollem Kühlschrank, Ole sei schließlich auch da, die Kinder seien da, und vor allem sei Zeit da, sie hätten noch nie so viel Zeit gehabt zusammen, natürlich ist auch ein Gefühl von Unheimlichkeit da und – sie vermute – unten drunter diffuse Ängste, aber im Grunde lasse sie sich da hineinfallen, und trotzdem sei es gut, dass sie jetzt mal für eine Stunde Pause habe und allein rumgehen dürfe und sich nicht kümmern müsse, das habe erstmal Leo übernommen (Leo ist Ole), er spiele mit den Kindern Schlafstation im Hochgebirge, da legen sie Matratzen auf dem Boden aus und Kissen und jede Menge Bettzeug und spielen eben was dazu, eine Handlung entsteht, sie stellen irgendwelche Regeln auf und dann schlafen sie irgendwann ein, Leo meistens als Erster, aber das mache nichts, passe ja zu dem Spiel. Und die Kinder freuen sich, wenn er vor ihnen einschläft, dann haben sie gewonnen, finden sie. Leo will ja schlafen, und er will auch, dass die beiden schlafen, aber das geht manchmal so besser in der Matratzenlandschaft, darum machen sie das, und da könne dann auch sie mal ein bisschen draußen bleiben eine Weile und sich zum Beispiel mit dem Opa treffen.

Hallo Opa, sagt sie plötzlich und sieht mich freundlich an und ist auf der Stelle still, mit großen Augen. Wahrscheinlich denkt sie jetzt, dass sie die ganze Zeit vergessen hat, mich überhaupt anzusehen, was ich, falls es stimmt, nicht so furchtbar schlimm finde. Aber es bleibt ein bisschen kompliziert, ich lächle und sehe sie an, und sie weiß schon warum.

Denn ich bin auch still, ich kann nicht so schnell, das kennt sie, ich kann einfach nicht so schnell von Hören auf Sprechen umschalten und loslegen, das weiß sie ganz genau, Julia konnte das etwas besser, aber ich nicht, ich kann nicht einfach *jetzt ich* denken und aus meinem Leben erzählen oder irgendwas. Auch nicht, wenn Anne da steht oder halb hockt oder sich lehnt an einen Zaun. Ich denke daran, dass ich eben grad René gesehen habe, aber ich weiß nicht, ob ich ihr das erzählen soll, auch weil ich nicht weiß, ob sie sich überhaupt an René erinnert. Es könnte sie interessieren. Aber ich habe glaube ich keine Lust. René erinnert sich zwar an sie, aber das heißt noch gar nichts, das hatten wir schon öfter. Für Anne muss René keine wichtige Person sein, auch keine Person sein, die für mich wichtig ist. Oder mal war. Das weiß ja selbst ich bei René nicht, ob er wichtig ist, aber wollen wir da wirklich drüber sprechen?

Und Anette?, frage ich, da fällt mir ein, dass ich genau das nicht hatte tun wollen, Mist, blöd, darum spreche ich gleich weiter. Ich wollte Clara mal anrufen, sage ich, seit Tagen denke ich da immer wieder dran, ich hab schon lange nicht mit ihr gesprochen, und dann vergesse ich das doch, ich bin überhaupt nicht up to date, darum wollte ich vorher lieber doch fragen, ob du irgendwas weißt, damit ich nicht doof daherkomme.

Ja, klar, sagt sie, nee, doof kommst du auf keinen Fall daher, aber Anette geht's auch gut, verhältnismäßig wenigstens. Die waren grade auf Reisen, als das Ganze anfing, haben erst nicht so viel mitbekommen, sind dann aber doch früher zurück. Und nun wieder da seit … seit … Jetzt sind sie schon wieder ein paar Tage mindestens hier. Und die hocken auch so rum wie wir, nur dass Ulli, glaube ich, nicht so viel da ist wie Leo (Anne mag oder mochte den Namen Ole nicht und hat ihn irgendwann Leo genannt, nachdem die Kinder ihn zuerst so genannt hatten), man muss sich eben umgewöhnen oder drauf einstellen, sonst bist du den ganzen Tag bloß damit beschäftigt zu bemerken, wie sonderbar das alles ist. Wer weiß, was noch so kommt und wie lange das dauert. Sonst darf man das ja keinem sagen, aber ich hätte nichts dagegen, wenn das noch eine Weile so weitergeht. Ehrlich. Aber psst! Hauptsache, niemand wird krank. Oder nur ein bisschen und eine Woche höchstens.

Ich dachte, sage ich, du hättest gar keinen Kontakt mehr mit ihr.

Ach doch, jetzt schon seit einer Weile wieder. Ist auch gut. Nett. Im Augenblick sehen wir uns natürlich nicht. Kaum.

Ich gehe nicht gleich nach Haus, ich habe mir gedacht, bei der Gelegenheit könnte ich noch ein paar Sachen besorgen, einkaufen, Brot vor allem, aber mal sehen, Mayonnaise, Rotkohl, solange es noch so kühl ist, dass ich Rotkohl mag. Ideen für weitere Gerichte, Zwiebeln, jetzt hab ich eine Maske, einen Mund-Nase-Schutz, den hat Anne mir genäht, ein richtiges Geschenk, finde ich, Kohlrabi bräuchte ich auch.

Aus alten Stoffresten, hat sie gesagt, zusammengenäht. Ich muss mir das erst angewöhnen, sie zu tragen und gleichzeitig weiter zu atmen. Eine Birne vielleicht auch. Mit einer solchen Maske in einen Laden zu gehen. Dass man keine Luft zu kriegen meint, geht vorüber, sagt sie. Butter oder Margarine. Warm ist es da drunter, unter der Maske, bald haben alle eine auf. Keiner erkennt mich, und ich erkenne keinen, René hätte ich bestimmt nicht erkannt. Oder doch, gerade den, am Gang. Pass auf dich auf, hat sie gesagt. Ich könnte noch einen Umweg machen, überlege ich, Straßen ausprobieren, mit Maske und ohne. Straßen, die ich kenne. Seit wie vielen Jahren. Krone auf und raus, hatte der Lehrer in der dritten oder vierten Klasse gesagt, hier ganz in der Nähe, in der Schule, als ich die Rolle hatte, weiß ich nicht mehr, wie er hieß, eine ganze DIN-A4-Seite hatte ich auswendig zu lernen. Irgend so einen kleinen Wicht oder Wichtelmännchen darstellen, aber gleichzeitig eben was Königliches. Verträumt, vertauscht, verwandelt. Meine Rolle. Die Textseite, damals noch so komisch mit Hilfe von Alkohol kopiert oder jedenfalls vervielfältigt, bläulich-lila-wässrig, ich hab nie gesehen, wie sie das gemacht haben. Aber es hat gerochen, wenn es frisch war, alkoholisch. Bläuliche Schrift, Schreibmaschine. Jedenfalls werde ich nicht aus der Stadt rausziehen. Wie komm ich da jetzt drauf? Heute macht das keiner mehr so, schon sehr lange nicht mehr wahrscheinlich, mit dem Kopieren. Du spielst den König, sagt er, kleiner Wicht, aber in Wirklichkeit. Lehrer, ich weiß nicht mehr, wer das war, oder wahrscheinlich eine Lehrerin, sehe ich nicht vor mir. Nur das Papier sehe ich. Aber das ist die längste Rolle, sage ich zu dem Lehrer oder zu der Lehrerin. Eben, sagt er oder sie, musst du auswendig lernen. Kannst du aber. Pass auf, setz die Krone auf, dann geh raus und rede los. Red einfach los. Du kannst alles sagen, was auf dem Blatt steht, du kannst dir aussuchen, wie du es sagst, du kannst dir auch noch was dazu erfinden, wenn du Lust hast, bloß nicht zu schnell sprechen, darauf kommts an, lass dir Zeit. Die sollen dich verstehen. Ich muss mir angewöhnen, mehr Gemüse zu kaufen, überlege ich, ich möchte mir auch angewöhnen, länger draußen rumzulaufen, mehr frische Luft. Zeit lassen. Aber rauchen möchte ich weiter. Okay. Meine Tochter. Die Maske gefällt mir, dunkelblau mit einem rötlichen Muster. Schön. Anne hat erzählt, im Netz gibt es Anleitungen zur Herstellung von Masken. Geht ganz schnell. Ganz leise sage ich vor mich hin, noch leiser als ein Flüstern: Geht ganz schnell. Ich höre, wie ich das sage. Ich versuche es zugleich zu verstehen und zu meinen. Geht auch ganz schnell. Probieren Sie es mal aus, sage ich noch leiser.

Setz die Krone auf und versprich dir alles, was du halten kannst, hör dir einfach selber zu, Hoheit, was du sagst, geht ganz leicht, das geht ganz leise, egal wie leise, hör dich an und üb das, was du hören kannst, ob laut ob still, da wird ganz was Schönes draus, dann kannst du sagen, was du willst, da wird schön was Ganzes draus, dann halt die Hände auf und leg sie hinter die Ohren, als wären es Schalltrichter, dann sind es auch welche, Schalltrichter, Lautverstärker, und du wirst sehen, hinter den Ohren fangen die Hände all die feinen Laute auf, die kommen da aus deinem Mund, damit du mithörst, Schönheiten kannst du anhören, Zauberhaftes, dann wirst du mit dir selber sein und dann redest du die Rolle, die du spielst, da wird Vergnügen draus für alle Zeit, glaub mir, setz die Krone auf und raus mit dir, und los!

Ich setze die Maske auf und gehe in den Supermarkt. Ich kauf Brot, als Erstes kaufe ich in dem vorgelagerten Bäckerverkaufsstand Brot, das mache ich sonst immer nachher, und dann nehme ich auch noch zwei Brötchen, weil die so gut aussehen. Und nun betrete ich den eigentlichen Supermarktbereich. Gemüse. Ich kaufe Mayo, ich kaufe zwei Sorten Senf, ich habe eine Maske auf dem Mund und auf der Nase, und ich habe Hunger und kaufe Bergkäse, ich habe keinen Einkaufszettel, aber ich wähle zwischen drei Sorten streichfähigem Pfefferkäse einen Pfefferkäse aus, den ich schon kenne. Ich liebe Pfefferkäse und freue mich. Ich möchte Äpfel essen und gehe zurück zum Obst- und Gemüsestand und nehme auch Auberginen und Tomaten und Paprika sowieso und Zwiebeln, wie ich das vorhatte, aber ich habe keine Ahnung, wie ich das alles tragen soll. Kraut und Rüben. Toastbrot. Viel Brot also, denke ich, Kohlenhydrate, insgesamt ist das ziemlich viel Brot, du wirst immer dicker, da muss ich etwas davon einfrieren. Zu früh gefreut. Ich nehme einen relativ guten Wein für fast zehn Euro, den ich noch nicht kenne. Risiko. Doch lieber wieder zurückstellen? Nie wirst du erwachsen, denke ich und stelle ihn nicht zurück, sondern lächle. Französisch, hoffentlich nicht bitter oder sauer oder wie sagt man? Und Cola und Schweppes, das ist schön bitter. Ich kaufe auch Kartoffeln ein, alles durcheinander, noch mehr Gewicht, heute ist alles egal, ich gehe durch den Supermarkt, aber planlos, ich gehe vor und zurück, ich gehe kreuz und quer. Unter der Maske wird es erwartungsgemäß warm und feucht, außerdem beschlägt ebenso erwartungsgemäß die Brille, aber ich habe Appetit und brauche jetzt keine Brille, also bleibe ich kurz stehen und setze sie ab und stecke sie in die Brusttasche der Jacke, da muss ich nachher drauf achten. Das Verlangen nach Speise geht jetzt von diesen Nahrungsmitteln aus und auch von der Darbietungsform dieser Nahrungsmittel in diesem Supermarkt. Schließlich bezahle ich die Werbung wie immer mit. Das Ambiente. Die Musik. Und nachher ist Abend. Ich könnte alles kaufen. Ich könnte alles essen. Ich weiß, dass die Betreiber des Supermarktes auch möchten, dass ich alles kaufe, sie haben es genau darauf abgesehen, auf diese zumindest Tendenz, alles zu kaufen, von langer Hand darauf abgesehen, ich weiß das seit vielen Jahren, ich durchschaue das auch, aber es ist mir egal, völlig, ich lass mich gern verführen, heute lasse ich mich mal freiwillig los. Nur, wer soll das alles nach Hause bringen? Das ist die Frage. So viel habe ich noch nie eingekauft, glaube ich. Mit Karte bezahlen. Eine Flasche Apfelsaft, Butter, Frühlingsquark. Chips, Brezeln, neuartige salzige geröstete Brezeln, dreißig Prozent mehr Brezeln als sonst in der Packung, nach einem brandneuen

Rezept, oh, das kenne ich noch nicht, dies neue Rezept, ich hab seit Jahren nicht mehr solche Brezeln gegessen. Gekauft. An Chips überfresse ich mich leicht. Ich möchte auch noch Salat, also wieder zurück.

Als ich schon fast am Haus angekommen bin, zu Hause, fällt der Blick auf etwas Rotes, Verschluss-Ähnliches, eine Kappe, die auf dem Boden liegt. Auf dem Fußweg, der in kleinen Quadraten gemustert ist. Ich kenne diese Kappe schon seit Tagen. Ich kenne sie, weil ich sie vor mehreren – vielleicht fünf – Tagen nicht aufgehoben habe. Da hing noch ein länglicher rohrähnlicher Gegenstand daran. Ich gehe eigentlich jeden Tag mindestens einmal aus dem Haus, irgendwann gab es mal eine Ausnahme, vor kurzem, da habe ich mehr oder weniger den ganzen Tag das Bett gehütet. Am Tag darauf lag die rote Kappe einen Meter neben der Stelle, an der sie am ersten Tag gelegen hatte, aber der rohrähnliche Gegenstand befand sich nicht mehr daran. Vielleicht hat den jemand gebraucht, für nützlich erachtet. Sollte mich freuen, habe ich gedacht. Und die rote Kappe war nun allein. Hm. Und seitdem wandert sie. Von nun an allein, habe ich am nächsten, also am dritten oder vierten Tag in dieser Folge von Tagen, wieder gedacht. Und wenn ich mich nicht irrte, war sie wieder ein wenig weitergewandert. Rote Wanderkappe. Diese rote Kappe passt jetzt nirgendwo mehr drauf, habe ich an diesem oder an dem nächstfolgenden Tag gedacht. Und denke es heute noch einmal. Keiner kümmert sich um sie, selbst ich bin zu gleichgültig, um sie aufzunehmen und wegzuschmeißen. In die nächste Tonne, das ist doch nicht schlimm, die steht nicht so weit. Ich kann nicht mehr rekonstruieren, was das insgesamt für ein Gegenstand gewesen sein mag, zu dem sie gehörte. Die Kappe. Ich kann aber ganz schlecht sinnlose Dinge vom Fußweg aufheben und wegschmeißen, ich weiß nicht warum. Ich bin siebenundsechzig und werde achtundsechzig, aber ich habe immer noch das Gefühl, der Fußweg gehört mir nicht. Das ist sozusagen nicht mein Bereich, ich schwebe da nur drüber, bin schnell wieder weg. Natürlich gehört mir der Fußweg nicht, wem gehört der Fußweg denn auch? Und die rote Kappe gehört mir auch nicht, das ist schon klar. Aber offensichtlich gehört sie niemandem, keiner will sie, auch der ursprüngliche Besitzer erhebt keinen Anspruch mehr auf sie. Trotzdem. Sie liegt rum. Sie macht alles schmutzig. Nein, Quatsch, sie macht überhaupt nichts schmutzig. Sie ist nicht mal selbst schmutzig, sie ist rot, aber unnütz ist sie. Das ja. Ausgesprochen. Und wandert. Sie geht mich nichts an, das ist es, das ist der Ausdruck, den ich gesucht habe, sie geht niemanden etwas an, das wissen ja auch alle. Darum hebt sie keiner auf. Muss man ja auch nicht. Verpflichtet ist niemand. Trotzdem. Wozu? Was *wozu*? Wozu aufheben oder wozu nicht aufheben? Und, jedenfalls, heute liegt die rote Kappe wieder woanders, jetzt ziemlich am Rand, da wo fast schon ein Quadrat beginnt, mit Erde belegt, da wachsen in ein paar Wochen Blumen, Bodendecker oder etwas anderes, April, Mai, Juni, ich weiß nicht. Darauf kommt es jetzt auch nicht an, in der Pandemie. Vielleicht wandert die Kappe noch auf dieses Quadrat zu, dann müsste ihr aber jemand einen kleinen Schubs oder Schuss geben, damit sie Schwung bekommt und auf das Erdviertel fliegt. Wo sie vielleicht den Sommer verbringt. Das kann sein. Diese rote Kappe ist sicher sehr leicht. Ich bin schon weitergegangen, ich habe sie auch heute nicht aufgehoben, sondern mache mir Gedanken, wo sie morgen liegen wird, leicht verschoben. Ob ich sie noch mal sehe? Sogar rette? Ich mache mir Gedanken wegen ... Und pass auf, irgendwann ist sie weg.

Zu Hause klingelt das Telefon schon hinter der noch verschlossenen Tür. Jetzt geht es schnell. Jede Menge passiert. Vielleicht finde ich den Schlüssel in meiner Jackentasche, bevor das Klingeln aufhört. Als ich ihn im Schloss drehe, hört das Klingeln auf, und ich muss mich nicht mehr beeilen. Ich sage mir: zum Glück. Aber glaube ich mir das? Und ich erinnere mich, ich wollte mich, seit ich aufgehört habe zu arbeiten und seit Julia nicht mehr da ist, nicht mehr beeilen. Fester Entschluss. Ich habe das längst als sinnlos erkannt. Jahre vorher schon. Aber vielleicht ist es einfach lebendig, sich zu beeilen? Oder? Gehört doch dazu. Lebenszeichen. Es ist auch lebendig zu niesen und zu husten und sogar, müde zu sein und zu pinkeln und zu essen und sich auf ein Essen zu freuen. Das weiß ich. Ich freue mich auf einen Telefonanruf, ich werfe einen Blick aufs Telefon: Nummer unterdrückt. Ja klar. Ruft wieder an, ruft sicher wieder an. Jetzt will ich aber nicht den ganzen Abend warten. Wen kenne ich, der oder die seine oder ihre Nummer unterdrückt hat oder haben?

Anne hat erzählt, sie schlafen jetzt länger, sie frühstücken auch richtig, sie machen jetzt alles mit viel Zeit, aber manchmal habe sie Angst vor der vielleicht zu vielen Zeit, und dann befürchte sie, die anderen würden merken, vielleicht die Kinder, dass da zu viel Zeit ist, und was dann, und sozusagen, dass der Kaiser nackt ist, verstehst du das? Was machen wir da, ein Loch aus Zeit oder ein Verschluss, und die Zeit fließt nicht schnell genug wieder ab und neue Zeit kann nicht nachkommen, wird das dann langweilig? Fernsehgucken wollen sie nicht. Leo geht mit den Kindern spazieren, und sie gehen auch bei Regen raus, aber es regnet ja kaum zurzeit, Anne geht auch raus, sagt sie, mit den Kindern, natürlich nicht auf Spielplätze, aber an den Fluss, das darf man doch. Stundenlang im Sand und auf Abstand zu anderen, aufpassen muss man immer, die beiden vergessen das manchmal. Mit anderen Kindern spielen geht ja auch nicht. Na ja, dann geht das eben mal ne Weile nicht. Na ja, aber so einfach ist das manchmal nicht. Okay, dann gibt es eben ein Problem. Bei ihnen gibt es so selten Probleme, ich kenne viel mehr Probleme, früher hatten wir weit mehr Probleme, glaube ich. Sozusagen Konflikte. Kann nicht schaden, damit man keine Angst davor bekommt. Oder? Aber andererseits. Anne hat erzählt, sie sei so froh, dass Leo da sei. Mit dabei. Kennt sie gar nicht. So. Arbeitet zu Hause. Ich weiß nicht, wie lange Leo noch da sein kann, sagt sie, er hat wohl schon ein paar Leute entlassen müssen, das tut einem wie ihm natürlich sehr leid und weh und ist nebenbei auch komisch, weil er sich an sich nicht so machtvoll fühlt mit den

Jogginghosen an jeden Tag und der dünnen Mütze auf auch in der Wohnung. Fast noch ein Junge. Der schon Leute entlassen muss. Aber vielleicht war es nur vorübergehend, das weiß kein Mensch zurzeit, wie lange das dauert und wie sich das noch entwickelt, weiß keiner. Aber auf Sparflamme existiert die kleine Firma weiter?, habe ich gefragt, da hat Anne gesagt: Na ja, so klein ist die Firma inzwischen gar nicht mehr, die operieren ja weltweit. Was, die operieren weltweit? Ja, das geht aber alles fast von selbst, solange die Software funktioniert, da brauchst du gar nicht so viele Mitarbeiter. Schade, sage ich, ich weiß, das ist altmodisch. Nee nee, sagt Anne, Leo gefällt das auch nicht, Leo hatte eigentlich vor, mal was anderes auf die Beine zu stellen, aber das ist im Augenblick nicht so praktisch. Nein, sage ich, stimmt. Was willst du machen?

War eine Viertelstunde eingeschlafen, die Siebzehn-Uhr-Sonne strahlt durchs Fenster, bin gerade wieder aufgewacht. Liege aber noch, habe die Augen offen. Eine Seite des Zimmers, die, auf die ich sehe, hell von der Sonne. Alles still, von den anderen Wohnungen über und unter und neben mir kommt kein Laut, auch nicht von draußen. Vielleicht sind alle für eine Viertelstunde eingeschlafen. Oder außer Haus. Oder alle außer Welt. Die Siebzehn-Uhr-Sonne ist noch eine Wintersonne, aber sie hat es schon in sich, und sie zeigt: Bald wird es mehr. Eine stumme Sonne wie alle Sonnen, die bloß strahlen. Habe eine Leere in mir, nach einer Viertelstunde Schlaf, abgetrennt vom Geschehen zuvor, noch kein Geschehen danach, nicht mehr im Ablauf. Hänge vereinzelt zwischen Tageszeiten, kann mich nicht ablenken. Eine Weile noch abwarten so, den Kopf schwer im Kissen, dann kommt sicher wieder was.

Mittags unbedingt Rotkohl. Gefühlt letzte Gelegenheit vor dem Frühling. Rotkohl ist Wintergemüse. Ganz einfach mit zwei Bratwürsten und Kartoffeln. Senf, wunderbar. Senf hat vielleicht etwas in seiner Substanz, das mir elementar fehlt. Da ich es so süchtelnd in mich aufnehme ... Ich hab zu viel Kartoffeln gekocht, die schaff ich nicht, die mache ich morgen als Bratkartoffeln noch mal. Und was dann dazu? Auch die zweite Bratwurst kann ich eigentlich nicht mehr essen, jetzt, aber brät man eine gebratene Bratwurst Stunden später nochmal auf? Ich kann mich nicht erinnern, dass wir oder ich so was schon mal gemacht hätten, habe aber ein Gefühl von aufgebratener Schrumpeligkeit. Vorstellbar. Wäre nur nicht so schön. Also: Ich esse sie trotz Sattheit. Ein paar Minuten später weiß ich, dass das zu viel war. Das war zu viel und ist jetzt noch immer zu viel. Aber das Gefühl verliert sich wieder, das weiß ich, über die Nachmittagsstunden verliert sich das. Bis sieben Uhr hat sich das verloren.

Das ist ja nicht zu fassen!, habe ich gesagt. Laut. Clara hat angerufen, noch bevor ich sie anrufen konnte. Clara, sage ich, ich hab mich heute Nachmittag konspirativ mit Anne getroffen, keiner hats gemerkt, und ich habe Anne gefragt, ob sie wisse, wie es Anette geht, und dann hab ich gesagt, dass ich dich anrufen werde, aber in den nächsten Tagen. Und jetzt, drei Stunden später etwa, rufst du mich an. Und Clara schwört, dass sie nicht mit Anne gesprochen habe inzwischen, aber mit Anette habe sie heute schon telefoniert. Aber auch mit Anette habe sie nicht über Anne gesprochen. Anne und Anette, schon in der Schule haben sie zusammengehört. In letzter Zeit gab es dann, soweit ich weiß, Zwischenzeiten ohne Kontakt oder mit selteneren Kontakten. Allerdings, berichtet Clara, bekomme sie von Anette jetzt schon immer mal wieder Neuigkeiten über Anne und Leo gesteckt. Ganz normal. Das klinge ja alles gut, findet sie, trotz der doofen Zeit im Augenblick. Für jeden ist es ein bisschen anders doof, sagt sie. Klar, sage ich und merke, dass meine Stimme wahrscheinlich zu fröhlich und schwungvoll und laut für die doofe Zeit klingt, aber ich gebe Clara gegenüber lieber nicht zu, dass ich diese doofe Zeit, wenn ich in meiner Wohnung sitze, hin und wieder richtig vergesse, das Doofe daran, vor allem wenn ich telefoniere – außer der Mensch, mit dem ich spreche, fängt von der doofen Zeit an, dann weiß ich gleich wieder Bescheid und finde natürlich auch, dass das eine unheimliche Zeit ist, gespenstisch, etwas Niedagewesenes, und keiner weiß, wie es weitergeht. Nee. Das stimmt ja auch, sage ich. Ja, sagt Clara, und es mache ihr Angst, dass Anette offenbar gegen Ullis Panik nicht mehr ankommt, Ulli ist nämlich in Panik, jeden Tag mehr, und Anette, muss die Kinderchen vor dieser Panik bewahren und sie muss auch Ulli irgendwie von dieser Panik zumindest irgendwie wegleiten, aber wie? Wie soll sie das machen?, fragt Clara. Tja, sage ich, und Clara ärgert sich über Ulli, das höre ich heraus, wie kann der nur! Anette tut ihr leid, die Kinderchen tun ihr auch leid, sie glaubt nicht, dass Anette das alles schaffen kann. So einen ausgewachsenen Mann hält sie bestimmt nicht auf. Wenn der durchdreht. Aber er arbeitet doch, sage ich. Ja zum Glück, sagt sie, zum Glück ist er den ganzen Tag weg. Und wenn er abends nach Hause kommt, ist er voller Geschichten, wie schrecklich das alles ist da draußen. Ob die Kinder nun dabei sind oder nicht. Kümmert ihn nicht. Er hat nicht unrecht, sage ich. Ja aber das ist doch keine verantwortungsvolle Haltung!, sagt Clara. Schließlich hat er Kinder, er muss doch seiner elterlichen Filterfunktion nachkommen. Was?, frage ich. Finde ich, sagt sie und dann kommt plötzlich nichts mehr von ihr. Sodass ich mich schon frage: Weint sie? Leiser erkundige ich mich ins Telefon hinein: Clara? Bist du noch dran? Worüber haben wir grad gesprochen?, fragt sie. Ich wollte eigentlich, sage ich geistesgegenwärtig, wissen, wie es Klaus geht. Wir haben noch gar nicht über Klaus gesprochen. Nein, sagt sie, der ist nicht da, der ist auch unterwegs. Ach so, antworte ich. Der ist doch verrückt, sagt sie, oder? Der ist in Garmisch-Partenkirchen und verkauft dort ein Haus, unvorstellbar so was! Was?, frage ich, und jetzt verstehe ich nichts mehr. Wahrscheinlich haben sie Glück gehabt, sagt sie, dass sie in dieser Zeit dieses Haus überhaupt noch losgeworden sind. Zu diesem Preis. Das ist das Haus einer ziemlich alt gewordenen Tante von ihm. Ich glaube, oder wir haben das gehört oder gelesen oder wir haben das irgendwo gesehen, dass die Preise demnächst oder jetzt schon ziemlich runtergehen sollen, weiß ich auch nicht warum. Also da haben sie wirklich Glück gehabt. Wer denn?, frage ich. Oder das ist auch keine richtige Tante gewesen, sagt sie, sondern so anders, so eine Art Nenn-Tante oder Groß-Tante, ist ja auch völlig egal, jedenfalls ist sie letztes Jahr neunundachtzigjährig gestorben, und Klaus hat mit ein paar Schwestern und Vettern und Cousinen oder so zusammen dieses Haus geerbt. Und sie haben es noch im Januar verkauft, ziemlich schnell sind sie es losgeworden, rechtzeitig im Grunde, bevor diese blöde Zeit angefangen hat, da haben sie wirklich Glück gehabt. Aber jetzt musste eben einer von ihnen auch da hinfahren, um das alles zu regeln und die Unterschrift bei dem Notar zu leisten, und du kennst ja Klaus. Klaus hat sich sofort überreden lassen. Und das in dieser Zeit! Ich hab gedacht, ich hör nicht richtig, dass er dazu bereit ist. Aber ihm macht das nichts aus, sagt er, er sagt, die Züge sind leer, er fährt nämlich mit dem Zug, die Züge sind so leer wie nie, da kannst du dich reinsetzen und hast quasi einen ganzen Waggon für dich allein, das ist wie Erster Klasse, absolut sicher, da brauchst du gar nicht Erster Klasse zu buchen, da kannst du in diesem Zug hingehen, wohin du möchtest, mit einer Handvoll Leute hast du praktisch den ganzen Zug für dich allein. Und wirst nicht mal kontrolliert. Irgendwie scheint er das zu genießen. Und in Garmisch selbst hat er sich eine Ferienwohnung gemietet beziehungsweise die ersten beiden Nächte ist er noch in dem alten

Haus, das verkauft wird. Übernachtet dort. Oder jetzt ist es schon verkauft worden, genau genommen, jetzt hat Klaus, er hat gestern nämlich angerufen, auch schon eine Nacht in der Ferienwohnung übernachtet. Alles okay. Da hat er Fernsehen und kann mitbekommen, was so los ist, das ist ja nicht unwichtig zurzeit. Nee, sage ich und weiß nicht, was ich danach noch sagen soll. Ich überlege. Ich weiß, warum ich nicht gern mit Clara telefoniere, denn jedes Mal fehlt mir Julia. Sogar besonders. Ich kann Julia spüren, als wäre sie da, und sie fehlt mir, weil sie überhaupt nicht da ist. Clara und Klaus sind noch mittendrin. Wo denn drin eigentlich? Tja. Aber allein mit ihnen kann ich mich nicht wohlfühlen. Das geht sowieso nicht.

Sonst hat alles geklappt eigentlich, wenn auch bloß gerade so. Großes Ganzes. Muss ich aber sagen, im Rückblick. Das hatte ich nie für möglich gehalten. Im Grunde immer wegen allem Sorgen gemacht die ganze Zeit, aber umsonst, wie man sieht. Von heute aus. Außer wegen Julia, wegen Julia hab ich mir nie Sorgen gemacht. Ist ja auch alles gut gegangen, bis sie. Natürlich auch damals, in den vielen Jahren, klar, nie ganz und gar alles. Und vielleicht auch nicht immer große Sorgen. Nee. Eigentlich hab ich keinen Grund gehabt, oder? Ob die Mittel reichen, Einnahmen, auch nächstes Jahr? Blöd, denn als Anwalt, so wie ich, so wie wir … und ob das Kind gesund ist, Reflex-Sorgen waren das sozusagen, wegen Tagesdingen, wie ob die Schule gut ist, aber vor allem der ständig unsichere Boden. Gefühlt unsicher jedenfalls.

Der andauernd wegen allem Möglichen einbrechen, einstür-
zen konnte, Einfallstor, was sonst, pur im Grunde. Dabei hat
im Großen und Ganzen alles gehalten. Wahrscheinlich ein
Eigentor. Ja! Nicht bedacht immer wieder und Tag für Tag.
Dumm. Gefühlt eigentlich gar kein richtiger Grund und Boden. Nicht zum Drauftreten. Immer Vorsicht. Zum Beispiel
ob die Ehe hält, zum Beispiel ob das Geld denn reicht, kann
das denn überhaupt reichen? Irgendwann einmal? Von heute
aus hat es gereicht. Und die Ehe hat gehalten. Reicht immer
noch. Woher kommt es, ich meine, diese Sorgen und diese Gefühle? Überliefert, geerbt und verhängt und so weiter.
Das weiß ich wirklich nicht, hab ich auch keine Lust jetzt.
Von heute aus war das nicht das Problem. Aber die Beschäftigung damit. Sondern ein Fluch war das, eher so. Aber nie
auf festem Boden angekommen, nicht gelandet, nein. Verhindert, das schon eher, richtig, das ist Lebensgefühl, das ist
scheiße. Nie richtig angefangen, zumindest ich. Nicht richtig angefangen *jemals*. Und immerzu mit allem Möglichen
gerechnet. Im Hinterkopf auf jeden Fall. Bruch von – und
dass das Kind, die schreckliche Entzündung, als sie fünf war
oder vier, nicht Hals, nicht Lunge, aber was war das dann?
Doch Hals, oder? Zwei Tage hat sie da gelegen, auf dem
Sofa, kritische zwei Tage da sozusagen hingebettet. Dauernd verschwitzt. Sie hat nichts mehr gegessen, und sie hat
geglüht, kleines Kind, durchsichtig, hohes Fieber, sie wurde
immer leichter, Mandelentzündung. Ganz genau, Mandelentzündung. Und das Kind selbst weiß es nicht. War quasi nicht dabei. Und dann noch zwischendurch ständig die

Arbeit, Verhandlungen. Schon im Kopf, und dann auch im Saal ... morgen wieder und übermorgen schon wieder. Rauchen zwischendurch zum Glück. Und vorbereiten und rausgehen und da reden müssen und da auch reden wollen. Es geht ja um was. Verhalten und Verhältnismäßigkeiten und Verlässlichkeiten und der ganze Quatsch. Und sowieso auch solche Alltagssachen. Und Julia wollte zuletzt nicht aufhören zu arbeiten, dann, das war komisch, das hat mich schon überrascht, erst ein paar Jahre ist das jetzt her, ich weiß bis heute nicht, warum sie das nicht wollte. Warum eigentlich nicht? Wir wollten doch mal nach Israel reisen. Überall hin am liebsten. Australien. Aber sie wollte partout nicht in Rente. Auf keinen Fall! Und nicht in die USA. Wahrscheinlich wollte sie genau das nicht. Alt sein von nun an. Rente. In Rente dann natürlich doch, aber krank dann in Rente. Ja. Aber sie ist ja nicht darum gestorben, so weit kann das nicht gehen. Ist nicht besonders alt geworden. Weiß sie auch. Aber sie hat ihren Willen gehabt. Aber so? Lieber sterben als alt sein? Glaub ich nicht. Nein, hat nicht ihren Willen gehabt, das glaube ich doch nicht, so nicht. So weit geht sie nicht, so weit wird sie nicht gegangen sein. Da verbessere ich mich. Und heute? Keine Sorgen mehr, oder? Anders alles. Und wozu auch. Kind erwachsen und in guten Händen. Kind ein anderer Mensch mit neuen Menschen um sich herum zum Glück. Kind in einem anderen Leben. Freundlicher Mensch. Kind mit Kindern. Nicht verantwortlich mehr, ich selbst. So jedenfalls nicht. Das Gefühl ist vergangen und kommt nicht mehr auf, oder? Vorbei. Trotz der Enkel. Die Enkel,

Leonie und Frederik, die sind wunderbar, süß, lustig, niedlich, alles, aber ich bin da nicht verantwortlich. Und Julia ist nicht da. Keine Sorgen. Aber trotzdem kein trittsicheres Gefühl. Nö. Aber wozu auch Sorgen! Ich hätte mich mal sorgen sollen, als es drauf ankam. Gezielt sorgen sollen, vorher. An der richtigen Stelle. Zum richtigen Zeitpunkt. Aber sie wäre trotzdem nicht am Leben geblieben. Stirbt nicht an meiner Sorglosigkeit, ganz bestimmt nicht. Ich, wenn du mich fragst, bei mir kommt es nicht so drauf an. Nee. Aber andererseits, wenn du nochmal fragst, ich möchte lieber nicht krank sein, ich möchte auch lieber gar nicht sterben, wenn schon, und auch nicht leiden, bloß nicht, klar, so wie das alle sagen, keine Schmerzen, ich möchte zu essen haben, ich möchte in einer warmen Wohnung zu essen und zu trinken haben. Hab ich ja auch. Hab ich Glück gehabt. Und rauchen. Aber sonst. Kein Beruf. Kein Bedarf. Kein Leben für andere mehr, leider. Na ja. Ein Leben *mit* anderen aber auch nicht. Oder kaum. Ist so. Hänge nicht davon ab zum Glück, oder? Wenn ich das gewusst hätte. Wenn ich das gewusst hätte, dass Julia krank werden könnte, davor hatte ich nie Angst, wirklich weit und breit kein Angstgefühl. Nicht mal auf die Idee gekommen bin ich. Eben! Davor hätt ich nämlich Angst gehabt, wenn ich drauf gekommen wäre. Bestimmt. Ist kein anfälliger Typ. Julia. Gewesen. Dann aber schnell und vorbei und verschwunden und im Grunde plötzlich. Und unbegreiflich. Und auch so geblieben.

Am wenigsten geht tatsächlich das Essen. In den ersten Zeiten war das so. Das Essen ist an jedem Tag nicht mehr das gemeinsame Essen gewesen. Auch nach Jahren nicht. Ein, zwei Jahre auf jeden Fall hats gedauert. Das Essen ist schwierig. Die Gerichte, die wir zusammen gegessen haben, sind unmöglich geworden, sie waren es vom ersten Tag an. An den allerersten Tagen bin ich essen gegangen, allein oder mit Anne. Jeden Tag wieder, bis dann nur noch einmal in der Woche mit Anne und sonst allein. Und dann nach drei Wochen oder so auch nicht mehr allein, weil sogar das schwierig wurde. Man sitzt zu lange einsam an einem Tisch und wartet, bis das Essen kommt, und sieht die anderen Gäste angestrengt nicht an. Und wenn das Essen da ist, isst man schnell auf, ich jedenfalls, und wenn man fertig ist, wartet man so lange, bis man um die Rechnung bitten kann, das macht man ja nicht gern sofort. Und dann dauert das ein bisschen, bis die Rechnung gebracht wird, und danach will ich auch nicht sofort gehen, sondern warte wieder wenigstens zwei oder drei Minuten, und endlich ist man frei und draußen und kann nach Hause, wo man auch frei ist und allein, nur drinnen. Das geht auch nicht. Nichts geht, das ist das Unbegreifliche daran, gar nichts geht.

Erstmal habe ich den Entschluss gefasst, mit aller Kraft, neue Essen zu finden, im Internet. Ganz neue Gerichte, die nicht erinnern. Kategorie: An möglichst nichts erinnern. Es gab auch welche. Klar. Dann hab ich hin und wieder sogar gern gekocht. Und immer öfter gern. Geeignete Ablenkung und gleichzeitige Hinlenkung. Herumspielen mit duftenden, schmeckenden Dingen, die sich verwandeln lassen mittels Temperatur und Kombination. Ich koche nach wie vor gern. Ich esse viel Reis, auch asiatisch jetzt. Mit Mango drin und Curry. Oder ich kaufe Gefrorenes. Gibt da auch einiges mit Curry. Heute zum Beispiel habe ich eine Gemüsepfanne gegessen, die kenne ich natürlich schon, dazu einen Beutel Reis, der in nur acht Minuten fertiggekocht ist. Das ist toll. Aber es ist ein etwas zu großes Gericht für meinen Bedarf, danach lege ich mich aufs Sofa und spiele alter dicker müder Mann.

ZWEI

Vor vierzig Jahren, oder noch länger ist das her, mit René in Italien in den Bergen. Im Sommer oberhalb der Baumgrenze, damals habe ich den Ausdruck zum ersten Mal gehört, mit Stolz: oberhalb der Baumgrenze. Da waren jetzt wir. Wo wir lebten, da fuhr kein Auto hin. Ein paar Wochen sind wir dort gewesen, oder?

Vom großen See unten wanderte man zwei Stunden zu Fuß mit Rucksäcken hinauf. Auch deswegen Stolz. Ging man morgens *in den Ort*, hat man sich vorher gut überlegt, was man brauchte. Insgesamt vier Stunden hin und zurück. Meistens sind wir erst in der Nacht wieder in der Hütte gewesen.

Kein fließend Wasser, bloß der jederzeit fließende Bach. Und Strom? Kann ich mich nicht erinnern, nee. Die kleine Hütte wurde gerade umgebaut, darum sind wir dort untergebracht worden. Während des Baus – oder wie war das? Teilweise war es eine Baustelle, darauf waren wir natürlich nicht so stolz, das gefiel uns überhaupt nicht, aber den Besitzern gegenüber mussten wir den Zustand des kleinen Gebäudes gerade deswegen loben, das hatten wir gleich gemerkt: Kabel hingen aus den Wänden, und da standen auch Säcke mit Beton und Steine gestapelt. Verheißungsvoll vielleicht. Wird mal schön. Na ja, für die Besitzer. Wollten wir abends noch lesen, mussten wir die Taschenlampen anschalten. Das ging also nicht so lang.

Das Zimmer, in dem wir übernachtet haben, war erst ein paar Wochen vorher frisch gestrichen worden. Gefiel uns gar nicht, wir hatten eher Altes, Legendäres erwartet, gefüllt von langer Vergangenheit und mit Bedeutung. Dies Zimmer war atmosphärisch leider völlig tot, ohne kostbare Ausstrahlung oberhalb der Baumgrenze. Weißes kleines Räumchen mit zwei Liegen, ohne Schublade oder Schrank. Darüber allerdings waren wir froh, wir bezahlten ja nichts. Jedenfalls hatten wir das geglaubt.

Die letzte Hütte bis zum Gipfel? Ich glaube ja. Bis zu diesem Gipfel ging man dann noch mal anderthalb Stunden oder zwei. Das Licht. René ist nie mitgekommen, ich bin ein paar Mal allein aufgebrochen und weiß noch, dass ich froh war, für eine Weile ohne ihn zu sein – und traurig, darüber froh zu sein. Ich habe fotografiert und habe keine Ahnung, wo die Fotos heute sind. Noch lange nicht digital, aber auch nicht mehr schwarz-weiß. Die habe ich danach entwickeln lassen. Zu Hause. Verschickt und zurückbekommen. Die Kamera hatte ich mir von meinem Großvater geliehen, und ich habe die Kappe, die vorne drauf gehörte und gedreht wurde, zum Schutz, die habe ich da oben oberhalb der Baumgrenze verloren und gedacht: Macht ja nix. Aber der Großvater hat zwar nix gesagt, muss aber später gefunden haben, dass das doch was machte, und hat sich eine Ersatzkappe bestellt. Hab ich gesehen.

Die Hütte war schon alt gewesen, wahrscheinlich uralt, ein Stall für irgendwas Kleines, Gemauertes. Gehörte den Schwiegereltern von Renés Schwester, die in einer anderen Hütte wohnten, im Sommer, auch da oben, aber zehn Minuten zu Fuß weiter unten, auf dem Weg über die Wiese. Bei denen bekamen wir manchmal zu essen und verstanden kein Wort Italienisch, wie sie kein Wort Deutsch verstanden. Schwierige Stunden oder schwierige halbe Stunden, angestrengtes Gucken, mühsames Anfangen zu reden, Zeigen mit den Händen, ratlos Gucken, immer wieder Versuche, bis die beiden Alten doch lieber nur noch miteinander sprachen, endlos. Dann bedankten wir uns einfach auf Deutsch und gingen wieder rüber.

Bis auf die Wochenenden, da kamen Renés Schwester und ihr Mann und noch andere Verwandte. Die Schwiegereltern lebten den ganzen Sommer da oben, aber sie hatten ein Auto stehen, ein paar Minuten unterhalb ihrer Hütte, an dem letzten Wendeplatz, den es dort gab. Sie fuhren in den Ort runter, wann sie wollten.

Die Hütte, in der wir gewohnt haben, sollte schon im nächsten Sommer vermietet werden. Ab und zu kam ein junger Mann, den wir auch nicht verstanden, der arbeitete an dem Bau und verbesserte irgendwie die Wände, das hat uns nicht interessiert, der hat die Steine einen nach dem anderen aufgestellt, mit viel Zeit, und hat vielleicht auch noch ein weiteres Zimmer an die alten drangehängt, der hat die Wände gestrichen oder verputzt oder was weiß ich. Ich hatte keine Ahnung von solchen Sachen, die mich nicht interessiert haben. Ich weiß aber noch, dass auch eine Terrasse gebaut werden sollte, auf einem Streifen, wo jetzt noch Gras wuchs. Wo jetzt noch, also vor vierzig Jahren oder wahrscheinlich noch mehr als vierzig Jahren, vor fünfundvierzig, sechsundvierzig Jahren, Kühe und Ziegen in der Morgensonne lagen und ihrer DNA erzählten, wie schön die Welt ist. Fällt mir grad ein. Besonders hier oben über der Baumgrenze. Und die DNA erzählte es dann ihren Nachkommen weiter. Ob das so ist? Aber das war vor mehr als vierzig Jahren, und heute sind die Kühe aufgrund dieser Geschichten lebenserfahrener und wissen bestimmt besser Bescheid, und falls sich eine Gelegenheit ergibt, muss ich René nach der Terrasse und der Hütte überhaupt und auch nach seiner Schwester fragen, in die ich mich in den Wochen da oben verknallt hatte.

Ja klar, auch wenn sie ein paar Jahre älter war als ich und René. Aber ich bin ja sowieso nicht davon ausgegangen, irgendwann rauszurücken mit der Verknalltheit. Im Stillen verknallt kann man ja ruhig sein. So weit kannte ich mich schon und bin damals selten oder nie rausgerückt mit Verknalltheiten. Bis dahin bin ich, wenn ich mich nicht irre, überhaupt selten rausgerückt mit irgendwas. Und als wir nach ein paar Wochen wieder zu Hause waren, war das auch schnell vergessen.

Inga oder Inka.

Selbstverständlich haben René und ich das zum damaligen Zeitpunkt alles stillschweigend abgelehnt: Häuser besitzen und Autos besitzen und reiches Renovieren und sinnloses Rumkutschieren von hier nach da und von Haus zu Haus. Ohne es zu zeigen – wir waren freundlich und aßen, was auf den Tisch kam. Aber wir hätten lieber ein Jahr früher in dem alten Stall gewohnt, meinetwegen im Heu geschlafen, als heute in dem halb-neuen Häuschen. Und konnten nicht fassen, wie materiell diese Menschen eingestellt waren. Die besaßen schon überall auf den Hängen Häuser und weiter oben eben Hütten. Fuhren im großen Mercedes von Tür zu Tür und kontrollierten, ob alles okay war. Hände voller Schlüssel. Aber die meiste Zeit lebten sie in diesem Sommer und offenbar auch während aller anderen Sommer in aller Schlichtheit oberhalb der Baumgrenze in der einfachen Hütte, nicht weit von der ganz kleinen, in der wir wohnten. Warum? Rätselhaft. Aber weil sie bloß Italienisch sprachen, erfuhren wir nichts, keinen Grund. Vielleicht war es einfach so, weil es immer so gewesen war. Weil sie schon als Kinder und dann als junge Leute da raufgefahren waren und dort damals ihre beste Zeit gehabt hatten.

Aus Renés Schwester war auch nichts herauszubekommen. Renés Schwester interessierte sich nicht für die Schwiegereltern, sie interessierte sich eher für uns, sie war sexy und passte überhaupt nicht in eine Hütte oberhalb der Baumgrenze, sie beneidete uns, dass wir aus einer deutschen Großstadt kamen. Erstaunlicherweise kannte sie René erst seit einem halben Jahr, Inga oder Inka und René hatten bis dahin nicht voneinander gewusst, das heißt, Inga hatte zwar schon seit Jahren von der Existenz eines Bruders gewusst, aber nicht, wer er war und wo er wohnte. René hatte so lange gar nichts von Inga gewusst, bis er … Wie war das? Hat er irgendwelche Schränke seiner Adoptiveltern aufgebrochen oder hat er die Wahrheit geschickt aus ihnen herausgefragt? Haben sie sich irgendwie verraten oder hat er gedroht, als Volljähriger bei ihnen auszuziehen und nie wieder zurückzukommen? Hätte gepasst, oder? Ich glaube, er kannte seine Mutter. Ja genau, er hat jemanden in der Nachbarschaft ausfindig gemacht, der seine wirkliche Mutter noch kannte. Und die hat er dann einfach angerufen. Seine wirkliche Mutter hatte irgendwas mit Management zu tun. Er konnte sich kaputtlachen über sie. Sie kam ihm gar nicht wie seine wirkliche Mutter vor, hat er gesagt, weil sie so eine komische Lache hatte. Und so seltsames Kapitalistenzeug redete. Aber er hat mich angegrinst, als er das gesagt hat, es hat ihn nicht in die Verzweiflung getrieben. Dass er seinen Vater nicht gefunden hat, hatte ihn schon eher in die Verzweiflung getrieben.

Er grinst und lacht überhaupt viel. Damals jedenfalls. Sie, die wirkliche Mutter, hatte ihn als kleines Kind zur Adoption freigegeben. Sie saß dann in Frankfurt in einem Wolkenkratzer und verdiente viel Geld. Und er war ewig auf der Suche nach seinem Vater, aber den hat er, glaube ich, nie gefunden. Der war in Wahrheit tot, hat die Schwester damals erzählt. Jahrelang war René auf der Suche nach ihm gewesen, in der Zeit vor der Hütte oberhalb der Baumgrenze und danach immer noch. Obwohl Inga oben auf dem Platz vor der kleinen Hütte gesagt hatte, dass er tot sei, der gemeinsame Vater der beiden. Aber das hat René nicht geglaubt. Inga hat es sogar noch ein paar Mal gesagt, René hat dazu geschwiegen. Inga hat den Kopf geschüttelt und René angelächelt. Ich weiß nicht mehr, wann genau er endlich aufgegeben hat, den Vater zu suchen, aber das war noch lange Thema. Im Grunde hatte er damals ja kaum Möglichkeiten, den Vater zu suchen. Dagegen waren alle, die seinen Vater irgendwann einmal kennengelernt hatten, nicht mehr auf der Suche nach ihm. Sie hatten genug von ihm, sie waren betrogen worden von ihm, sie waren froh, dass er zumindest verschwunden war, endlich, sie mussten gründlich genug gehabt haben, ich habe keine Ahnung, warum genau. Worin der Verrat oder Betrug eigentlich bestanden hatte.

René konnte das alles nicht fassen. Er wollte es auch nicht glauben. Er musste zu diesem Zeitpunkt noch von einem lebendigen Vater ausgehen dürfen. Oder von einem zumindest interessanten. Und ich glaube, vor allem von einem Vater, der ihn, René, gut kannte.

Ich weiß aber auch, in welchem Ton Inga von diesem Vater, mit dem sie ihre ersten Jahre verbracht hatte, gesprochen hat. Auch Inga wollte den Vater ja nicht mehr sehen. Am liebsten nie mehr, hat sie gesagt. Er ist aber sowieso tot, hat sie damals hinzugefügt, und wenn er es nicht wäre, könnte er mir gestohlen bleiben, in Ewigkeit Amen!

Liebend gern hätte sie, Inga, nicht hier, sondern in einer Großstadt gewohnt. Metropole. Das war ihr Thema. Und schon ein oder zwei Jahre später war sie von ihrem italienischen Mann – den sie zu der Zeit gerade erst geheiratet hatte, ein halbes Jahr zuvor – getrennt und ging in die USA, wo sie sich gut auskannte, weil sie dort ohnehin schon aufgewachsen war. Sie sprach besser Englisch als Italienisch oder Deutsch oder jede andere Sprache. Sie soll ein Sprachgenie gewesen sein, so hatte René sie mir angekündigt, und sie sprach wirklich ein sehr italienisch klingendes Italienisch. Aber ich habe eigentlich keine Lust, jetzt weiter über diese alten –

Ich spreche überhaupt nicht gut Englisch, hat mir immer gefehlt. Das Englische. Unterwegs. Wenn ich überhaupt mal unterwegs war, wenn ich mal unterwegs sein musste. Mit dem Zug, mit dem Flieger. *Flieger* hab ich nicht gemocht, als Wort. Flugzeug, weit weit weit weg. Im Grunde unheimlich, oder? Immer Englisch, immer peinlich, oder? Immer mehr Vokabeln vergessen auf die Dauer, die Sprache nicht geübt, gepflegt, nein, ich habe überhaupt nicht, nie, denken gelernt auf Englisch. Dagegen schon bei Anne in der Schule überhaupt kein Problem mehr, die haben das ganz anders aufgenommen. Die *waren* das dann, englisch. Ich habe mich nicht englisch sprechend gefühlt, immer bloß übersetzt, was ich auf Deutsch denke, dachte, und schlecht übersetzt sowieso, unwillig. Als Anwalt, peinlich, das wäre peinlich gewesen, wenn es mir peinlich gewesen wäre. Aber dafür muss man der Typ sein. Mir war das nicht peinlich. Ich war auch nicht Anwalt, wissen Sie, das kann ich leider wirklich nicht sagen. Oh Gott! Aber was bin ich denn gewesen? Habe den Beruf doch ausgeübt. Plötzlicher Zweifel hinsichtlich der Vergangenheit. Aber das kann ich sagen: Ich habe den Beruf ausgeübt. Nicht schlecht ausgeübt, das kann ich auch sagen, das wird kaum einer anzweifeln, der mich gesehen oder beauftragt hat. Und als ich in Rente gegangen bin, hat es mir trotzdem nicht gefehlt. Reichte allmählich. Na ja doch, ein paar Tätigkeiten haben vielleicht gefehlt, ein bisschen, eine Weile noch, auch Leute haben gefehlt, auch dass man nützen kann, hat gefehlt. Nützlich sein kann. Aber die Bedeutung? Also Bedeutung, mit Bedeutung ausstaffiert? Wirklich nicht. Bin dann rausgeschlüpft aus dem Beruf blitzschnell. Hm. Die Mitarbeiter haben gefehlt, ja, aber die hab ich ja auch hin und wieder so gesehen, später. Das ging dann. Einerseits keine Angst vor Veränderung, andererseits die blanke Panik. Oder? Panik ist übertrieben.

Inga und René waren ineinander verknallt, das weiß ich, das hab ich damals gemerkt. Oder verknallt ist nicht das richtige Wort, aber sie waren einfach immer noch verwirrt und verführt und begeistert und verunsichert und bestimmt auch beeindruckt von der Tatsache, dass sie mit Anfang oder Mitte zwanzig einen Bruder beziehungsweise eine Schwester bekamen. Erst jetzt hatten sie einen Bruder beziehungsweise eine Schwester bekommen. Das hatte was Umwerfendes. Es hat sie jeden Augenblick umgeworfen werweißwohin. Sie wussten nicht, ob das ein Glück war oder was das eigentlich war. Sie waren ein bisschen high. Also keine kleinen Spielkameraden, denen man vielleicht ähnlich sah, guck mal!, mit Tanten und Onkeln um einen rum und Kuchen und Ausflügen und Eis-Essen, sondern sie

waren Leute, mit denen man notfalls auch schlafen konnte. Und ganz allein, ohne Eltern weit und breit. Zumal die
Eltern in dem Fall sowieso gar keine Eltern gewesen waren,
sondern weg, mehr oder weniger. Plötzliche Geschwister, die
es vor einem Jahr sozusagen noch nicht gegeben hatte und
mit denen man theoretisch auch schlafen konnte. Jederzeit.
Theoretisch hätten sie sich auch woanders kennenlernen
können, ohne zu wissen, dass sie Geschwister waren. Hätte
auch eine Erfindung sein können, dass sie verwandt waren.
Die Eltern gab es ja praktisch nicht. Zumindest nicht für
René. Die Eltern spielten als Eltern keine Rolle. Jetzt erst
recht nicht. Ich weiß nicht, ob sie miteinander geschlafen
haben. Aber danach hätte ich René nicht gefragt. Obwohl
ich glaube, dass es Zeiten gab oder Zeitabschnitte, in denen
er darauf geantwortet hätte. Vielleicht wollte er gefragt werden. Auch wenn er mir das dann später wieder übelgenommen hätte. Ganz sicher. Das mit dem Verknalltsein hatte er
mir ja auch verraten. Vielleicht hat er mir das später auch
übelgenommen. Weiß ich nicht. Obwohl ich nicht mal nach
dem Verknalltsein gefragt hatte, ich wäre ja damals in meinem ziemlich naiven Zustand aus eigener Fantasie heraus
oder auch aus meinem eigenen Beobachten heraus nie auf
die Idee gekommen. Dass die beiden. Ich weiß nicht mal,
ob es mich interessiert hätte. Und heute ist es mir aus anderen Gründen gleich. Jedenfalls ist das Ganze eine Geschichte. Oder dieses Ganze hätte jedenfalls eine Geschichte oder
eine andere Geschichte sein können. Was für eine? Frage-
zeichen oder Ausrufezeichen? Wenn ich René treffe oder er

anruft oder wir drei Stunden telefonieren – oder *falls* ich René nochmal treffen sollte, denn ich hab ihn ja erst heute oder gestern getroffen und es hat wahrscheinlich Gründe, wenn man sich zehn Jahre oder elf nicht sieht und nicht hört und nicht voneinander liest, obwohl man bis dahin immer gut befreundet und auch nicht mal irgendwie zerstritten war – dann werde ich ihn danach fragen. Nach Inga und ihm, damals und heute. Es ist eine Ewigkeit her. Alles komisch, diese Sachen, ich weiß gar nicht, ob ich dazu noch die Energie habe. Oder die Lust. Selbstgespräch mit Luftholen zwischendurch. Müde und dann wieder ins Bett.

Und morgens, ein paar Stunden später, fängt es gleich wieder an damit im Kopf. Erst weiß ich nicht, wie. Wie geht das? So eigenartig. Ich bekomme das nicht richtig mit, keine klaren … keine klaren Konturen. Aber dafür stark. Ausstrahlend wie Traum. Oder flirrend. Ist schon losgegangen, bevor ich wach war. Und das floss dann ganz über ins Wache, zähflüssig oder eilig strömend? Eilig nicht. Bis ich das gemerkt hab. Und erst viel später in Worten. Das ging in Worte über, während ich lieber noch müde liegen geblieben bin, ich habe mir das vorspielen lassen, ich bleibe jetzt neuerdings länger liegen am Morgen, ich wache etwa zur gleichen Zeit auf wie sonst, fast zeitpunktgenau, hatte ich schon mal festgestellt, oder? Ich wiederhole mich von Morgen zu Morgen, indem ich ungefähr zum gleichen Zeitpunkt aufwache, wie bereits gesagt. Dann aber bleibe ich schwer und habe keine Lust, weil manchmal so viel los ist, so wie jetzt, man kann ruhig auch liegen bleiben und an dem Schaustück teilnehmen. Bleiben Sie liegen und sehen Sie sich das an. Stören Sie nur einfach nicht.

Stolz auf den Wohnsitz oberhalb der Baumgrenze, und gleichzeitig auch enttäuscht davon gewesen. Wem erzähl ich das? Alles zu karg da oben, das hatte ich mir anders vorgestellt. Noch zu Hause anders vorgestellt. Wenn wir vor der Hütte sitzen, im Gras, wo bald die Terrasse eingerichtet sein wird, nächstes Jahr, schaut man auf die Berge und die Bäume, Wälder, die an den Flanken der Berge wachsen, dichtes Gestrüpp, wilde Zauberwälder, aber knapp unterhalb von uns und der Hütte und dem Hüttenvorplatz hört das Baumwachstum plötzlich auf, da kommen erst noch Büsche vor und dann ganz schnell auch diese nicht mehr. Gestein mit etwas flachem Gras überwachsen. Frischer Wind. Fehlen von Erde vermutlich, da wurzeln keine größeren Pflanzen mehr. Da klettern Ziegen. Pech gehabt. Sehnsucht nach verwilderter Vegetation. Für eine gute Viertelstunde sitzen wir dort oben in einer Wolke. Zu Hause mitten in einer Wolke. Das kann auch einen ganzen Tag dauern, sagt René. Habe seine Schwester erzählt, ein Wolkenvorkommnis. Aber wir haben Glück: Dann ist die Sonne wieder da. Sehr plötzlich und nicht zu fassen. Blauer Himmel. Eben noch Tropfen in der Luft, dichte Gräue, kein Meter Sichtweite, stehende Enge. Und nu? Als spielten irgendwo Leute und einer von denen würfelte die Wolke einfach weg. Bei einer Drei gibt's Sonnenschein, und du kannst die Wolke als Wolke, die du jetzt von außen siehst, beim Wegziehen betrachten. Mit Verwunderung.

Wenn ich doch aufstehe, muss ich aufs Klo. Eigentlich will ich danach nochmal zurück ins Bett, manchmal mach ich das so. Aber dann bin ich jetzt doch zu frisch, oder ich hab einfach keine Lust mehr zu liegen. Ich verstehe mich auch nicht, sondern folge einfach. Ich bin nicht frisch, mag aber auch nicht mehr horizontal, Horizantl, spinne ich mexikanisch oder plötzlich Peru, sondern könnte frühstücken bei Radio und trotzdem ganz allein. Aber auch das geht vorüber. Und eine Dusche zwischendurch tut gut, selbst wenn ich dazu vielleicht keine Lust habe.

Am nächsten Vormittag wollen wir früh nach unten in den Ort, wir brauchen Brot und Bewegung. Eine Flasche Wein. Man kann nicht den ganzen Tag in der Hütte oder in der Gegend um die Hütte herum verbringen. Nicht jeden Tag jedenfalls. René hat die Hoffnung, *dope* zu bekommen. Hasch. Er wirkt ernster als sonst, und dann lacht er über sich, wieder mal, auch wenn ich nicht in der Nähe bin beziehungsweise wenn er glaubt, dass ich nicht in der Nähe bin, und wenn ich in der Nähe bin und er das weiß, redet er viel davon. *Dope.* Wahrscheinlich ist er unsicher, wie es weitergeht. Seine Vorräte, die er von zu Hause mitgebracht hat, sind bald aufgebraucht. Sollte er nichts finden, fährt er zurück, sagt er, nach Hause. Was?, frage ich. Oder egal, ich kann auch einfach nehmen, was es gibt, sagt René dann wieder, ich muss nicht das haben, was ich will, dann eben das, was es gibt, sagt er, egal. Wir wollten ganz früh los heute, aber jetzt sitzen wir da oben und hören Musik aus Renés großem Radiorecorder oder *Ghettoblaster*. Damals ganz neu wahrscheinlich. Er redet, ich höre zu und mag die Musik und darf Wünsche äußern, was ich hören möchte, würde aber lieber gar nichts hören, lieber keine Musik, überhaupt keine elektronisch erzeugten Laute hier oben, da draußen. Aber weil wir die Hütte von Ingas Schwiegereltern zur Verfügung gestellt bekommen und Inga Renés Schwester ist und ich ohne René gar nicht hier sein könnte, sage ich nichts. Wenn wir unter uns sind, ist es also am ehesten Renés Hütte, und René möchte Musik laufen lassen, jedenfalls ist es eher seine Hütte als meine. Also darf er bestimmen, das weiß er, auch wenn er es nicht sagt. Dann gehen wir los, viel später als geplant. Aber egal. Schaffen wir das noch? Nach einer Viertelstunde sind wir in dem dichten Wald, fast Urwald, den ich mir gewünscht hatte, der Weg, auf den gerade so ein Auto passen würde und passen muss, denn die meisten Leute kommen ja in ihren Autos hier herauf bis zur Baumgrenze. Und was, wenn ein anderes Auto entgegenkommt? Der Weg führt durch den Wald, in dem alles Schatten ist, wann sollen die Sonnenstrahlen denn je auf den Boden treffen unter diesem dichten Blätterdach? Es ist warm und dunkel und manchmal hat man, zum Beispiel an einer der unzähligen Biegungen und Kurven, schon einen Blick auf den See, der immer noch tief unter uns liegt und jetzt auch noch etwas anderes sein könnte als ein See, etwas, das kein Mensch kennt zum Beispiel, so was Ähnliches wie Glas, aber etwas, wofür es kein Wort gibt, weil es noch kein Mensch je gesehen hatte jemals oder da gewesen war. Hm. Wir machen uns ja gar nicht klar, wo wir leben, wir leben ja in einer Welt, in der es alles schon gibt und in der alles längst benannt ist. Aber das ist unmöglich. Man erkennt nur wieder, sieht aber nichts Neues, weil man nicht davon ausgeht, dass es etwas gibt, etwas Neues, oder? Es gibt aber nicht alles sowieso schon. Das ist unwahrscheinlich. Da ist kein See! Wir kommen auf die Idee, das könnte genauso gut kein See sein, sondern etwas anderes, das wir erst noch untersuchen müssen oder müssten oder können oder könnten oder dürfen. Und dabei gehen wir weiter bergab und nicht vom Weg ab, denn wir wollen ja möglichst bald in dem Ort ankommen, um einzukaufen. Auch *dope*. Wir kennen den Ort ja noch kaum. Und einmal sehen wir etwas zwischen den Büschen und Bäumen blinken, auch wenn es beim Näherkommen matt wirkt, farblos. Was ist das? Dann gehen wir doch ein paar Meter wenigstens zur Seite und weiter, also von der Straße weg und in den Wald rein. Ins Gebüsch, wo es eben geblinkt hatte. Wir wagen uns in diese dicht-gewachsene, verschlungene Vegetation hinein und gehen auf ein Auto zu, das da steht. Da steht ein Auto. Wir sehen da im Wald ein Auto stehen, Baujahr wissen wir nicht, können wir auch nicht schätzen, aber uralt, sehr sehr uralt, mit geschwungenen Kotflügeln, fünfziger Jahre vielleicht, oder vierziger, eingewachsen in die Vegetation, umarmt von Gebüsch. Und nicht mehr losgelassen. Warum steht der hier?, fragt René. Wir können es nicht fassen. Im Wald! Geheimnis. Vielleicht ein Verbrechen? Könnte man heute nicht mehr aufdecken. Vielleicht in einer Nacht vor dreißig Jahren? Nachts geradeaus gefahren, wo man eine Kurve hätte nehmen müssen. Und der Fahrer? Ausgestiegen und nie wiedergekommen. Abgestürzt. Niemand hat sich drum gekümmert, aber der Wald hat sich drum gekümmert. Wir wollen uns in das Auto reinsetzen. Meinst du wirklich? Ja, los. Geht aber nicht. Warum nicht? Weiß ich nicht mehr. Vielleicht zu dicht vollgewachsen, Jahr für Jahr, Sommer für Sommer? Und vollgeregnet und wieder getrocknet, sonnengetrocknet, und Tiere drin und so, gebrütet bestimmt. Dass ich gerade das nicht mehr weiß. Ich glaube, damals hatte mich diese Auto-Geschichte nicht ganz so interessiert wie René. René interessiert sich, wofür ich mich nicht so interessiere, und umgekehrt. Wir gehen trotz seines Interesses irgendwann weiter, er braucht ja *dope*, ich dagegen wünsche mir zu sitzen und auf den See oder was das ist zu schauen. Wie ein Rentner, sagt René. Nein, sage ich. Bürgerlich, sagt René. Ach was, sage ich. Schauen und in der Sonne sitzen oder im Schatten, und etwas trinken vielleicht. Und schon vorher etwas gegessen haben. Gemüse oder Früchte. Ich wünsche mir ein paar freie Stunden, ein paar Freiheiten, aber René sucht schon jetzt nach *dope*. Unbedingt. Ich kann mir wirklich nicht vorstellen, dass man hier so was bekommt. Ich bin mir fast sicher, dass *dope* hier nicht zu kriegen ist. Aber René hat eine Begabung, Leute zu erkennen, die so was verkaufen wollen. Wir sitzen am Ufer des Sees und trinken, ich habe mich durchgesetzt. Plötzlich steht er auf und gibt mir einen Wink, der sagen soll, er komme gleich wieder. Nach ein paar Minuten ist er tatsächlich zurück, steht vor unserem Tisch und grinst.

Ich frage mich, dachte ich gestern nicht, dass ich heute etwas vorhabe? Heute schon wieder? Ich hatte doch gestern was vor. Das war auch, glaube ich, vorgestern, dass ich das dachte. Dachte das von gestern, ich dachte das auf gestern bezogen. Oder war es noch anders? Aber ich bin fast sicher, dass ich nicht heute etwas vorhabe. Vielleicht morgen. Ich sitze am Tisch und könnte mich genausogut in den bequemeren Sessel, der eigentlich auch kein richtiger Sessel ist, aber von mir um der Unterscheidung von den dünnen Stühlen willen so genannt wird, setzen. Ich habe aufgegessen, geröstetes Brot, wie immer. Nicht wie immer, manchmal esse ich wie gesagt auch täglich Müsli. Über Wochen. Jetzt Marmelade. Kaffee. Ein paar Tabletten, aber nicht viele. Wann habe ich das letzte Mal allein gelebt? Eine interessante Frage. Ich bleibe auf dem unbequemeren Stuhl sitzen, ich sitze gerne gerade, und auf dem unbequemen Stuhl sitzt man am leichtesten eine längere Zeit und merkt dabei das Unbequeme auch kaum, wenn man gerade sitzt. Jedenfalls nicht, solange man gerade sitzt. Damals, als ich mit René in der Hütte war, habe ich nicht allein gelebt, sondern gerade noch bei meinen Eltern, aber kurz darauf – allein gelebt -, und das hat nicht lange gedauert. Zwei Jahre? Aber ich habe immer gedacht, ich bin eigentlich jemand, der gut allein leben könnte. Und ich habe oft gedacht, dass das auf mich zukommen würde, eher früher als später. Angst hatte ich keine, kann ich – glaube ich – sagen. Aber erst jetzt lebe ich richtig allein, immerhin seit ein paar Jahren schon. Umstellung war schwierig. Nicht nur eine Umstellung auf das Alleinleben, vor allem eine Umgewöhnung, von nun an ohne Julia.

Ein paar Stunden später gehen wir im Dunkeln zurück die Serpentinen entlang, den Berg wieder hinauf, bald stehen keine Straßenlaternen mehr an der Seite, im Wald ist es stockdunkel, wirklich Nacht, wir haben die Taschenlampe vergessen, wir haben sie nicht vergessen, weil wir gar nicht davon ausgegangen waren, uns so spät erst wieder auf den Weg zu machen. Ich glaube, wir schaffen es nicht bis zur Hütte, René lacht sich halbtot, weil ich glaube, dass wir es nicht schaffen, weil ich Sorgen habe, er sagt, dann nehmen wir uns doch die Vespa da. Und ich sehe, da steht tatsächlich eine Vespa am Straßenrand vor einem Haus im Wald, immer wieder kommen wir an einzelnen Häusern vorbei, die aber, je höher wir steigen, seltener werden. Größere Abstände dazwischen, aber hier steht eins. Ich kann René gerade noch von dem Versuch abbringen, die Vespa zu stehlen, lachend sitzt er schon fast drauf, mit einem Bein drüber geschwungen. Aber sie wird abgeschlossen sein, sage ich, zum Glück, denke ich, ich hoffe es. Er lacht mich jetzt schon aus und ruft laut krächzend in den Wald: Sie wird abgeschlossen sein, sagt er! Sie wird abgeschlossen sein! Hier verschließt doch kein Mensch so was. Eine Vespa! Mitten im Wald! Aber zum Glück sitzt er doch wieder ab, wer weiß, was in seinem Kopf vorgeht, und kommt weiter mit. Ohne Vespa. Ohne dass ich es gemerkt hatte, hatte er unten im Ort noch vor einer Stunde oder so etwas von dem frisch gekauften *dope* zu sich genommen, er hat es nicht abwarten können. Das wirkt schon jetzt deutlich stärker, sodass ich Zweifel habe, ob ich ihn den ganzen Weg nach oben mitschleifen kann oder ob ich ihn über die gesamte Entfernung werde überreden können, selbstständig mitzugehen. Das wird er kaum machen. Ich glaube ja selbst nicht, dass wir in dieser blöden Dunkelheit den Weg finden werden. Ein paar Abzweigungen gibt es, im Tageslicht sind die kein Problem, aber auswendig gelernt haben wir sie noch nicht. Ich habe die Sorge, dass wir eine verpassen könnten. René ist alles egal. Und an sich ist es ja auch eine tolle warme Nacht, wunderbar, märchenhaft könnte es sein, freier Himmel und Düfte, die ich nicht kenne und die offenbar erst bei Dunkelheit frei werden. Gibt es das? Dass Pflanzen sich erst nachts mit ihren Gerüchen bei aller Welt bewerben? Hab ich mal gehört, glaub ich aber nicht. Klingt komisch. Nach menschlichen Pflanzen klingt das. Menschlichen Pflanzen? Ist aber auch egal, es ist eben so, es duftet in der Nacht, es duftet gut und meinetwegen betörend und möglicherweise auch wirklich etwas anders als am Tag, vielleicht bin ich aber auch bloß weniger abgelenkt. Am liebsten möchte ich immer hier sein, in dieser Gegend später ganz leben, ja! Aber ich finde es scheußlich, so mit einem *bekifften* René weiter bergauf zu kriechen, ihm dauernd gut zureden zu müssen, ihn zu überreden, weil ich selber unbedingt in die Hütte will, ich will in meinen Schlafsack, nach Hause. René bleibt alle drei Meter stehen, um dieses Land *nicht genug loben zu können*, weil es diese Straße durch diesen dunklen Wald hervorgebracht hat. Trotz der Dunkelheit sehe ich ihn, weil er noch etwas dunkler ist als die Dunkelheit um ihn herum, er wirft die Arme in die Luft, um diese Nacht *großzügig* zu finden, *die ist so wahnsinnig, die ist so wahnsinnig großzügig, das ist so eine Nacht!* Mir ist das völlig fremd, es ärgert mich auch, albern, dumm, jedes Mal, wenn er lacht, ärgert es mich, das war ein Fehler, überhaupt mit ihm hierherzukommen, hier herauf, nicht nur heute in den Ort, sondern alles, von Anfang an, zu Hause überhaupt schon in den Zug gestiegen zu sein.

Und im Grunde hatte ich das auch in diesem Zug bereits gespürt, weiß ich jetzt, auf der Herfahrt, als er mit jedem neuen Schaffner das Gespräch gesucht hat, wie aufgedreht und künstlich wieder abgebremst, wie er über alles Mögliche, über diese Gegend, über den Kaffee, den man hier trinkt, über das Wasser geredet hat. Gequatscht. Gelobtes Land. Mir war es peinlich, mir ist es auch jetzt peinlich, obwohl ich mit ihm allein bin. Obwohl ich imgrunde ganz allein bin, ohne ihn. Ja. Und obwohl ich andererseits auch zugeben muss, dass René das *kann*. Er ist begabt und ein Typ. *Echter* Typ. Als Figur ist er rund. Er kann mit Leuten reden, also kann er auch mit Schaffnern reden, am besten ist das zu erkennen, wenn ein Schaffner nicht mit ihm sprechen möchte. Der Schaffner sagt nichts und will weitergehen. René lässt es aber nicht zu, dass der Schaffner kurz angebunden bleibt. Heute weiß ich nicht mehr, wie er das fertig bringt, gebracht hat damals, auf jeden Fall aber reizt er den weiterwollenden Schaffner in ein Thema hinein, das er selbst bestimmt, René. René hat Charme, und René kann offenbar spüren, was den Schaffner, den er ja nicht kennt, doch noch zum Stehenbleiben bringen könnte. Der Schaffner, von dem ich eben noch angenommen hätte, dass er schon so gut wie weg ist, bleibt stehen, tatsächlich, jetzt will der Schaffner das offenbar auch selbst und antwortet nicht nur auf das, was René eben im Vorbeigehen des Schaffners gesagt hatte, er fängt auch selber an, der Schaffner, er erzählt etwas, das ihm gerade dazu einfällt und das er nicht unbedingt erzählen müsste. Eigentlich hat er keine Zeit, er muss ja weiter. Zu dumm, dass ich nicht mehr weiß, worum es ging, es ging um Kaffee, das weiß ich noch, aber das kann ja nicht reichen. Oder reicht es? Vielleicht bleibt der Schaffner René gegenüber ein bisschen spöttisch, wenn er sagt: Was wissen Sie eigentlich über italienischen Kaffee? Was erwarten Sie denn, wenn Sie bei mir einen italienischen Kaffee bestellen? Sie kennen ja nur den deutschen Muckefuck. René grinst und fragt: Muckefuck? Der Schaffner sagt: Muckefuck, genau. René sagt: Irrtum. Und dann macht René ein ernstes Gesicht, als verstünde er nun keinen Spaß mehr, und kalte Ablehnung klingt mit, wenn er sagt: Sie irren sich, Muckefuck ist was ganz anderes.

Jetzt ist der Schaffner sprachlos, vielleicht hatte er das nicht erwartet, vor allem nicht diesen Ton. Ist er in die Falle gegangen? Leicht kopfschüttelnd tut er unbeteiligt, geht weiter, als verspüre er zwar plötzlich ein intensives Gefühl, kenne aber das Gefühl nicht oder könne es im Augenblick nicht einordnen. Verwirrung vielleicht, die überspielt werden muss, bevor man weitermachen kann?

Jetzt bin ich bei dem Schaffner in dem Zug vor vierzig Jahren oder wann das war. Eben noch waren wir auf der Straße durch den Wald zur Hütte hinauf. Wie komme ich darauf, wieso kann ich mich erinnern, ich glaube, ich hab das noch nie vor mir gesehen, ich sehe die dunkle Straße, ich sehe die Vespa, wie sie am Straßenrand steht, ich habe mich noch nie an das erinnert, ich habe mich jedenfalls nicht so erinnert, in den letzten zwanzig oder dreißig Jahren habe ich auf keinen Fall an den Hüttensommer oberhalb der Baum-grenze gedacht, und während ich jetzt daran denke, weiß ich plötzlich, dass alle meine Vorstellungen über menschliches Alter und Älterwerden falsch sind und falsch waren, Vorstel-lungen, die ich vor vierzig Jahren hatte und Vorstellungen, die ich heute habe, wahrscheinlich genauso wie die Vorstel-lungen, die ich gestern hatte, bevor ich mich an René und die Hütte erinnert habe. So gesehen bin ich gestern noch ein Kind gewesen. Denn die Vorstellungen zwischen gestern und heute unterscheiden sich. Ich weiß: In der ganzen Zeit seit vierzig Jahren ist fast nichts passiert. Oder doch. Alles hat sich verändert, aber so gut wie nichts oder wirklich gar nichts hat sich, wie ich zu allen Zeiten gedacht habe, auch verwandelt. Das stimmt. Immer bin ich von Verwandlung ausgegangen, davon, dass ich selbst in einem Verwandlungsprozess begriffen wäre. Quatsch. Der Schaffner im Zug nach Italien, den ich in diesem Augenblick zumindest konturenhaft vor mir sehe und dessen Gefühl, das ihn im Weggehen von Renés Platz und meinem Platz einen Meter weiter zu dem nächsten Fahrgast hinüber gestreift hat oder vielleicht auch merkwürdig berührt hat, ich ahne, was es war, ich ahne es jetzt erst, nachträglich, und sofort sehe ich René vor mir. Ich weiß nicht, was ich früher schon geahnt und inzwischen wieder vergessen habe. Ob René sich verwandelt hat, weiß ich nicht, ich weiß es natürlich nicht und werde es auch nicht mehr feststellen, selbst wenn ich den heutigen René in der nächsten Zeit sehen sollte. In den nächsten Tagen. Aber *ich* habe mich nicht verwandelt. Jedenfalls nicht grundsätzlich. Und, bin ich enttäuscht? Dann ist das eben so. Dann bleibe ich halt, wer ich bin oder war, und komme damit zurecht oder nicht. Heute enttäuscht mich das nicht. Ich rauche einen Zigarillo, obwohl es schon spät ist. Oder weil es spät ist. Ich sollte eigentlich ins Bett gehen. Ich weiß nicht mehr, ob wir oder wann wir in der zwar scheußlichen, aber eigentlich wunderbaren Nacht damals, die man ganz anders hätte verbringen können, oben an der Hütte angekommen sind. Sind wir bestimmt. Wenn ich mich nicht irre, hatten wir auf einem kleinen Wiesenstück, nicht weit von der Hütte, eine Pause gemacht, ich glaube, ich war so müde, dass ich sofort einschlief, während René hellwach blieb und ununterbrochen erzählte, immer weiter. Hat er mir nichts von seinem *dope* angeboten? Vielleicht, aber ich hatte nichts gewollt. Zu dem Zeitpunkt noch nicht. Ich wollte nicht, auch wenn es auf der Wiese gut gepasst hätte, mitten in der Nacht. Viel mehr interessierte mich der Gipfel des Berges, ich wollte dort, wo wir waren, sein. Bleiben. Wiederkommen, mit anderen Menschen. In einem anderen Alter. Ich wollte auf den Gipfel. Höchste Stelle unter dem Himmel dort. Wollte da sein und so weiter. *Dope* wäre Störung gewesen. Wozu es wenig später auch noch wurde.

Am frühen Abend raus auf die Straßen. Die Straßen leer, die Läden zu, die Restaurants leer und zu, der Wind weht trotzdem zwischen den Häusern, die Autos geparkt, die Menschen lieber in den Wohnungen geblieben, obwohl kein Regen und noch nicht so spät, Geräusche wie auf dem Land. Kino geschlossen. Mir gefällt es, mir fällt auch gleich ein Stein vom Herzen, ich weiß nicht, von welcher Last befreit ich bin. Grundsätzlich? Weiß ich auch nicht, aber so fühlt sich das an. Sehnsucht plötzlich. Ich gehe noch einen Straßenzug, weiter als ich wollte, ich will alles sehen, was ich kenne. Und ich kenne das alles ganz anders, habe es nie so gesehen und plane Streifzüge durch Gegenden, morgen und dann täglich, zu allen Tageszeiten, immer so. Neugierig auf die Stadt in diesem Zustand. Möge die Zeit dauern. So was darf man sich nicht wünschen, schließlich ist die Wirtschaft geschrumpft, Existenzen sind bedroht. Trotzdem. Jetzt bräuchten wir nur noch einzuschneien, Dämpfung bis zur Lautlosigkeit.

An einem Tag sitzen wir den ganzen Tag im Gras vor der Hütte, Ingas Schwiegereltern sind weggefahren, wir haben es von weitem gesehen. Kein Mensch da, auch nicht auf dem nahen Wanderweg. Ach ja, hier führt in Steinwurfnähe ein schmaler Weg entlang, wer auf den Gipfel rauf will beziehungsweise runter auf die Straße in den Ort, muss hier lang. Da kommen manchmal am Tag Wanderer, die brauchen wir zum Glück nicht alle zu grüßen, dazu ist der Weg etwas zu weit entfernt von der Hütte, vor der wir sitzen, das hat man im Gefühl, das ist zu weit, wir müssten fast brüllen, wollten wir grüßen. Gebrüllte Grüße passen nicht auf einen so stillen Berg. Besonders still im Nebel, wie heute, an diesem Tag. Entweder wir sehen die Wanderer nicht, oder der Nebel ist als ein so breiter und großer und alles umfangender auch schon von weiter unten zu sehen. Sodass keiner Lust hat, heute heraufzukommen. Sonst könnte man auch winken, ich weiß nicht, ob wir mal gewunken haben, aber auch das ist eine zu große Geste. Als glaube man die dort Gehenden zu kennen. Ich glaube, wir haben einfach nicht immer hingesehen zu dem Wanderweg, ob da wer ging, und wenn da wer ging, vielleicht sogar weggesehen. Und die Wanderer haben auch nicht immer hergesehen zu uns.

In dem Nebel ist es kühler, so wie es hier oben an der Hütte sowieso kühler ist als ein paar Höhenmeter weiter unten auf der Straße im Wald oder ganz unten am See, wo es inzwischen heiß sein wird. Nach zehn ist es dort heiß. Jeden Tag, sicher auch heute. Keine Wolke und pralle Hitze, während wir hier oben wieder in der Wolke sitzen und uns

Jacken anziehen. Man friert nicht gerade, trotzdem ungemütlich. So oberhalb der Baumgrenze. Das hört erst auf, wenn die Sonne – wie es heißt – herauskommt. Bisher kommt sie nicht. Ich weiß nicht, ob es Zeichen gibt, die darauf hindeuten, dass die Sonne heute noch herauskommt, ich kenne solche Zeichen nicht. Und erstens glaube ich auch nicht, dass es diese Zeichen gibt, und zweitens glaube ich nicht, dass die Sonne heute noch herauskommt.

So ist das bei uns da oberhalb der Baumgrenze, wenn wir vor der Hütte im Gras sitzen oder auf zwei weißen Plastikstühlen, die es dort gibt. Gratis dazu. Es gibt auch einen schiefen Plastiktisch, der bleibt immer schief, wie man ihn auch stellt. Selbst wenn man etwas drunterstellt, unter ein Bein, Servietten, oder unter zwei Beine, René hat auch mal einen flachen Stein druntergelegt oder sogar Erde, und ein Bein in die Erde eingebettet, in eine Erde-Stein-Kombi, aber dann stand der Tisch nur auf den ersten Blick gerade, dann doch wieder schief. Trotzdem haben wir was draufgestellt, wenn wir gegessen haben, das ging auch, ohne dass es runterrutschte. Oder ein Buch darauf abgelegt. Oder Tabak. Blättchen. Kein Wind. Der kleine Tisch hat zu unserer Szene dazugehört, gut gepasst, die Stühle haben auch dazugehört, noch besser. Ich habe versucht zu lesen, aber René wollte fast immer Musik hören. Aus dem Ghettoblaster. Yes, Supertramp, Musik, die ich auch mochte, immer noch mag, wenn ich sie höre, aber nicht, während ich lese, damals nicht und heute ohnehin nicht. Cat Stevens. Wenn jemand singt, kann ich nicht lesen. Ich hätte mich woandershin setzen können.

Ich mag diese Szene, ich ahnte schon, dass ich mich bald an sie erinnern würde. Es war ein furchtbarer Tag, ich habe mir die Szene für meine eigene Vorstellung aufgehoben. Auch wenn sie keine Pointe hat, wie ich gleich merken werde. Ich hole sie erst jetzt aus der Erinnerung und genieße sie. Dabei wusste ich vorher: Sie gibt nicht viel her. Nur René und ich. Macht aber nichts. Er sitzt und raucht. Lässt die Musik laufen und muss doch merken, dass mich die Musik beim Lesen stört. Aber das stört ihn nicht, oder? Ich kann es nicht fassen. Vermutlich weise ich nicht selbst darauf hin. Wenigstens das müsste er merken. Vielleicht setze ich mich weg. Kann so gewesen sein. Weiter weg, in einen anderen Nebel, wo es auch kalt ist und man besser lesen kann? War es zu kalt zum Lesen oder zu laut zum Lesen? Jedenfalls gab es Schwierigkeiten. Vor allem mit René, der geraucht hatte und weiter rauchte, den ganzen Tag, und mir anbot, auch zu rauchen. Es tue ihm gut, sagt er. Ich habe dann auch geraucht, ich habe versucht zu rauchen. Es war wie bei vielen Laien: Man pafft, soll inhalieren, wird gesagt, also inhaliert man, man kann aber nicht. Hustet. Verhustet das Ganze. René lacht sich kaputt, lacht mich aus, ist schon so weit, dass er kaum noch reden kann, kann nur noch lachen und sagen: GEIL! Immer wieder: GEIL! Womit er die Musik meint, glaube ich erst und sagt er dann auch und spielt immer wieder dasselbe Lied. Den ganzen Vormittag, den ganzen Nachmittag, den ganzen Abend. Bis tief in die Nacht. Ich gebe das Rauchen auf, vielleicht mach ich morgen noch einen Versuch. Aber ich stehe nicht auf von dem weißen Stuhl, René fragt, ob ich was intus habe, hast du trotzdem was *drin*? Und lacht laut los, fragt nochmal, ob ich was *mitgekriegt* habe. Lacht wieder laut und lacht weiter. Ja vielleicht, sage ich. *Vielleicht?*, fragt er und wiederholt es. *Vielleicht!* Und lacht über *vielleicht* und dass ich es an dieser Stelle gesagt habe. Gerade jetzt. Hier. An dieser Stelle. Ich muss nicht drüber lachen, ich kann gar nicht lachen, leider, ich kann auch nicht mitlachen, im Gegenteil: Es stört mich, dass René lacht. Mich widert das an, auch wenn ich nicht will, dass es mich anwidert. Ihm ist es nicht unangenehm. Nichts. Auf keinen Fall. Zumindest macht er den Eindruck. Wie schön. Genau das ist das Schöne, nehme ich an. Ich versteh ihn nicht, er versteht mich auch nicht, das ist klar. Aber er lacht und ich nicht. Am liebsten würde ich auf den Gipfel gehen, jetzt wortlos aufstehen und auf den Gipfel gehen. Aber der Nebel! Man kann jetzt nichts sehen. Im Grunde möchte ich gar nichts sehen, möchte nur gehen, ich muss nichts sehen, aber ich würde gern steigen. Aufwärts gehen. Mir geht es nicht in erster Linie um den Aussichtseffekt. Ich kann hier nicht länger sitzen und nicht mal lesen. Trotzdem stehe ich nicht auf und gehe auch nicht los. Und dann ist es auch bald zu spät, um in der Helligkeit noch zurückzukommen. Könnte mir egal sein. Ich könnte eine kleinere Runde drehen. Schon wenn man sich ein paar Meter von der Hütte wegbewegt, sieht man die Spuren der Murmeltiere. Stimmt das, heißen sie wirklich Murmeltiere? Unmöglich, dass es Tiere gibt, die so heißen.

Anne ruft an und kommt und stellt mir Eingekauftes vor die Tür, weil ich nicht selbst gehen soll. Bleib lieber drin. Ist sehr nett von Anne, ich überweise ihr sofort den Betrag und kann, was sie gekauft hat, gut gebrauchen. Alles. Aber ich brauche noch mehr oder könnte noch mehr brauchen, und am nächsten Tag gehe ich selbst los. Wieder in den Supermarkt. Ich gehe etwas weiter als sonst, ich gehe gern dorthin, wohin ich immer gehe, aber heute gehe ich einen etwas anderen Weg und ziehe die Maske auf und betrete einen anderen Supermarkt. Auch dieser Supermarkt ist ein Ort mit guter Wirkung. Ich freu mich schon. Ich hatte erst gar nicht darauf geachtet. Ich habe Supermarktbesuche oft als notwendige Übel betrachtet. Aber jetzt habe ich Lust zu diesem kleinen Abenteuer, ich sehe Leute, ich nehme, wie gesagt, auch mal einen anderen Supermarkt als sonst. In den hier gehe ich selten. Ich stehe drin und warte einen Augenblick. Plötzlich interessant, was da passiert. Ich weiß nicht, passiert hier denn was? Normalerweise geht man hinein, hat einen Zettel oder hat sowieso alles im Kopf oder vertraut darauf, dass man schon die richtigen Sachen im richtigen Augenblick sehen wird, die, die man braucht oder auch welche, die man brauchen könnte und, wie sich nachträglich vielleicht herausstellt, tatsächlich gebraucht hat. Und wenn man alles zusammengesucht hat, geht man an die Kasse, bezahlt, packt ein und kann wieder raus und Maske ab. Aber was, wenn ich die Spielregeln ändere oder wenn ich feststelle, dass die Spielregeln diesmal oder plötzlich andere sind. Ich gehe da rein und möchte gar nicht so schnell wieder raus, ich möchte mich lieber noch umsehen, ich verbringe hier meine Zeit, ich drehe den Spieß um, ich bin nicht fixiert auf die Dinge, die ich brauche, ich sehe zwar die Dinge, die ich brauche, und nehme sie in den Wagen, ich kann mir aber auch noch andere Angebote anschauen, ich schau mir alles an, was es gibt und was ich nicht kaufe, und nehme auch unbekannte Sachen in die Hand, ich kann zusehen, wie andere Leute aussuchen, was sie brauchen, und es kaufen. Ich gehe bis zur Kasse, dann dreh ich nochmal um, habe ich nicht die eine oder andere Abteilung stiefmütterlich behandelt? Ich muss nachsehen. Ich betrachte eingehender, was mich nicht interessiert, ich betrachte eigentlich nur noch, was mich nicht interessiert: viel Fleisch, Sorten, die ich nie esse, unterschiedliche Würste, unterschiedliche Spirituosen, die ich nie trinke, unterschiedlichste Sorten Nudeln, aber auch Strümpfe, Gummibänder, Gläser, DVDs, ich würde nie eine DVD in einem Supermarkt kaufen, ich neige auch nicht zu teurem Wein, aber jetzt lese ich, dass zu jeder Flasche Wein ein kleines Schildchen dasteht mit Herkunft und Vorschlägen, zu welchem Gericht dieser Wein schmeckt, oder jener. Ich sehe die billigen Whiskeys und Gin und Liköre, kleine Flaschen, große, die mich nicht interessieren. Ich gehe weiter, ich weiß nicht, wie lange bin ich eigentlich schon hier? Komisch, ich bin immer noch hier, ich spüre die Maske gar nicht, ich habe Ausdauer entwickelt, wahrscheinlich wirken meine Augen gerade wach. Schön wach. Aber es gibt niemanden, glaube ich, der oder die sich darüber freuen würde. Über Wachheit. Schade, aber ich erinnere mich an

Situationen, da freuten sich Menschen, wenn meine Augen wach wirkten, lebendig. Ich freue mich ja auch, wenn ich bei anderen Menschen wache Augen sehe, bei meinen Enkelkindern, wie heißen die Enkelkinder? Ich werde rot im Gesicht. Ich vergesse ihre Namen so leicht. Dabei sind es nur zwei. Scham. Aber auch Prüfungsgefühl und durchgefallen. Heute wieder. Es ist Nachmittag, ich habe, glaube ich, den ganzen Tag noch nicht an die Enkelkinder gedacht. Ich bin Großeltern für sie, beide, ein Teil bin ich wirklich, der andere Teil ist Ersatz. Allerdings ist das eher eine Absichtserklärung. Wie gesagt, die Namen. Zurzeit sehen wir uns auch nicht, manchmal im Computer, Sonntagnachmittags, wenn Anne und Leo und die Kinder mich zu einer Zoom-Sitzung einladen. Leonie und Frederik. Aber daran möchte ich jetzt nicht denken, ich stehe im Supermarkt, hier möchte ich bleiben, ich muss mich nicht setzen. Ich mag Zoom-Sitzungen nicht so, wahrscheinlich zu alt. Ob es Kameras gibt, die beobachten, wie lange man in einem Supermarkt bleibt? Im Supermarkt muss man keinen Eintritt zahlen. Wenn ich jetzt den ganzen Tag hierbleibe, werde ich irgendwann hinausgeworfen oder wenigstens gebeten, so langsam mal zu gehen? Ihr Zeitfenster schließt sich in dreizehn Minuten, begeben Sie sich bitte direkt an die Kasse. Vielen Dank. Nee, ich warte noch, ich gehe noch einen Quergang, ich gucke noch bei den Spülmitteln, das Spülmittelangebot ist auch sehr interessant, es gibt so besonders viele unterschiedliche Spülmittel. Fast alle grün. Tolle Namen. Und noch viele andere Möglichkeiten, sauber zu machen. Es gibt ausgesprochen zahlreiche Produkte in diesem Zusammenhang. Ohne mich entschlossen zu haben, gehe ich dann doch. Zur Kasse und raus. Ich habe gar nicht so viel eingekauft. Entweder niemand hat gemerkt, wie lange ich geblieben bin, oder es war noch im Toleranzbereich. Oder sie tun freundlicherweise so, als hätten sie es mir überlassen. Rentner dürfen länger bleiben. Gnade vor Recht. Aber nirgendwo steht, dass man seine Einkäufe in einem Zeitraum unter drei Stunden abgeschlossen haben muss. Wie lange war ich da? So lange war das nicht. Ich bin wieder draußen.

Abends ruft Clara noch einmal an, ich sage aber, dass ich gerade keine Zeit habe, vielleicht rufe ich später zurück. Oder morgen? Lieber morgen. Ich esse, ich trinke, ich rauche, ich rauche, ich gehe schlafen, ich habe heute eingekauft. Ich bin fast so froh wie früher nach einer Wanderung, aber auch etwas erschöpfter.

Traum von lauter Turnübungen und Hilfestellungen. Was für Turnübungen und wo war das? Wie immer in den Schulträumen die alten grauen Hallen und Räumlichkeiten aus einem anderen Jahrhundert, das kein Mensch kennt. Selbstverständlich kommt es einem trotzdem vor. Kleine Menschen und hohe Decken. Sind wir Kinder? Wirbelige Körper. Beweglich im Turnzeug und frierend, weil die Halle so groß ist und erst seit ein paar Minuten geheizt wird. Draußen das Wetter. Man schwitzt den kalten Schweiß auf die Oberfläche der Haut, der Schweiß macht einen kreischenden Ton, wenn man mit den kaltschweißnassen Füßen

auf dem gummiartigen Boden der Halle ins Rutschen gerät. Wird heiß an der Haut und riecht nach Brand. Das
glaube ich nicht, dass wir Kinder sind. Oder die Lebens-
alter sind ganz egal, das kann sein, darauf kommt es jetzt
nicht an, keiner hat ein Alter, jeder ein eigenes, wichtig sind
allein Bewegungen. Wir sind doch die Bewegungen, oder?
Bewegungen, die zu machen sind. Und auf die Zeitabläufe
kommt es an: Wo einer steht, wann einer springen oder laufen oder sich mit den Handgelenken aufsetzen und gleich
abrollen soll und was wir danach noch zu tun haben. Dass
man erst die eine Bewegung ausführen sollte und dann die
zweite ausführen muss, die dritte und so weiter. Dann wird
es schwierig, außerdem braucht man an manchen sogenann-
ten Eckpunkten dieser Übungen unbedingt Hilfestellung.
Gerade wenn das nicht einzusehen ist, weil es eher harmlose Momente zwischen eher wagemutigeren Momenten
sind oder zu sein scheinen. Diese bleiben komischerweise
in vielen Fällen ohne Hilfestellung. Das Ganze ist nicht zu
durchschauen. Da pass mal auf, ruft der Lehrer, der Gaum
heißt oder Dülm, da brauchst du aber Hilfestellung, sonst
hör sofort auf. Hör auf damit. Und was du da in den Armen
hast, sind nicht Muskeln, das ist Marmelade. Das sagt er
immer wieder, zu einigen von uns. Dann sagt er: Was du
da machen willst, geht gar nicht ohne Hilfestellung, er sagt
es fast mit Zorn in der Stimme. Und noch weiter: Wenn
du das nämlich ohne Hilfestellung machst, und da passiert
was oder der Rektor kriegt das raus, dann fliege ich. Alle
sind stumm und warten auf die Momente für die Hilfestel-

lungen. Ihr versteht einfach die Hilfestellungen nicht, sagt er. Wir müssen uns bücken, eine Ewigkeit, den Boden bei ausgestreckten Beinen mit den Fingerspitzen berühren. Es riecht schon etwas nach Schweiß im Raum. Wir müssen uns hinlegen und das rechte Bein abspreizen, wir stehen am Barren und hören zu, was wir tun sollen, über den Barren fliegen, wir stehen am Pferd, wir machen Bücklinge, wir kugeln uns aus dem Weg, was als besonders gefährlich gilt. Aber gerade das Kugeln macht auch Spaß. Und das Rollen. Zwischendurch kommen immer die Hilfestellungen, die darin bestehen, dass wir selbst es sind, Leute von uns, die unseren Leuten, also uns, beistehen, indem sie sich einem an die Seite stellen. Erst weiß man nicht so recht, wie das zu machen sein soll, man bereitet eine Hilfestellung sorgfältig vor. Soll man, sagt der Lehrer. Schon im Geist bereitet man sie vor. Ist jederzeit bereit einzugreifen. Manchmal wird dabei sogar ein Arm gehalten, der Arm eines Übenden, aber in den meisten Fällen gibt es keine Berührung. Hilfestellungen könnten auch besonders gute Einbildungen sein. Man ahnt sie bloß. Es sind sowohl die Einbildungen des Übenden als auch die Einbildungen des Hilfestellenden, die sich berühren sollen. Versteht ihr, sagt der Lehrer. Doch der Lehrer ist noch nicht zufrieden, er spricht von schwankenden Brückenenden, die sich so gerade eben in der Mitte verfehlen, viel-viel-viel zu locker. Viel zu dünne Ärmchen. In Wirklichkeit könnt ihr das alle nicht, sagt er. Das merkt ihr aber schon selbst, oder? Das wisst ihr ganz genau, das habt ihr zu Hause auch nicht geübt, ihr habt keine Hilfestellungen geübt, sonst wär das zu sehen. Schwach und schwach bricht in der Mitte durch, seht ihr. In Wirklichkeit ist da ganz und gar nicht von einer stabilen Hilfestellung zu sprechen. Ihr wisst das sehr wohl. Im Notfall hätte das Folgen, da würden Katastrophen geschehen, unvorstellbaren Ausmaßes. Aber der Notfall, denken alle stumm in sich hinein, tritt doch nicht ein, man kann also den Hilfestellung Leistenden gar nicht ansehen, dass sie ungenügend Hilfestellung leisten. Die Übenden schneiden etwas besser ab, sagt der Lehrer plötzlich, weil er merkt, dass er zwischendurch etwas Aufmunterndes sagen sollte, aber auf die Übenden kommt es hier nun mal nicht an, sagt er weiter, wir prüfen heute nur die Hilfestehenden. Was? Die Hilfestehenden? Das haben wir aber nicht gewusst, sagt einer von uns. Sonst bleibt es still. Doch, das ist die Aufgabe gewesen, sagt der Lehrer. Keiner hat gut abgeschnitten. Ihr müsstet euch auf euch verlassen können, jeder hat einen Schwerpunkt in sich, das wisst ihr ganz genau, der Schwerpunkt darf nicht verlassen werden. Aber ihr seid die ganze Zeit über nichts als schwankende Gerüste, an welchen Bau wollt ihr euch denn stellen, damit Arbeiter ein solches Gerüst benutzen könnten, um ein Gebäude zu errichten oder auch bloß eine Wand zu renovieren? Als er das sagt, merke ich, ich muss aufs Klo. Also hebe ich den Arm und bitte den Lehrer, austreten zu dürfen. Er ist so still aufgebracht, dass ich befürchte, die Stimmung noch weiter zu verschlechtern. Aber jetzt nickt er, und dann nickt er auch einem der Mitschüler zu und sagt zu ihm: Geh mit, er darf nicht allein sein auf seinem Gang, das wäre in diesen Zeiten viel zu gefährlich. Passt also gut auf, und dann kommt bloß wieder. Aber wir kommen nicht wieder. Ich weiß nicht, wo mein Begleiter ist, aber ich bin plötzlich wach und muss aufstehen. Aufs Klo.

Peter, der im Haus zwei Stockwerke über mir wohnt, der mit seinem Hund Susi zusammenlebt und einen großen Garten auf seinem großen Balkon hat, den er rührend bewirtschaftet, Peter ruft an und fragt, ob ich Lust hätte, zu ihm zu kommen, ihn da oben zu besuchen, in der Mittagsstunde, wenn es warm genug ist, draußen zu sitzen. Wir machen das manchmal an den Wochenenden oder wenn besonders schönes Wetter ist – und ich habe es mir zur Regel gemacht, jedes Mal eine Flasche Prosecco mitzubringen. Nicht immer trinken wir sie auch. Dann beschließen wir, dass er sie kaltstellt, für das nächste Mal. Beim nächsten Mal bringe ich allerdings wieder eine Flasche mit, und er erwähnt die letzte Flasche auch nicht mehr, obwohl ich unsicher bin, ob er sie getrunken hat.

Peter hat eine Gartenbank in seinem Garten stehen und möchte erzählen. Er selbst sitzt in einem Gartenstuhl. Hat wieder Marmelade gekocht und gibt mir später ein Glas Kirschmarmelade mit, kündigt er an. Habe ich vorhin rausgestellt, steht in der Küche. Ist mit Schuss. Danke, sage ich. Peter arbeitet schon seit zwei Jahren nicht mehr, er erzählt, er war gemobbt worden, eine ganze Zeit lang, es sei ihm so schlecht gegangen und immer schlechter, bis ich fast verrückt geworden bin, sagt er, man habe ihn verdächtigt, dieses oder jenes versäumt zu haben, man habe ihm Vorwürfe gemacht, Vorhaltungen, man wollte ihn aber halten, ihm nicht kündigen, er sollte nicht gehen. Aber an jedem neuen Arbeitstag musste er befürchten, dass man wieder auf ihn zukam und ihm Dinge vorhielt, mit denen er nichts zu tun hatte. Quälerei. Trotz des Unschuldsgefühls konnte er sich nicht verteidigen, alles war so schmierig, sagt er, glatt, schließlich war er nicht mehr in der Lage zu arbeiten. Auch das war ihm nicht erlaubt, glaubte er. Er traute sich nicht aufzuhören, aber an irgendeinem Tag blieb er einfach zu Hause, und einen Tag später ging er zu seinem Hausarzt. Seitdem ist er nie wieder in das Hotel gegangen.

Er hat nämlich in einem Hotel gearbeitet, am Empfang, in diesem Hotel war der Empfang eine begehrte Stelle, und so hat er, wie man sagt, den Kürzeren gezogen. Peter ist eine sanfte Seele, man muss freundlich zu ihm sein, auch vorsichtig, ich möchte ihn nicht kränken, aber inzwischen laufe ich auch nicht Gefahr, ihn zu kränken. Ich gehe nur zu ihm, wenn ich wirklich möchte. Wenn ich gestimmt bin, die Regeln zu wahren. Ich lasse ihn erzählen, ich lasse ihn lächeln. Peter glaubt an Steine und an Pflanzen, er glaubt, dass die Pflanzen in seinem Garten gute Stimmung machen und ihn notfalls schützen würden, leise spricht er mit ihnen, er fasst sie an und ist der Meinung, sie spüren das und fühlen sich geschmeichelt – und schmeicheln zurück. Manchmal nicke ich, manchmal nicke ich auch nicht, aber ich sage lieber nichts dagegen und sehe ihn an. Er glaubt an die Luft, er sagt mir, welche Luft wir heute haben, welche Wirkung die

Luft heute hat, und welche Wirkung sie gestern hatte. Vielleicht hat er recht, vielleicht hat er vor allem hier in seinem Garten recht, ich sehe die Verbundenheit zu den Pflanzen und zu Susi. Hier wo er wohnt, das ist eine andere Welt, eine eigene Umgebung, die er sich geschaffen hat. Kein Mensch, der es nicht kennt, ahnt, dass es das hier gibt. Er pflegt die Umgebung. Ich habe noch nie jemanden anders hier gesehen, Peter erzählt zwar von zwei, drei Leuten, die ihn immer wieder besuchen, die gleichen Namen fallen öfter. Denen schenke er auch Früchte und Marmelade. Er nennt die Namen fast jedes Mal, seit langem kenne ich sie und sogar ihre Geschichten. Das alles glaube ich zwar nicht, ich widerspreche aber auch nicht. Ich vergesse jedes Mal, was er über sie sagt, auch ihre Namen kann ich mir nicht merken. Sie fallen mir erst ein, wenn er sie wieder mal erwähnt.

Peter selbst erzählt nicht hastig, er spricht überhaupt nicht schnell, er hat eine Geschwindigkeit und Melodie, die mich bannen. Schwebend. Wenn ich ihm außerhalb unseres Hauses begegne, was nicht oft passiert, erkenne ich ihn kaum. Das liegt aber nicht an seiner Kleidung, seine Kleidung ist ganz normale Kleidung, nicht alt, nicht neu, nicht vornehm, aber faltenlos. Er fällt mir nur einfach nicht auf. Erst Susi fällt mir auf, wenn sie dabei ist. Ich glaube, mich sieht er, er erkennt mich schon von weitem, auch draußen ist er aufmerksam und still, mit offenen Augen, er passt auf und grüßt mich nur leise im Vorübergehen, anfangs hatte ich es nicht gleich begriffen, aber dann merkte ich irgendwann, dass er auf der Straße oder in einem Laden keine großen

Unterhaltungen wünscht, er winkt gern, deutet an, dass wir uns kennen, er winkt mir aus ein paar Metern Entfernung zu und lässt mich dann an sich vorübergehen. Das fällt mir jedes Mal schwer, aber anfangs ist es häufig passiert, dass ich stehen geblieben bin, um mit ihm zu sprechen. Da ist er aber, als er auf mich zukam, langsamer geworden. Ich meine gespürt zu haben, dass es ihm unangenehm war weiterzugehen. Doch als könnte er nicht anders, ist er trotzdem mehr oder weniger wortlos an mir vorbeigegangen, sodass ich zunächst dachte, er nehme mir etwas übel. Traf ich ihn später im Haus oder rief er mich an, schien die Begegnung draußen wie vergessen oder nicht geschehen. Er ist wie wandelnde Milde oder ein komischer Kauz und aus der Zeit gefallen sowieso. Passt nicht hierher und nirgendwohin, darum muss er geschützt werden. Sozusagen bedrohte Art. Aber wie? Indem ich ihn besuche? Und dann fühle ich mich – was ich nicht verstehe – selbst beschützt. Von ihm? Oder ob er die Bande ist, über die ich spiele.

Ich sage *meine Tochter*, wenn ich an Anne denke, und Anne sagt: Alter König, wie sie als Kind zu mir gesagt hat, obwohl ich da nicht alt war. Ich bin überhaupt nicht alt, habe ich damals gesagt. Und sie: Doch. Und dann erzählt sie mir das Märchen von dem Alten König, wie der sich in ein fernes Land begab, um seine Gemahlin zu suchen und hoffentlich auch zu finden. Die Gemahlin war aber leider eine arme Müllschluckerin und musste unbedingt von diesem bösen Fluch erlöst werden, den ihre ältere Schwester über sie gelegt hatte. Sonst konnte sie nicht glücklich sein. Und da kam eben der Alte König in dieses Land, in dem diese Müllschluckerin lebte, und was tat der Alte König, als er sie auf der Straße der Diebe antraf, wo sie gerade Müll schluckte? Er sprach sie an und fragte nach ihrem Alter und wie lange sie das eigentlich schon tue? Sie beantwortete alles auf Schönste, der Alte König aber achtete gar nicht auf den Inhalt ihrer Worte, sondern war benommen vom Klang ihrer Stimme und sagte: Höre, Kind, wie steht es mit dir, bist du verheiratet und glücklich? O nein, sagte das Mädchen, und Tränen flossen ihr über die geröteten Wangen. Warum weinst du denn, fragte darauf der Alte König. Weil, sagte das Mädchen, erst noch meine Schwester verheiratet werden muss, danach darf ich dann auch … vielleicht. Hat sie denn keinen Liebsten?, fragte der Alte König. Doch, sagte das Mädchen. Aber?, fragte der Alte König. Aber er ist selbst schon verheiratet. Selbst schon verheiratet?, fragte der Alte König. Du sagst es, sagte das Mädchen. Jetzt war der Alte König ratlos, und das Mädchen sagte zu ihm: Siehst du! Ja, erwiderte er kleinlaut. Und beide saßen da und waren still. Die Zeit verging, und die Nacht kam und wegen all der tiefen Dunkelheit sahen sie sich gar nicht mehr. Aber dann kam der Morgen und mit ihm das Licht, und der Alte König sah, dass dort noch immer das Mädchen saß, und das Mädchen hatte auch schon zur Seite gesehen und festgestellt, dass der Alte König nach wie vor da war. Aber keiner von beiden sagte auch nur ein einziges Wort. Wir sind immer noch ratlos, dachte der Alte König. Was tun? Dann kam er auf eine Idee und stand auf und nahm die Hand der Müllschluckerin. Ich bin so frei, sagte er, ich bin der Alte König. Als solcher habe ich eine Macht. Ich wusste es nicht gleich, aber nun erinnere ich mich wieder. Ich habe die seltene Macht, dich zu befreien von deiner Fron, Tag ein Tag aus den Müll zu schlucken. Ich spreche also einen Befehl und dann eine Bitte aus: Hör auf damit und begleite mich stattdessen in mein Land. Hier gilt zwar die Regel, dass du unverheiratet Müll schlucken musst, aber dort mache ich die Regeln. Und da, sage ich, sei dein Wille frei, und darauf kommt es an, und ich darf dich fragen, ob du mir deine Hand geben möchtest. Wenn nicht, gibst du sie mir nicht, aber dann musst du wenigstens keinen Müll mehr schlucken und bist nach Lust und guter Laune ein freier Mensch. Wenn du oder dein freier Wille aber doch möchte, dann gehst du fortan Hand in Hand mit mir und bist die Junge Königin eines Alten Königs. Wir werden sehen, sagte das Mädchen und erhob sich.

Jetzt wollen sich alle treffen. Wir haben uns seit Wochen nicht gesehen, sagt Clara, die schon wieder anruft. Clara, sage ich, wir haben doch telefoniert. Ach, telefoniert, sagt sie. Machst du dir Sorgen um mich?, frage ich. Weiß ich nicht, sagt sie. Wenn ja, sage ich, das ist nicht nötig. Brauchst du nicht, ich komm zurecht. Aber wir könnten doch einen Ort finden, sagt sie, wo wir uns treffen und miteinander sprechen, eine Viertelstunde, so wie ihr letztens, du und Anne, das hat mir eingeleuchtet. So kann es was werden. Ja, stimmt, sage ich, an dem Kinderspielplatz, an der Bank. Das Wetter ist so gut, sagt sie, schon die ganze Zeit, es hört gar nicht auf, wenigstens das Wetter ist sicher, wird Frühling, wie es aussieht, außerdem haben wir uns jetzt einen Hund gekauft, das passt auch zu diesem Wetter, einen Havanesen, einen fast ganz winzigen, falls du die nicht kennst, zwar nicht die allerkleinste Möglichkeit, aber eine sehr geringe Größe, und trotzdem ein Energiebündel. O Gott. Den hatte sich eine kleine Familie bestellt, aber dann wollten sie ihn doch nicht, wegen der pandemischen Zeiten, was man ja auch verstehen kann, weil die Kinder der kleinen Familie nicht raus dürfen und darum ohnehin schon alles so voll ist. Ich kenne aber die Züchterin, die hat mir den Fall erzählt, so habe ich davon gehört, und dann haben wir es besprochen. Hier zu Hause. Gemeinsam. Wir wollten nie einen Hund, wir hatten ja noch nie einen, wir sind bisher nicht mal auf die Idee gekommen, uns einen anzuschaffen, aber nun haben wir gedacht, gerade jetzt tut es vielleicht gut. Er ist noch ganz jung und braucht Leute. Zweimal sind wir zu der Züchterin gefahren, an die Ostsee, und haben uns den Hund angesehen. Und dann war es so weit, das wussten wir, wir wollten ihn und haben ihn kurzerhand mitgenommen. Bezahlt und mitgenommen. Komisch, wenn man so einen Hund mitnimmt. Auch wenn man ihn bezahlt hat, denkt man, das darf man eigentlich nicht. Vielleicht weil sich der Hund nicht einverstanden erklärt hat, ich weiß es nicht. Aber du! Wollen wir nicht zusammen einen Spaziergang machen, in anderthalb Metern Abstand gehen, und dann mal sehen. Wir können auch über den Friedhof gehen meinetwegen, wenn du möchtest, bei Julia vorbei. Hunde dürfen da ja mit, das weiß ich von meiner Freundin Claudia, die geht mit ihrem Hund auch immer über den Friedhof. Natürlich bleibt der Hund an der Leine, aber das macht ja nichts.

Dann gibt es eine kleine Pause, ich weiß noch nicht, ob sie weitersprechen möchte. Aber ich muss gar nicht überzeugt werden.

Okay, sage ich, das können wir wirklich machen, vielleicht ist das eine gute Idee.

Ich denke dauernd an René, ich möchte nicht schon wieder. Ich sehe die Hütte oberhalb der Baumgrenze, ich bin drin, ich möchte lieber woanders sein, ich kann sie nicht mehr sehen. Ich lenke mich ab. Ich mag nicht mehr. René war über Jahre, fast Jahrzehnte, ein guter Freund, wirklich, sage ich mir, er hat dazugehört wie kaum einer sonst, Julia hat ihn gemocht, interessant gefunden, wir haben die besten Gespräche geführt. Auch am Telefon. Vor allem da. Drei Stunden. Nachts. Wir haben uns hochgeschaukelt, es ging um Themen. Es war witzig und konnte vernünftig sein. Die Köpfe haben sich gegenseitig angetrieben. Aufgestachelt. Ich hab kapiert, was ein Verstand ist. Weil der richtig gearbeitet hat. Wir haben uns gegenseitig verbessert, Einspruch erhoben und sind auf Einleuchtendes gekommen, das uns überzeugt hat. Wenn es überzeugend war. Eine Woche später, dann wusste der eine nicht mehr so ganz, ob das wirklich so überzeugend war. Der andere hatte vielleicht eine neue Idee. In den meisten Fällen wollte es keiner besser wissen im Sinn von … Gut, eine Ausnahme war die Zeit in der Hütte, sicher, und die fällt mir nun gerade dauernd ein. Aber da war eigentlich auch nichts übelzunehmen, wir waren jung. Verrückt, wie man sagt. Wobei ich ehrlich gesagt viel zu wenig verrückt war für dieses Alter, kaum verrückt, vor allem, wenn er dabei war. Vielleicht war er manchmal ein bisschen zu verrückt. Ich war bürgerlich, das lachte er mir ins Gesicht. Und ich habe vergessen zu fragen, was *er* dann eigentlich war. Na ja. Aber ich finde das eher lustig, von heute aus gesehen. Oder? Auch wenn ich ein bisschen der Leidtragende war, glaube ich, damals, ist ihm auf keinen Fall irgendwas übel zu nehmen. Nee. Jetzt seh ich ihn auf der Straße, ganz kurz, im Vorübergehen, komisch schnell vorbei, zu kurz, und ich hab keine Telefonnummer von ihm, die hat er mir nicht gegeben. Aber er kann mich ja anrufen, meine Nummer hat er. Das hat er gesagt, er will anrufen, aber bisher hat er nicht. Und ich? Schwanke. Siehst du. Weiß nicht, ob ich mir wünschen soll, dass er anruft oder dass er herkommt. Oder ob lieber nicht. Vielleicht schwankt er genauso. Kann sein, dass er auch schwankt. Die Bilder von der Hütte und der Gegend von damals, am Pizzo sowieso, weiß ich nicht, wie der Berg genau hieß, oberhalb der Baumgrenze, ich weiß auch gar nicht mehr, wie lange wir eigentlich dort oben waren. Das sollte damals vor vierzig Jahren oder so ein ganzer Sommer werden, aber dann wurden es nur zehn Tage oder vielleicht zwölf. Und das hatte einen Grund. Ich glaube oder habe den Verdacht oder die Ahnung oder ich vermute einfach, dass ich darum immer wieder daran denken muss, weil das eine Warnung vor René sein soll. Impuls. Warnung. Ich will nicht mehr Neues von ihm erinnern. Nein. Das ist das eine. Von damals. Ich soll mich hüten vor ihm, ich soll nicht nochmal, ich weiß nicht, klingt doch bekloppt, oder? Ach, bekloppt würde ich nicht sagen.

An dem Nachmittag des Tages, als wir da oben vor der Hütte saßen und *dope* die Rolle spielte, die es spielte, als ich nicht rauchen konnte und René über alles lachen musste, egal wie unwitzig es auch war, da hat er plötzlich nebenbei gesagt, grinsend, dass er gestern im Ort übrigens sein ganzes Geld für *dope* ausgegeben habe. Was?, frage ich. Und da lacht er natürlich erst recht und sagt: Ja. Und nun?, frage ich. Nun muss ich nach Haus, sagt er und lacht schon wieder. Was natürlich bedeutete, dass ich dann mitfahren müsste. Nach Hause. Aber wir sind doch grad erst fünf Tage hier, sage ich. Oder sechs, sagt er. Du hast *gar* kein Geld mehr, sage ich. Fast keins, sagt er, schmunzelt. Habe ich enttäuscht ausgesehen und hat er dann gesehen, dass ich enttäuscht ausgesehen habe, und wenn ja, was kann das in seinem Zustand bedeutet haben.

Mein erster Gedanke war jedenfalls der Gipfel des Pizzo sowieso. Bis jetzt hatte ich darauf gewartet, dass wir zusammen da raufgingen. Als wir noch zu Hause waren, haben wir immer von dem Berg gesprochen, er hat von dem Berg erzählt, weil er ihn sich von unten schon mal bei einem früheren Besuch genau angesehen hatte, sagenhaft! Und er wollte unbedingt da rauf, und ich wollte das Gleiche, vor allem, seit wir hier in der Hütte knapp oberhalb der Waldgrenze, Baumgrenze, wohnten. Da mussten wir von hier aus einfach nur die zwei Stunden oder noch weniger gehen. So weit oben waren wir noch nie gewesen bis dahin. Aber er hatte bisher noch nicht gewollt in den sechs Tagen, weil er andere Dinge gewollt hatte, *dope*, und allein war ich nicht gegangen. Wir hatten ja noch so viel Zeit vor uns. Vielleicht hatte ich mich nicht getraut, aber eher spielte das Zusammen-da-hoch-Gehen eine Rolle. Und jetzt kündigte er an, dass er nach Hause fahren müsse. Wann genau?, frage ich also, morgen schon? Er lacht sich kaputt, dass ich das frage, dass es mir so wichtig ist. Dass mir so was so wichtig sein kann. Ich hätte auf der Stelle ohne ein Wort losgehen können, diesen Pizzo rauf, aber jetzt war es wirklich schon viel zu spät. Ich hätte auch da oben oder irgendwo unterwegs übernachten können, das hätte ihn vielleicht geärgert. Oder ihm einen Schreck eingejagt. Wohl eher nicht. Außerdem hatte ich zum Übernachten draußen auf dem Weg oder auf einer Grasstelle oder irgendwo überhaupt keine Lust. Die Hütte hier war für mich ohnehin schon *fast draußen*, und ich übernachtete lieber irgendwo drinnen, möglichst drinnen. Ich sagte nichts mehr oder sehr wenig an dem Abend und beschloss, am nächsten Morgen so früh wie möglich und egal bei was für Wetter bergauf loszugehen. Rücksichtslos. Alles egal. Und wenn René danach schon abgefahren war, war es auch okay, und wenn er dann immer noch in der

Hütte oder vor der Hütte saß und rauchte und Musik hörte, war das genauso gut. Das war egal, aber einmal wenigstens wollte ich da rauf.

Das hab ich auch gemacht. Ich bin am Abend bald ins Bett gegangen, wahrscheinlich Stunden vor René, der sicher noch lange draußen in der Dunkelheit bei Kerzenschein gesessen hat. Morgens bin ich gegen fünf leise aufgestanden, habe René auf der Matratze neben mir liegen sehen, tief schlafend, hab ein bisschen was zu trinken und ein bisschen was zu essen eingepackt in den Rucksack. Dann bin ich losgegangen. Ich weiß noch, dass die Gegend immer karger wurde, die Luft kühler, fast kalt. Und man von weiter oben nach und nach immer wieder den See ganz unten hat sehen können, aus unterschiedlichen Winkeln, natürlich jedes Mal noch viel kleiner geworden.

Winzig.

So sah es aus. Das war ja klar, hätte ich mir denken können, und es hat mich auch nicht überrascht. Aber trotzdem. So weit oben, so weit unten. Da war nichts zum Erzählen, nichts Besonderes, trotzdem macht so was einen Eindruck. Dann bin ich noch weiter aufgestiegen, und meine Sorge, den Weg vielleicht nicht zu finden, mich zu verlaufen, war unbegründet. Verlaufen konnte man sich weit unten am Berg, da gab es viele Wege und Abzweigungen und ein Auto, das im Urwald eingewachsen stand. Aber hier oben war alles übersichtlich, bloß noch der eine Weg, der letztlich auch bis zum Gipfel führte. Vorher bin ich aber, weiß ich noch, durch Schneemassen gekommen, plötzliche Schneeflächen, ich musste da mit meinen sommerlichen Schuhen, die nicht zum Wandern geeignet waren, wahrscheinlich waren es Turnschuhe oder Halbschuhe, durch nassen und festeren Schnee stapfen, die Füße waren sofort nass. Aber das machte sicher nichts oder wenig. Eine Weile später oder früher bin ich über eine grüne Wiese gegangen und habe gesehen, dass unter mir ein Flugzeug flog. Da flog ein Flugzeug unter mir, so hoch war ich. Von dem Anblick konnte ich mich nicht lösen. Verwunderung oder Stolz? Oder ein Gefühl ohne Bezeichnung? Der Gipfel vor dem Gipfel: Ich war so weit gegangen, dass ich ein Flugzeug unter mir fliegen sah, an die Möglichkeit hatte ich nicht gedacht. Dass die bestand. Der Anblick löste etwas ... ich kannte das nicht. Ich hatte kein Wort dafür und keinen Begriff davon. Ein neues Gefühl, und mir war in diesem Augenblick klar, dass es nicht ganz neu sein konnte. Auf der Welt gab es Dinge, die ohne sprachlichen Ausdruck waren. Das konnte passieren. Im ersten Augenblick hielt ich das für unmöglich. Im nächsten dachte ich schon: Umgekehrt, es wäre eigentlich ungewöhnlich, wenn es nichts gäbe, das nicht durch ein Wort festgelegt sein sollte.

Wenn man über Stunden einen Berg hinaufsteigt und nur Kühe und Ziegen und Gras und Steine und ein paar Büsche und mal eine Hütte oder eine alte Holzwand zu sehen bekommt, die wie irr in der Landschaft herumsteht, ohne etwas zu halten oder zu begrenzen, und dann sieht man unerwartet ein Flugzeug unterhalb der eigenen Höhe aufwärts fliegen, entsteht ein Gefühl.

An das ich mich vage heute noch erinnere. Lücken bestä-
tigen eher, als dass sie Einschränkung bedeuten.

Ob ich mit Clara nach Ohlsdorf gehen will? Ich gehe nicht
mal mit Anne nach Ohlsdorf. Bisher bin ich mit niemandem dorthin gegangen, aber das weiß Clara nicht. Und ich
kann Nein sagen. Selbstverständlich, jederzeit. Ich bin da ja
auch nicht oft, gewöhn es mir gerade ab. Nebenbei gewöh-
ne ich mir Ohlsdorf ab, sage ich, spreche das leise aus. Ich
muss nicht einmal viel dafür tun, es mir abzugewöhnen, das
geht wie von selbst, sage ich schon nicht mehr, es ist leichter, sich Ohlsdorf abzugewöhnen, als sich das Rauchen abzugewöhnen. Ich vergesse den Ort. In der ersten Zeit war
ich häufig dort, fast begeistert. Auch von der Möglichkeit.
Im Grunde Streifzüge. Es war zu einer Julia-Gegend geworden. Ausstrahlung. Als Julia-Gegend habe ich das ganze
Gelände nach und nach kennengelernt. Gelände ist geeig-
neter als Gegend. Mir fällt es da leicht, mich wohlzufühlen,
man kann ewig so gehen. Mitten in der Stadt, auch wenn
das nicht stimmt. Nicht mitten in der Innenstadt jedenfalls.
Parkähnlich. Der Bus, der berühmte Bus, der durch Ohlsdorf fährt. Am besten gehst du im Schnee durch das weite
Gelände. Ohlsdorf still im Schnee. Ihr Gelände, da ist ihr
Grab, *ist* da ihr Grab oder *liegt* es da? Ein Grab ist kein Anwesen. Aber an diesem Grab stehe ich nicht lang. Halt es gar
nicht aus. Oder im Sommer sitze ich an ihrem Grab, aber
auch nicht lange. Es hält mich da nicht, ich werde unruhig,
muss an tausend Sachen denken. Das ist die Stelle. Ich gehe

weiter, allerdings nicht ganz weg. Im Kreis. In Kreisen drum herum. Die Umgebung ist gut. Ich halte die Stelle besser in der Umgebung der Stelle aus als auf der Stelle selbst. An der Stelle. Ob ich mit Clara da langgehen möchte, weiß ich nicht. Redend mit Clara. Gut gemeint von Clara. Ich bin gewöhnt, in Ohlsdorf allein zu sein. Das muss natürlich nicht so bleiben, ich brauche etwas Zeit und muss dort nicht notwendigerweise immer und ausnahmslos allein sein. In eine der Kapellen würde ich aber ungern hinein. Das muss ich nicht, das kann ich zu Clara sagen, dann halte ich den Hund und sie geht da rein, wenn sie will. In eine Kapelle zu gehen, war seitdem auch nicht nötig. Das müsste auch jetzt nicht sein, sage ich nochmal. Julia zu besuchen, schön. Julia weiß nicht, dass ich sie besuche.

Bin heute von hier aus bis in die Innenstadt gegangen. Mit der Mütze, die Julia mir geschenkt hat. Auch lieber nochmal mit Schal, wer weiß. Ab und zu Menschen, aber wenige. Praktisch kein Berufsverkehr, man hätte auf der Straße gehen können. Nicht immer, nicht auf jeder. Aber. So gut wie kein Laden geöffnet. Warum habe ich das Gefühl: So sollte es sein? Eigentlich sollte es genau so sein. Das ist die Stadt. Ich habe doch keine Meinung, oder? Ich frage mich. Gefühl also nicht Ausdruck einer Meinung. Sage ich. Aber was ist das? Vielleicht eine Haltung, die ich nicht kenne. Also einerseits bewusst, aber ... Ich bin bis zum Bahnhof gegangen, ich habe an der Kunsthalle gestanden, ich bin über die Straße, über den leeren Zebrastreifen und dann die Mönckebergstraße entlang bis zum Rathaus. In die Schaufenster gesehen, ob die neu eingerichtet sind inzwischen oder ob man die so lässt wie zu der Zeit, vor Wochen, als zuletzt geöffnet war? Am Rathaus vereinzelt Leute. Ich hätte mich gern gesetzt, aber wohin? Auch zu kalt noch. Und weitergehen. Wozu geht man in die Innenstadt, wenn man nicht einkaufen oder essen oder sich mit anderen Leuten treffen kann. Ausgebremst ist das richtige Wort, muss ich mir aufschreiben. Mir kann das leicht gefallen, weil ich das selbst bin, sowieso. Oder? Wetter trocken, hell und kühl. Kalt. Windig natürlich. Nein, insgesamt schon viel wärmer geworden. Nur im Wind kalt. Ich hätte längst Tagebuch führen sollen. For nobody. Supermärkte sind aber geöffnet. Ich werde, denke ich im Gehen, wieder einen Supermarkt ausprobieren, einen, den ich bisher nicht kenne. Bevor ich nach Hause zurückkomme. Mir was Süßes kaufen, nachher einen Tee kochen. Vielleicht ein Stück Kuchen, denn Kekse – zeigt die Erfahrung – sind zu wenig. Wohl nicht so überzeugend. Also esse ich davon zu viel. Im Rausch. Und dann Fülle. Immer noch Neigung, mich bei Einsamkeit vollzufressen, das geht nicht weg. Auch wenn ich die Einsamkeit nicht spüre. Ich könnte die Stimme aufnehmen, meine Stimme, beim Gehen leise ins Handy. App laden und ins Handy flüstern, was ich denke. App ist sowieso schon drauf, sagt Anne, brauchst keine draufzuladen. Gutes Wort und gute Idee und guter Einfall. Aber alles zu kompliziert. Oder Handy heißt das, was ich habe, ja in Wahrheit schon lange nicht mehr. Wer vergibt eigentlich die Worte? Oder verleiht? Die Schuhe, fällt mir auf, müssen vor dem nächsten Winter zum Schuster. Haben die Schuster geöffnet? Im Augenblick sowieso nicht, mein Lieber, heute ist Sonntag. Dann ja auch kein Supermarkt. Kann ja bei dem einen Schuster Nähe Osterstraße unauffällig nachsehen irgendwann nächste Woche. Ist aber bestimmt geschlossen, nicht relevant.

Plötzlich hat René angerufen, aber undramatisch. Hallo. Genau in dem einen Augenblick, als ich überhaupt nicht dran gedacht habe, als ich ganz woanders war. Gleichsam. Gleichsam schreckliches Wort. Gleichsam allerblödestes. Bäh! Wo war ich? Innerlich. Weiß ich nicht. Am Festnetz aber hat René angerufen. Als hätten die elf Jahre kein Gewicht für ihn, so klang das von Anfang an. Plauder, plauder. Als hätte er auch zwischendurch anrufen können. Aber hat nicht. Vielleicht nicht dran gedacht. Für ihn vielleicht nicht von Bedeutung. Oder … Danke schön. Komischer Mensch. Ich sollte … ich weiß nicht. *Hallo* habe ich zurückgesagt. *Hallo* und *Ach so* habe ich auch gesagt. Ja, hat er gesagt. Solches Drumrumgerede, ich bin sicher auch nicht einfach. Ausgewichen bestimmt, krampfhaft. Verkrampfhaft, in der. Trotzdem mag ich ihn, hab ich zwischendurch gedacht, er hat was. Die Stimme. Auch nicht immer krampfhaft. Aber was hat er denn eigentlich? Was ist denn da, was kann denn da so kostbar sein? Kostbar? Warum nicht? Aber auf jeden Fall irgendwie eigen, oder? Merkt man nicht gleich, erst hinterher. Ja, das stimmt. Und ich bin das sicher auch. Was, eigen? Kommt es darauf an, für ihn? Meine ich. Als er gesprochen und erzählt hat, was er grad hier macht, warum er überhaupt da ist in der Stadt, und wie lange noch wahrscheinlich, wobei man das zurzeit nicht gut einschätzen kann, wie man ja gar nichts richtig einschätzen kann zurzeit, da hast du recht, und was er in letzter Zeit alles gemacht hat, nachdem er das auch noch erzählt hatte, wobei er eigentlich nicht viel gemacht hat, da musste ich an die Erinnerung denken, an die Hütte. Was mich, seit ich ihn kurz gesehen hatte, draußen, auf dem Weg zu Anne, beschäftigt hat. Ich wusste sofort, dass ich ihm das nicht gleich sage. Nö, nicht so einfach. Nicht so gratis. Auch nicht am Telefon. Hat sich kleinzügig angefühlt, war mir aber egal, oder noch mehr, sogar recht war mir das, ich hab es gern nicht gesagt, ich hätte es vorenthalten, wenn ich es hätte vorenthalten können, aber so konnte ich es auch *nur nicht sagen*. Vermutlich hätte er sich nicht mal dafür interessiert.

Fernsehgucken den ganzen Abend, Talkshows, Tag für Tag, es geht um die neue Situation. Gute Formulierungen, das fällt auf, besser als sonst. Vielleicht ernster. Natürlich. Vielleicht ist auch das Bedürfnis stärker, selten wichtiger so was als jetzt in dieser, wie es in der Sendung heißt, unheimlichen Zeit. Bedürfnis zu sprechen und zu hören und auch das Bedürfnis einzuordnen. Noch sind alle ungefähr der gleichen Meinung, kein Drang auszuscheren, zu polarisieren. Aber das wird nicht lange so bleiben. Essen zum Fernsehen, Brezeln, sonst wird es langweilig, kleine Brenzeln und ein Glas Wein. Salz ist gut. Kann richtig guttun. Noch ein Glas

Wein. Angesichts der wirtschaftlichen Situation, der für viele Leute höchstwahrscheinlich sogar wirtschaftlichen Katastrophe, die sich im Augenblick abzeichnet, immer noch plötzlich, wird von der Moderatorin gegen Ende der Sendung gefragt: Wie geht es weiter? Einer von den Gästen sieht sie einen Augenblick still an, es dauert, Stille überhaupt in dem Studio, in dem keine Zuschauer mehr sind, wie sonst, und sagt dann: Keine Ahnung. Das fällt auf, aber diese Sendung kann auf keinen Fall so enden, so enden Sendungen nicht, nie, dürfen gar nicht, es gibt Regeln. Jetzt nur tschüss sagen, einfach bis zum nächsten Mal, dann guckt vielleicht keiner mehr. Darum sagt die Moderatorin noch etwas, oder sie will noch was sagen, und dann sagt sie zu dem Gast: Tja, keine Ahnung, sagen Sie. Dann weiß sie wohl nicht weiter. Und da ist es doch zu Ende.

René gibt schon Kurse ein Leben lang, glaube ich. Er reist zwischen Städten herum. Das bringt mich auf eine Frage: Aber was für Kurse? Müsste ich mich erkundigen. Vielleicht ergibt sich eine Gelegenheit, wir haben das noch etwas in der Schwebe gehalten. Ob er herkommt. Ist ja auch schwierig. Vielleicht erst nochmal telefonieren, oder ein Spaziergang zusammen irgendwohin. Anbahnen allmählich. Hätten wir eigentlich auch abmachen können gleich, oder? Aber vorsichtig erstmal, warum auch nicht?

Er ist ein Jahr jünger als ich, aber ich glaube, er raucht schon seit mehr als dreißig Jahren nicht mehr. Damals auf der Hütte war ich der Nichtraucher und gar nicht anders vorstellbar, während er der Raucher war und gar nicht anders vorstellbar. Ein paar Jahre später, vielleicht nur zwei oder drei, weiß ich noch, hat er nicht mehr geraucht, weil er der Überzeugung war, er würde sonst untergehen. Und noch etwas später habe ich angefangen. Jetzt rauche ich mehr oder weniger seit Jahrzehnten, und er raucht seit Jahrzehnten höchstwahrscheinlich gar nicht mehr. Trotzdem bin ich in meinem Kopf der Nichtraucher geblieben, und er ist nach wie vor der Raucher. Auch wenn es nicht stimmt.

Ich habe meine Leute. Immer was zu tun. Aber mit Peter gibt es keine Konkurrenz. Ist es schon wieder eine ganze Woche her, seit ich das letzte Mal bei ihm war? Diesmal hat er sogar gekocht. Was ganz Kleines, sagt er, aber erst, als ich schon vor seiner Tür stehe. Einen Augenblick lang bin ich schlecht gelaunt, ich merke es sofort. Eine Spitze von schlechter Laune. Königsberger Klopse. Sein Gesicht glänzt. Er nutze mich etwas aus, sagt er, er müsse sich entschuldigen. Hat er was gemerkt? Denn, sagt er, mit Königsberger Klopsen habe er das Problem, dass er dieses Gericht zwar liebe, aber unmöglich allein essen könne. Warum? Keine Ahnung. Ob ich es möge? Ja, sage ich, aber ich wusste ja nicht, dass mich das erwartet. Etwas zu essen bekommen, hier, er hätte mir das ja schon früher am Tag sagen können, zur Sicherheit. Dass mich bei ihm ein richtiges Essen erwartet. Er habe sich nicht getraut, sagt er. Zum Glück, sage ich und verstehe, was er meint, zum Glück hätte ich mittags wenig gegessen, nicht dran gedacht, was Richtiges zu essen beziehungsweise ich sei zu lange unterwegs gewesen, und unterwegs was zu essen geht ja gerade nicht. Nicht so gut, sagt er. Glück gehabt, sage ich wieder, meine ich ihn oder meine ich mich? Und merke, dass ich den Kuchen verschwiegen habe, aber ich hatte eben selbst nicht dran gedacht. Sage, dass ich mich freue. Ich freue mich auch. Aber wir essen drinnen, oder? Oder draußen, sagt er. Ist denn draußen genug Platz?, frage ich und stehe noch immer in Peters Flur, schon länger als sonst. Ich habe Platz geschaffen, sagt er und dreht sich um. Wir müssen durch sein sogenanntes Arbeitszimmer, das aber nur unordentlich ist, kein richtiges Arbeitszimmer, um an die sogenannte Balkontür zu kommen, obwohl das wirklich kein Balkon ist, was er da hat, das ist eine Terrasse hier oben, eine grüne Welt, ein Teil des Daches, überwachsener Flachdachbereich, Gemüse, Obst, Blumen und so weiter, Autogeräusche von der Straße hört man so weit oben kaum. Während das restliche Dach unseres Hauses ein Spitzdach ist oder wie das heißt, jedenfalls mit Giebel und Dachpfannen. Auf Peters Höhe befindet sich auch noch ein Dachboden, neben der Terrasse. Der Dachboden, auf dem die Mieter früher ihre nasse Wäsche aufgehängt haben, wirkt älter als das ganze Haus. Wird so was eigentlich renoviert? Holzbalkenwelt. Aber das macht jetzt ja keiner mehr, hat Peter gesagt, da Wäsche aufhängen.

Sex auf dem See. Ist mir plötzlich wieder eingefallen, Sex im Halbdunkeln zwar, aber laut und gut zu erkennen. Jetzt weiß ich es nicht nur wieder, ich seh das auch vor mir, ich könnte in einen Plan einzeichnen, wo ich sitze, wo die anderen sitzen, an einem Tisch auf einem Schiff, eine Samstagnacht vor circa fünfundvierzig Jahren, mein Gott, auf einem dieser Feten-Schiffe, von denen hatte ich vorher nicht gehört. Sie kosten eine Menge, legen kurz vor Sonnenuntergang ab, schippern von Hafen zu Hafen und befahren den ganzen See bis tief in die Nacht, dann legen sie wieder in den Häfen an und lassen die Leute von Bord. Für den Preis kannst du üppig essen und sitzen, auch tanzen. Es gibt Lichterschmuck und reservierte Plätze. Inga und Claudio, Ingas Mann, hatten uns eingeladen, Abschiedsgeschenk, was blieb ihnen auch übrig? Wir hätten es nicht bezahlen können. Am nächsten – wahrscheinlich eher übernächsten – Morgen würden wir dann wieder nach Hause fahren.

Vermutlich hatte ich etwas Angst vor diesem Abend. Oder, abgeschwächt, Respekt. Ich wusste nicht, dass es so was überhaupt gibt. Tanzschiff, das in die Nacht fährt. Ich hätte mir das nicht ausgesucht. Trotzdem, von heute aus, eigentlich war das Ganze nichts Besonderes. Aber Sex. Welchen Eindruck das machte, damals, weiß ich nicht mehr, jetzt. Aufregend war es, als Situation sicher auch unangenehm.

Alles fast dunkel, wir saßen im Halbdunklen, Laternen waren über die Schiffsflächen verteilt, aber das führte auch nur zu allgemeiner Halbdunkelheit.

René hatte kein Geld, ich war auf dem Gipfel gewesen, also konnten wir da oben wieder verschwinden von dem Berg. Schade. Der Hütte den Rücken kehren. Wir konnten nicht nur, wir mussten. Ich glaube, damals habe ich René sogar noch was geliehen. Geld für einen Tag oder zwei. Schon vorher hatte ich ihm hin und wieder Geld geliehen. Oder erst seit den Hüttenferien? Er hat es mir immer zurückgegeben, früher oder später, zuverlässig. Trotzdem, ich bin unbedarft in diese Leihgaben hineingegangen. Wahrscheinlich ist er genauso naiv oder frech und gleichzeitig unbedarft in diese Leihnahmen hineingegangen, irgendwann hat das unser Verhältnis erst irritiert, dann allmählich ruiniert. Glaube ich. Oder verschattet. Erst noch unscheinbar. Weil ich immer der Leihende war, er hatte Schulden. Schiefe Ebene. Er hatte zwar Zeit zurückzuzahlen, aber diese Zeit musste ich geben.

René hatte damals, soweit ich noch weiß, auch Inga gefragt. Inga hat bloß mit Spott reagiert, da bin ich sicher. Ich sehe sie vor mir, den spöttischen Mund. Spöttisches Lachen, nicht Lächeln. Lächelnder Mund. Er konnte ihr das nicht übelnehmen, aber spätestens von da an wurde es ihm auch unangenehm. Unempfindlich war René nicht. Ihre Antwort war nicht eindeutig, vielleicht, aber er hat sie nicht nochmal danach gefragt, bestimmt nicht. Mit seiner Würde wollte er nicht spielen, das Risiko hat er gewittert. Es reichte, dass seine Schwester das jetzt wusste. *Dope* war ihr egal, aber Geld war was anderes. Inga hatte gut Geld, Geld war wichtig. Sie verdiente selbst, ihr Mann verdiente auch viel und die Schwiegereltern waren sicher mehr als wohlhabend, auch wenn sie manchmal wie arme Bauern aussahen. Vielleicht hat Inga René sogar ausgelacht, außerdem war sie enttäuscht, dass wir schon abfuhren. Das hatte sie sich anders vorgestellt. Was sollte ich sagen. Ich war auch enttäuscht, wollte aber René nicht in den Rücken fallen. Also nicht einfallen in den Spott, habe ich gemerkt, das wäre auch in ihren Augen auf mich selbst zurückgefallen. Ich ahnte, das machte man nicht. Stand in dem Augenblick neben ihnen, Inga war hochgekommen, die Schwiegereltern hatten Mittagessen gekocht und kein Wort von dem verstanden, was gesagt wurde. Dann berichtete Inga ihnen, auf Italienisch. Wunderschön klang das. Ich sah die Gesichter. Ich wusste nicht, was ich sagen sollte, ob ich etwas sagen sollte, eher nicht, und worauf das noch hinausliefe. Beziehungsweise was das, was ich eventuell sagen konnte, in Bezug auf Inga und René bedeuten würde. Oder auslösen. Welche Wirkung ich hatte. Ich habe die Schwiegereltern gesehen und konnte mir nicht erklären, warum sie plötzlich so aussahen, wie sie aussahen. Wie sahen sie denn aus? Bedrückt nicht, spöttisch nicht, die Möglichkeit hatten sie vermutlich gar nicht. Aber grummelnd, sahen sich gegenseitig an. Irgendwie zögerten sie. Sie dachten etwas. Ich glaubte, sie mochten René, vielleicht wie einen Enkel.

Aber es hat mir auch gefallen, ich selbst war nicht schuld, ich musste nur mit nach Hause fahren, leider. Wie der plötzlich größere Bruder, der nichts falsch gemacht hatte, und der jetzt noch erwachsener dastand, weil der ganz plötzlich kleinere Bruder fast alles falsch gemacht hatte. Inga sah mich an und sagte zu mir: Da hast du aber einen schönen Freund! Damit meinte sie René, der die Stirn krauszog.

Ich lächelte, sie klang wie eine überlegen intelligente Mutter, fand ich. Kann sein, dass ich mich seit Tagen ein bisschen vor ihr gefürchtet hatte, aber nicht ohne Reiz gefürchtet hatte, weil sie so intelligent wirkte. Das Sich-Fürchten, wenn man ahnt, dass es harmlos bleibt, kann auch verführerisch sein. Und ich mochte, wie sie den Namen ihres Mannes sagte: Claudio. Sanft, hingehaucht, irgendwie rücksichtsvoll. Wahrscheinlich sexy, aber das begriff ich damals nicht. Claudio war schön, stark, ein Mann. Aber René hatte mir längst verraten, dass Inga unzufrieden mit ihm sei, da er sich wie ein Kind aufführe. Großes Kind. Eigentlich ist er dumm, habe sie gesagt, man merkt es nur nicht gleich.

Also hatte ich Claudio angesehen. In ihren Augen sei er nicht ernst zu nehmen, hatte René verraten. Und jetzt ist René in ihren Augen auch nicht ernst zu nehmen, dachte ich, noch so einer. Aber ich bin ernst zu nehmen, dachte ich, ich komme von außen, ich hab die Krone auf und mir nichts zu Schulden kommen lassen, mich … ich finde … Und wenn doch nicht? Dann könnte es mir auch egal sein, das hier war nicht meine Welt, so sehr brauchte ich das alles nicht. Für immer wollte ich hier sowieso nicht sein, nur ein paar Tage länger wäre schön gewesen, oder zwei oder drei Wochen. Andererseits, die Aussicht, bald wieder für mich zu sein, bedeutete auch Erleichterung. Ein bisschen zu viel Spannung lag hier in den Verhältnissen.

Und jetzt wollten die Schwiegereltern Geld. Also das hatten ihre Blicke bedeutet. Inga hatte es René zugeflüstert, René hat es mir dann später, als wir unter uns waren, verraten. Geld von mir. Geld von uns. Aber es hieß doch, sagte ich, wir könnten hier umsonst wohnen, die Hütte ist im Bau. Ja, sagte René, umsonst wohnen konnten wir auch, aber sie haben für uns gekocht. Ich wäre eingeladen, aber …

Ach so.

Schade, ich war enttäuscht.

Die Mittagessen. Pasta, Polenta, Berggerichte. Die Mittagessen waren so anstrengend gewesen. Die Mittagessen waren gut gewesen, bäurische Gerichte in der Hütte der Schwiegereltern. Aber ich hätte sie mir nicht ausgesucht, ich hätte sie, hätte man sie dazu buchen können oder nicht dazu buchen können, nicht gebucht. Und schade, dass ich René schon Geld geliehen hatte. Das hätte ich jetzt gut gebrauchen können. Für die beiden Alten, die Schwiegereltern. Und er wäre eingeladen gewesen, ich aber nicht. Also meinetwegen mussten wir zahlen. Aber ich konnte das jetzt nicht bezahlen, ich hatte, wenn ich die Zugfahrkarte noch kaufen wollte, fast kein Geld mehr. Das Geld für die Schwiegereltern müsste ich also nachträglich … schicken, am besten, Inga legte es erstmal aus, sie und Claudio hatten genug, ein paar Tage auslegen konnten sie es. Das würde sie machen. Aber konnte ich mit Inga darüber sprechen? Inga hatte nur René eingeweiht. Die Schwiegereltern wollten eine Bezahlung. Wie viel eigentlich? Also musste ich René bitten, er möge Inga bitten, ob sie das Geld für mich – und für ihn sicher auch – auslegen könne. Und jetzt war René wieder der Großzügige, und ich fühlte mich als der Schuldner, ungerechtfertigt irgendwie, auch wenn man die Schwiegereltern verstehen konnte. Ich war kein Enkel, René war zwar auch kein Enkel, aber näher dran. Inga würde für uns bezahlen, René musste mir eben sagen, was ich ihm schuldete, dann gab ich ihm das Geld, sobald wir wieder zu Hause waren, und er schickte oder überwies es an Inga. Hoffentlich.

Der Abend und die Schiffsfahrt zogen sich in die Länge, längst schon war es schwarze Nacht und nach zwölf, ein bisschen konnte man das Wasser um uns herum sehen. Wie lange dauerte so eine Fahrt? Der See lag still und unbestimmbar groß und warm um uns rum. Komisch, dass man nicht einfach gehen konnte, wenn man nicht mehr wollte. Ich merkte schon, ich wollte jetzt allmählich nicht mehr. Und dann musste uns Inga später noch den Berg hinauffahren, das dauerte zusätzlich eine halbe Stunde.

Vielleicht saß Inga auch selber sehr gern auf diesem Schiff und genoss die Zeit und aß und trank und tanzte vielleicht nachher noch. Wir redeten, ich weniger, René mehr, ich war Nebenfigur, ebenso wie Claudio. Inga war Hauptfigur, René auch, das war nach der *dope-* und Geldgeschichte sicher auch nötig, René war wieder aufgewertet, René war für Inga wichtig, ein später Bruder, ein später und auch ein kleinerer, das zeigte sich jetzt irgendwie. Wichtiger Mensch. Ich fand das völlig okay und interessant und hätte es nicht anders erwartet, aber so langsam reichte mir das Ganze auch. Es war mühsam, auf diesem Schiff zu sitzen, vor allem so lang, ich wollte auf keinen Fall Hauptfigur sein, aber Nebenfigur auch nicht. Dann lieber allein. Aber unmöglich hätte ich allein in der Hütte bleiben können heute Abend.

Das hatte nicht zur Debatte gestanden, wäre peinlich gewesen. Ich war weder gekränkt noch beleidigt, nur müde. Ich wollte nach Hause und schlafen. Und verstand nicht, dass dieses Schiff keinerlei Anstalten machte, schon mal wenigstens einen ersten Hafen wieder anzufahren. Wo waren wir denn überhaupt? Immer noch mitten auf dem See? Nichts davon konnte ich fragen. Vielleicht war dies überhaupt das Problem: Ich wusste nicht, was ich sagen sollte. Was hätte ich sagen können? Ich hörte, was Inga und René sagten, mein eigener Kopf blieb leer. Das langweilte mich.

Aber in diesem Augenblick hatte etwas anderes schon längst begonnen. Erst war es mir in dem Vielerlei an gedämpften Lauten nicht aufgefallen. Ich war nur noch wach, weil ich nicht einfach einschlafen durfte. Inga saß mir gegenüber und sprach mit René, manchmal sah ich Inga an, dann von Inga zu René. Claudio saß gebückt und starrte auf die Tischmitte. Ich sah auch auf den Tisch und trank, dann sah ich von einem zum anderen, wurde aber auf das, was sie sprachen, nicht aufmerksam. Vielleicht schlief ich schon halb. Dann hatte ich zwar gesehen, dass Inga in meine Richtung sah, aber nicht genau mich an, knapp an mir vorbei. Trotzdem war mir auch das nicht richtig aufgefallen, ich hatte es dumpf hingenommen. Sie beobachtete etwas oder jemanden, so was kam vor, ich hätte mich umdrehen müssen, hätte ich wissen wollen, worum es ging. Aber wieso sollte mich das interessieren? Dazu kam ein Geräusch. Auch das musste ich schon länger gehört haben. Dann sah René in die gleiche Richtung, etwas später wandte auch Claudio den Kopf. Inga grinste vielleicht, aber Inga grinste oft, und die Ausdrücke der beiden anderen Gesichter veränderten sich nicht. Trotzdem, dass sie in die gleiche Richtung sahen, fiel auf. Bestimmt dauerte es noch einen Augenblick, dann drehte ich mich auch um. Da waren einfach nur wahnsinnig viele sitzende Menschen in Halbdunkelheit. An vielen Tischen. Viele Lämpchen. Schwarzer Nachthimmel.

Die vögeln, sagte Inga und sah mich kurz an und wieder weg an mir vorbei.

Langsam drehte ich den Kopf noch einmal um, und jetzt war zu sehen, dass sich gerade viele Leute umgedreht hatten und in eine Richtung sahen.

Also da.

Ein Paar saß auf einer Bank und küsste sich. Die küssen sich. Sie saßen ineinander verschränkt, ihre Beine um ihn herum, seine Beine sah ich nicht. Sie saßen da und küssten sich und nahmen offenbar nicht wahr, dass sie angesehen wurden. Sie waren in einem leisen Rhythmus gefangen, der alle anderen Leute um sie herum augenscheinlich nicht gefangen nahm. Na gut, und wo war der Unterschied? Dazu kam ein Geräusch, das ich nicht kannte und nicht auf das Paar bezogen hätte. Aber. War das sie oder war das er? Wusste ich nicht, und das beschäftigte mich auch nicht. Ich hatte noch nie mit einer Frau geschlafen, René hatte auch noch nicht mit einer Frau geschlafen. Und das hier sah gar nicht besonders aus. Man merkte es ihnen ja kaum an. Wussten die beiden, dass sie trotzdem auffielen? Dann war es ihnen egal. Die Leute um sie herum redeten wahrscheinlich weiter, jetzt vielleicht über das Paar, einige redeten vielleicht auch nicht weiter oder über anderes. Aber diese beiden hatten sich mitten in der großen Menge von Menschen, die so benachbart saßen, nach und nach in ein Paar verwandelt. So ging es zu, ich sah nicht mehr dauernd hin, weil ich mich so weit drehen musste dazu, dann sah ich doch wieder kurz hin, der Gesang war jetzt lauter, in dem rhythmisierten Sitz ruckte es oder ... und das fiel jetzt auch mehr auf, aber überraschend war es sicher für niemanden. Irgendwo klatschte jemand in die Hände, Beifall, und rief dazu ein lautes Wort. Auf Italienisch. Vielleicht war er auch aufgestanden. Ich wusste nicht, was es bedeutete, aber das war auch egal, denn die Wirkung war sofort da. Das Klatschen hätte einen ganzen Vogelschwarm verjagt. Es hatte gereicht. Das Paar blickte auf, sah sich um, auf der Stelle war der Rhythmus tot, die beiden sahen sich nicht an. Sie saßen immer noch so ineinander, aber nun waren es zwei, die sich sofort voneinander lösten, während die anderen Leute in ihrer Umgebung aufhörten, Publikum zu spielen. Alles ging weiter.

Darauf habe ich gewartet, sagte Inga, so jemanden gibt es immer. Irgendwann schreit einer los.

Claudio sagte nichts.

René grinste.

Mir wurde klar, dass so etwas nicht zum ersten Mal passierte, hier oder auf einem anderen Schiff. Sie waren es gewohnt. Vielleicht lief es jedes Mal so ähnlich ab. Das Paar war aufgestanden und holte sich etwas zu trinken. Auf getrennten Wegen gingen sie in der Menge unter, tanzten nun oder tranken etwas und sahen sich später vielleicht wieder. Peinlich war das vielleicht für niemanden, dachte ich. Es gab eine Ordnung. Die Störung bedeutete keine Verletzung.

DREI

Ich beschließe, dass mein Tag einen gleichmäßigen Ablauf haben soll. Morgens Radio und Frühstück. Dann Aufbruch. Vormittags werde ich regelmäßig einen Streifzug in die oder durch die Stadt unternehmen, ich möchte jeden Tag losgehen. Immer wieder. Vielleicht protokolliere ich das sogar. Ein Tagebuch führen. Dabei sollen vor allem Teile der Stadt, die ich nicht oder nicht gut kenne, berücksichtigt werden. Neben denen, die ich gut kenne, aber nicht *so* kenne, wie sie heute aussehen. Alles verändert sich so schnell, in wenigen Jahren sieht ein Stadtteil ganz anders aus, andere Leute wohnen dort. Und auf dem Weg beziehungsweise Rückweg kaufe ich jedes Mal ein. Dies sei die Regel. Eine einmalige Chance. Später würde ich mich ärgern, wenn die Zeit vorbei ist und ich sie nicht ausreichend genutzt habe. Irgendwann ist sie vorbei, vielleicht plötzlich. Mittags esse ich. Dann eine halbe Stunde oder Stunde Mittagsruhe. Eher eine Stunde, in letzter Zeit stehe ich ja nicht gleich auf, wenn ich wieder wach bin. Und am Nachmittag … weiß ich noch nicht, der Nachmittag könnte für Treffen mit Anne oder anderen reserviert werden. Telefongespräche. Peter. Clara. Und so weiter. Ich kenne noch mehr Leute. Oder ich habe einfach frei. Auch gut. An den Abenden sehe ich Talkshows, ich möchte mir ein Bild machen. Ich möchte mich nicht langweilen, Langeweile lasse ich nicht zu. Das ist jetzt mein Beruf. Noch mehr Bilder machen. Sondersendungen sehen. Chronist sein. Im Augenblick gibt es an jedem Abend nach den Nachrichten eine ausführliche Sondersendung, in beiden Programmen. Sicher auf Dauer zu ausführlich. Aber wenn ich Chronist werde? Und dann fängt irgendwo auch eine Talkshow an. Trotzdem, ich lasse mich durch Immergleiches nicht abwimmeln. Alle wollen ihre Meinungen sagen, ich ermüde nicht. Ich will wissen, wie das weitergeht. Und wenn ich selber krank werde? Anne hat recht, das kann passieren, ich gehöre zur Risikogruppe. Dann müssen wir weitersehen, ich bin nicht ganz allein. Zum Glück.

Auch wenn mir die Sache komisch vorkommt, ich habe einen merkwürdigen Verdacht. Der René, den ich hier vor kurzem auf der Straße getroffen und mit dem ich ein paar Worte gesprochen habe, neutralisiert den René von früher, den ich Jahrzehnte kannte.

Ich sehe aus dem Fenster nach unten auf die Straße und habe in diesem Augenblick die Ahnung, dass er da gleich langgehen wird. Auch wenn die Entfernung etwas weit ist, ist es eindeutig: Ich irre mich. Soweit ich erkennen kann, geht dort niemand, der auch nur entfernt eine Ähnlichkeit mit ihm hat.

Wäre auch zu schön gewesen.

Kann das sein? Die Sache mit der Neutralisierung? Ich bin kaum noch in der Lage, mich an ihn zu erinnern als an eine lebendige Person. Er ist schon jetzt zerfallen. Sofort. Bloß Hülle. Ich habe die Umstände von damals vor mir, ich rekonstruiere die Geschichte, ich finde Einzelheiten, alles entsteht mir vor den Augen, nur das damals befreundete Wesen tritt nicht als Figur in Fleisch und Blut auf, sondern verschwindet quasi schon bei der Begrüßung als Pappkamerad, biegt sich weg und fällt zur Seite. Oder bleibt als ein Grinsen übrig. Mehr nicht. Bin ich enttäuscht? Die Fratze des Freundes. Ich hoffe, der heutige René wird sich noch mal melden, ich hoffe, er ruft an oder kommt vorbei. Und wenn er mich treffen sollte, werde ich ihn fragen, wie er das anstellt. Wie er das eigentlich macht. Sein früheres Selbst zu eliminieren. Natürlich schüttelt er den Kopf, ich weiß schon, das interessiert ihn nicht. Er wird sagen, das sei meine Sache. Das ist deine Sache. Damit habe er nichts zu tun. Damit hab ich nichts zu tun. Und klar, da hat er recht.

Anne sagt, sie wollen verreisen, nein, kein Urlaub, trotzdem, sie wollen auch nicht auswandern, aber sie haben schon vor … Und dabei sind doch die Grenzen geschlossen gerade. Sogar nach Frankreich, sogar nach Österreich, sage ich. Trotzdem, sagt sie, sie wollen sich ein Wohnmobil mieten, solange die Kinder noch so klein sind, das hatten sie immer schon vor, sagt Anne jetzt, alter Traum, aber nie erwähnt, sage ich, ja ein halbes Jahr vielleicht alt, sagt sie, ich weiß auch nicht, denke ich, warum mich das dermaßen, aber ich mag das jedenfalls nicht. Nein, ich kann das gar nicht hören sogar, ich bin panisch, zum Glück nur am Telefon, ich bin auch unruhig, das hört man sicher, ich merke es, zieht den Boden weg. Ich kann nicht an alles denken. Ich kann ihnen auch leider jetzt nichts dazu geben, Geld, tut mir leid, wirklich nicht, ach was, sagt Anne, brauchst du gar nicht, Leo hat sowieso vor, von unterwegs zu arbeiten, ihm reicht ein Laptop. Geht alles weiter. Aus dem Wohnmobil, einmal am Tag, vielleicht an manchen Tagen ein bisschen mehr, sagt er, an anderen Tagen reicht vielleicht auch ein Anruf. Ein Anruf in der Firma. Jedenfalls kein Grund, es nicht zu tun. Und dann ist Anne weg, und Leo, und die Kinder, Namen der Kinder, Leonie und Frederik, genannt Bastard. Nicht vergessen. Von Leonie hat Leo auch seinen Leo-Namen, weil Leonie früher Leo so gerufen hat, da hat sie vielleicht noch nicht verstanden, dass Leonie ihr ganz eigener Name ist, jedenfalls haben wir das gedacht. Sie selbst weiß das natürlich nicht mehr heute. Ganz verschollen. Wär ja auch gut, wenn die Kinder einen später aufklären könnten über Situationen in ihrem Kleinkindalter. Im Vorsprachlichen. Nein, haben sie natürlich alles vergessen, haben die Erwachsenen also immer einen Vorteil ihnen gegenüber. Ich erinnere mich an dein Leben, du dich aber nicht. Einen Vorteil, den sie nicht ausspielen müssen. Eigentlich nicht mal können. Machen sie manchmal aber trotzdem. Und dass die beiden, Anne, Leo, jetzt wegfahren wollen, liegt das an der Gesamtsituation, der augenblicklichen? An der Enge, weil man sowieso nicht so richtig raus kann? Nein, sagt Anne, das liegt einfach am Alter der beiden Kinder, Vorschulalter. Jetzt ist noch Zeit. Später dürfen wir nicht mehr, sagt sie. Wenn die erst in der

Schule sind. Also letzte Gelegenheit. Lange überlegt. Aber weg sind sie trotzdem. Und eigentlich nicht so gute Bedingungen, mit den Grenzen und was wenn. Doch, sagt Anne, das wird sich zum Sommer hin wieder ändern, dann ist bis Herbst alles normal. Wahrscheinlich. Und wenn es doch nicht geht oder keinen Spaß macht oder so, dann kommen wir zurück, wir müssen ja nicht, wir können überall und jederzeit zurück, wir wollen die Wohnung für eine Weile untervermieten, aber nicht für die ganze Zeit, nur zwei Monate. Etwa. Mal sehen, zwei Monate ist bisher abgesprochen, das passt ganz gut. Anne auch noch weg, denke ich. Das sage ich aber nicht. Klar. Leo und Bastard und Leonie sehe ich ja sowieso wenig bis gar nicht zurzeit. Trotzdem. Und Anne, wann fahrt ihr genau? Müssen wir sehen, sagt sie, wissen wir noch nicht, ein bisschen hätten sie schon was vorbereitet, sich vorbereitet, Kinder seien gespannt, aber übermorgen oder so könnten sie noch nicht los. Vielleicht in zwei bis drei Wochen. Mal sehen.

Mit Peter im Gewächshaus. Wenn es regnet. Wenn es doch mal regnet in diesem Monat oder laut und windig ist oder bloß zu kühl oder schon oder noch etwas kalt, dann sitzen wir im Gewächshaus auf ganz niedrigen – nicht Stühlen -, sondern eher, nein, auch nicht Hockern, sondern eher auf erhöhten Decken, mehreren Decken, Deckenhaufen, aber gut gefalten, Decken muss man richtig falten, dann kann man besser drauf sitzen, sogar richtig gut. Faltet man falsch, geht es überhaupt nicht. Und dann erzählt Peter diesmal gar nichts, sondern liest einfach vor. Er hat ein Buch, das ihn begeistert, weil er oft Bücher liest, die ihn begeistern, vielleicht hat er eine sehr gute Treffsicherheit, was Bücher angeht, oder er lässt sich besonders leicht von diesen Büchern begeistern, jedenfalls ist er offenbar gern begeistert und möchte mitteilen oder weitertragen, darum liest er daraus vor. Das kann man machen, finde ich, obwohl seine Stimme schnell angestrengt klingt, als hätte sie zu wenig Luft, als müsse er sie ein bisschen zwingen, als wolle sie nicht so. Aber trotzdem, umso tapferer, könnte ich sagen, dass er das macht, dass er das überhaupt unternimmt. Die ganze Aktion, ich weiß ja nicht, wie er die vorbereitet hat. Er gibt sich richtig Mühe. Und dann klingt das auch erstmal gut, als Idee, selbst wenn er vielleicht nicht jedes Buch so besonders gut vorlesen kann, auch wegen der Stimme, darüber muss ich aber hinwegsehen, kann ich auch, außerdem finde ich, er liest zu lang, vielleicht ist das ohnehin der Punkt. Aber ich warte etwas, bis ich dann doch unterbreche und darauf hinweise, dass ich erstmal genug habe für jetzt, im Moment, das reicht, Peter, für heute. Beleidigt ist er nicht so schnell. Sagen kann ich das zu ihm. Aber dann spricht er eben selbst noch, wenn er nicht mehr lesen soll, dann möchte er ein paar Worte dazu sagen und erzählt die Gründe, zählt die Gründe auf, weshalb er findet, dass das *wirklich großartig* ist. Behaupte ich mal, sagt er. *Wirklich großartig* ist seine Wortkombination. Eigentlich ist nichts dagegen zu sagen, dass sich einer begeistert, und sowieso nichts dagegen, dass einer vorliest. Das Buch ist auch sicher gut. Die Vorstellung, dass sich zwei Leute auf einem großen Balkon oder Teildach, das praktisch lückenlos bepflanzt ist, zwischen den Pflanzen hindurchbewegen und sich in ein Gewächshaus verziehen, um dort auf Decken zu sitzen, damit der eine dem anderen vorliest, eine schöne Vorstellung, oder? Aber irgendwas anderes dominiert dann eben doch, offenbar, muss so sein, weshalb ich das Bild schon kaum noch sehe, von den beiden im Gewächshaus. Komisch. Und ich gehe zur Tür und die Treppe runter zu mir und öffne meine Tür und schließe sie hinter mir und weiß nicht, was ich jetzt machen soll. Wie geht es weiter?

Aber ich muss auch nochmal mit Anne sprechen. Das beschäftigt mich. Dabei weiß ich nicht, warum ich eigentlich mit Anne sprechen müsste, *warum* im Sinn von *worüber*. Ist doch alles klar. Oder nicht? Was mich beschäftigt, darüber kann sie ohnehin nichts sagen. Das ist meine Sache. Das ist nun mal so. Also was beschäftigt mich? Ich möchte nicht, dass sie wegfahren, auf unbestimmte Zeit. Klar. Monatelang. Klar. Aus mehreren Gründen. Okay. Aber das geht nicht. So nicht. Das kann ich nicht sagen, das kann ich ja sogar kaum denken. Aber trotzdem beschäftigt mich das. Ich kenn mich doch. Erwachsen sein und dulden. Na, bitte. Der Dulder sein, oder was? Und weiter? Der erwachsene Vater sein. Ich hab ganz anderes überstanden, oder? Ich denke gar nicht dran, trotzdem mit Anne zu sprechen. Ich halte tagelang aus. Dann denke ich eben andauernd an das, was ich aushalte, aber das heißt noch nicht, dass ich auch anrufen muss. Dass ich eine Whatsapp schreibe und frage: Können wir uns an dem Kindergarten noch mal treffen, an der Bank? Mal wieder? Daran darf ich zwar denken so viel und so lange ich will oder muss oder möchte, aber gesagt zu werden braucht es trotzdem nicht. Beschließe ich. Und besser, ich denke erst gar nicht dran, das füttert bloß. Nimm dich zusammen. Ja. Aber so … so, mir fehlt jetzt grad das Wort dafür, so *diszipliniert* vielleicht, *diszipliniert* ist aber nicht ganz das Wort, das ich meine und das richtig passen würde an dieser Stelle. Egal, so *diszipliniert* bin ich aber nicht. Aber warum denn nicht? Muss ich es sein? *Müssen* … Aber warum nicht mal diszipliniert, auch wenn es nicht der perfekte Ausdruck ist. Dann eben mal nicht der perfekte Ausdruck, dafür aber diszipliniert. Für Anne. Für Anne? Richtig. Da muss ich überlegen. Klingt so heroisch. Ja und? Heroisch mag ich nicht. Heroisch magst du also auch nicht. Kann ja heiter werden. Und was magst du noch nicht? Wenn ich ehrlich sein soll: dass sie wegfahren. Da sind wir also wieder.

Draußen grau, könnte bald regnen. Beschluss, heute abzuweichen von dem täglichen Plan, und nicht nach draußen zu gehen. Heute ist Drinnentag. Also beschlossen. Ich bleibe hier. Guter Entschluss, finde ich, sofort Erleichterung, Entspannung. Vielleicht nehme ich sogar ein Bad. I-Tüpfelchen. Vielleicht lege ich mich mit einer Salzmischung, Totes Meer, in die Wanne und höre einen Vortrag oder Musik und wasch mir die Haare. Endlich mal wieder. Oder eine Kindersendung. Und schneide die Fußnägel. Wenn du ein gewisses Alter erreichst, siehst du Tierdokus, fängst du an, Tierdokus anzusehen und hörst hin und wieder sogar Kindersendungen, pass auf!

Und dann, plötzlich, bin ich doch auf der Straße. Der Ärger, kommt als Flut. Was ist es? Angst um Anne? Na … Und Ärger, dass Julia nicht da ist. Vor allem wohl dies. Aber das ist inzwischen doch schon so lange her, wie lange ist sie …? Als Julia da war, war es auch nicht immer leicht. Aber wir waren zu zweit. Als Julia noch da war, gab es sogar Krisen. Wut und Wüte und Im-Weg-Stehen, sprachloses Nicht-weiter, Türenschlagen. Aber wenn sie jetzt da wäre. Nützt nichts. Nütz' ja nix. Mhm. Ich gehe aber kaum auf Straßen heute, wenigstens das nicht. Sondern in Parks. Jenisch-Park, Bäume ansehen. Noch ein anderer Park mit Tieren drin, eingezäunt, aber an den Namen kann ich mich nicht erinnern. Früher hatte ich es eiliger. Ich mag schon Parks, aber nicht sonntags. Dann Blankenese, Treppen runter und am Fluss weiter. Dessen Namen ich nicht nenne. Endlos so. Dieser Fluss bleibt ernst, wenn sein Name nicht fällt. Solange sein Name nicht fällt. So aber will ich ihn. Komische Type. Ich habe nicht die richtigen Schuhe an, aber eigentlich würde ich heute gern joggen. Hier am Fluss entlang kann man gut. Hab ich nie gemacht in der Vergangenheit. Wann sonst? Heutzutage zu viel Bauch zum Joggen. Lieber erst gar nicht anfangen. Die Namen machen das alles kaputt, nehmen Sie zum Beispiel den See in der Stadtmitte. Sie kennen ja den berühmten See in der Stadtmitte dieser Stadt. Ist es vielleicht sogar der berühmteste See in einer Stadtmitte? Trotzdem. Genau genommen zwei Seen in der Stadtmitte. Aber miteinander verbunden. Eigentlich ein Fluss. Stellen Sie sich mal vor, ich hätte jetzt den Namen gesagt. Ein Name, zwei Namen. So aber – ohne Name – bleibt doch was. Das ganze Bild ... mehr mit Würde, oder? Oder nicht? Bleibt irgendwie eigen. Finde jedenfalls ich. Und genau genommen finde ich außerdem, dass in diesem Fall der Name ein Klischee aufdrückt. Kann man das so sagen? Ist Klischee das falsche Wort? Draufdrückt. Ohne Name kein Klischee. Zwei Seen in der Mitte der Stadt. Stellen Sie sich mal vor. Um den einen, den größeren bin ich vor Jahrzehnten gejoggt. Jetzt bestimmt schon fünfzehn Jahre überhaupt nicht mehr gejoggt. Oder noch länger. Soll ich wieder? Aber in diesem Alter? Mit diesem Bauch? Nochmal anfangen? Wäre schön. Lust hätte ich. Andererseits, was sagen die Muskeln? Bänder, Sehnen, die Gelenke, die Knochen? Haben die noch Erinnerungen ans Joggen? Müsste man langsam anfangen und nachfragen, ob sie sich erinnern, sonst Krämpfe und was weiß ich alles.

Clara. Wieder Clara. Aber diesmal bin ich freundlicher. Mir ist klar, mir wird jetzt erst klar, dass ich nicht immer freundlich zu Clara bin. Vielleicht klinge ich freundlich, aber ich bin es nicht. Sicher. Ich weiß das. Aber heute klinge ich von Anfang an freundlich. Warm. Das muss einen Grund haben. Hat es auch, bestimmt. Ich nehme mir Zeit, das merke ich. Ist meinen Worten anzumerken, wie ein größerer Rahmen entsteht? Wie, ein Rahmen? Und wofür? Und was für einen Grund? Noch hab ich keine Ahnung. Ich lasse es mal laufen, macht ja nix, wenn es ein bisschen dauert, ich muss mir zuhören, vorher muss ich ihr noch zuhören. Dann wieder mir. Irgendwann vielleicht begreife ich die Freundlichkeit, meine, in der ganzen Haltung. Schmeichle ich mich etwa ein? Nein-nein-nein, aber vielleicht … ich *nutze* sie, glaube ich. Durchaus ein bisschen. Nutze ich sie etwa *aus*? Lässt sich das so sagen? Auch nicht. Aber ich lenke ab. Würde ich sagen. Ich bin heute mal wieder, glaube ich, seit Jahren bin ich heute mal wieder in Blankenese gewesen, sage ich zu Clara. War grad Markt in Blankenese. Gibts nämlich noch, jetzt immer noch, den kleinen Markt da, wirklich wahr. Interessant, weiß man ja nicht, ist ja nicht selbstverständlich. Die Stände, und wie die Leute an den Ständen die Leute kennen, die kommen und kaufen. Vertraut, eben ein kleiner Ort. Hat auch Vorteile. Und ich hab was gegessen auf dem Markt. Klitzekleinigkeiten. Dann Treppenviertel. Großer Fluss ohne Namen. Clara wäre auch gern mitgekommen. Wirklich? Ja, ich soll das nächste Mal Bescheid sagen. Okay. Clara weiß auch nicht, wie der kleine Park heißt mit dem Tierareal. Tierareal ist schon wieder nicht das richtige Wort, dabei passt es fast besser, als das richtige Wort klingt, das mir aber nicht einfällt. Hirschpark heißt der Park, sagt Clara plötzlich. Stimmt, sage ich, ja, aber ich frage nicht: Und wie heißt das Areal, in dem die Tiere sind? Sich aufhalten. Da muss es ein Wort geben. Wir interessieren uns beide nicht dafür, glaube ich. *Weiß* ich. Ich lenke immer noch ab, auch wenn ich noch immer nicht weiß, wovon. Ich erzähle von dem Fluss und den wenigen Leuten, die auch dort zu sehen gewesen sind, in den entsprechenden Abständen. Manchmal, wenn man geht, sage ich, weiß nicht, ob das an dem Fluss liegt, ändert sich plötzlich etwas an dem eigenen Zustand, kann das sein? Chemie höchstwahrscheinlich, woraufhin man ewig so weitergehen könnte, so scheint es jedenfalls. So *scheint* es aber auch nur, sagt sie. Sofort bin ich still. Dann bin ich weiter freundlich, auch wenn ich den Ton dieses Satzes – *so scheint es aber auch nur* – unpassend finde. Mir gefällt der ganze Satz nicht. Kleinigkeiten sind das, weiß ich, aber trotzdem. Meine Freundlichkeit will etwas von Clara. Ich bin ein böser Mensch, indem ich sie verwende. Verwende? Nicht ganz so schlimm, glaube ich. Ich möchte tratschen, so was Ähnliches wie tratschen, aber wie immer soll es sich nicht wie Tratsch anhören, sondern wie ein wichtiges Gespräch. Das ist mit Clara möglich. Clara ist ein bisschen wie eine Schwester. Ich betrüge mich und sie, aber dazu brauche ich sie. Sie ist keine Schwester. Aber irgendwie. Und zwar, ich spreche über Anne. Über Annes und Leos Entscheidung. Im Grunde möchte ich, merke ich, dass Clara eine bestimmte Meinung dazu hat. Oder Haltung. Von selbst soll sie die haben. Und dann sprechen wir tatsächlich über das Wohnmobil. Darf man in Zeiten wie diesen ein Wohnmobil mieten und einfach so losfahren? Darf man eigentlich nicht, oder? Kein Mensch käme auf die Idee, und darum ist es nicht mal verboten. Man darf doch nicht einfach so verschwinden. Warten, bis eine Grenze sich öffnet. Vielleicht im Mai, im Juni. Ist doch schon fast Mai, sagt sie, ist doch schon fast warm. Ins europäische Ausland. Oder? Ich spüre durch ihre Erwiderung hindurch, dass Clara meiner Meinung ist. Wir sprechen es nicht aus, aber wir verbünden uns, ich spüre das. Ich kann Verbündungen fühlen. In diesem Fall gegen Anne. Das ist zwar gemein, aber nicht ausdrücklich. Außerdem bin ich der Vater. Trotzdem. Siehe Ärger. Siehe Ohnmacht. Aber eben nicht ausgesprochen. Und dann, das kommt ganz plötzlich, habe ich den Verdacht, dass Clara längst schon von den Plänen weiß, von Annes und Leos Wegfahr-Plänen, dass sie lange vor mir eingeweiht war. Kann das sein? Die wusste das, denke ich und bin getroffen. Oder müsste getroffen sein. Oder darf getroffen sein. Oder eigentlich sogar gekränkt. Vielleicht irre ich mich? Aber jetzt ist es zu spät, jetzt bin ich … jetzt hat es mich … ich weiß nicht, ob ich gute Miene noch vortäuschen kann zu diesem bösen Spiel. So tun kann, als wär nichts. Wieder müsste ich ablenken. Aber wie denn? Ich kann nicht, ich kann das nicht verschlucken, also frage ich, jetzt ist es egal, ja, warum frage ich eigentlich nicht: Clara, wusstest du das schon? Hast du das gewusst? Dass die vier wegfahren, dass sie ein Wohnmobil leihen? Mal unter uns? Nein, sagt Clara. Aber mehr als ein Nein sagt sie nicht. Ein dünnes Nein. Clara würde lieber über Blankenese sprechen, ob wir nicht nächste Woche einen Ausflug machen wollen? Zusammen. Treppenviertel, Wasser, breit wie ein Meer. Man kann doch ewig da lang gehen. Was?, frage ich. Jetzt also doch?, frage ich nicht. Ewig dran lang gehen, sagt sie. Ich höre hin, hellhörig. Ich kann gut verstehen, sagt Clara, dass es für dich nicht leicht ist, wenn Anne für eine längere Zeit verreist.

Weißgeschnetzeltes? Ich träume. Ich habe mich ins Bett gelegt, es hat kaum eine Minute gedauert, bis ich eingeschlafen bin. Gemütlich liege ich, den Kopf unter dem Kissen. Fort von da. Dass ich träume, ist schon im Traum zu merken. Nur Weiß um mich rum. Ausschließlich Weißes. Aber nicht kalt. Trotzdem eingeschneit, seit Tagen, seit langer Zeit schon, seit einer Zeit, die sich seit einem gewissen Augenblick ausgedehnt hat und von da an immer weiter, immer länger dauert. Da hat es angefangen zu schneien, das war der Ausgangspunkt, ich erinnere mich an etwas, das geschehen ist, während das Schneien begonnen hat. Und irgendwann ist genug leichteste Masse da, Pulverschnee, um klar zu machen: Von nun an muss niemand mehr rausgehen. Schnee auf Schnee. Wirklich niemand? Genau genommen weiß ich nur von mir. Aber trotzdem, seitdem musste niemand die weiße Festung mehr verlassen. Der Ausnahmezustand steht so zweifellos fest, dass es guttut. Tut gut und gut und gut. Und die Laute sind eingedämmt. Zum Glück. Und dämmen weiter ein, alles Laute ist wie eingekocht, kalt eingekocht. Das Weiß umrahmt das alles und wird immer voller und … und die Wände werden immer dicker und wachsen nach außen, nach draußen. Und je dicker die Wände werden und umso weiter sie nach außen wachsen, nach draußen, umso ausgeschlossener scheint, dass sie jemals einreißen werden.

In diesem Weißgeschnetzelten bin ich sicher, aber in diesem Weiß bin ich auch vollkommen allein. Das ist für den Augenblick zwar überhaupt nicht schlimm, nur die in Aussicht gestellte weiter anhaltende Einsamkeit könnte unangenehm sein oder werden. Aber das weiß ich noch nicht. So weit bin ich noch nicht. In diesem Augenblick ist es mir nach wie vor recht so, wie es ist. Im Grunde hocke ich ja bloß. Zum Glück warte ich nicht auf irgendetwas. Ich habe keine Eile, ich kenne hier nicht den Zustand der Hast. Das fortgesetzte Schneien wirkt weiter befriedigend. Sogar beruhigend. Eingeschneit. Die Schichten setzen sich auf die Schichten, die Wände nehmen zu, Schnee auf Schnee, die Dächer werden stärker, die Stille im Innenraum verdichtet sich auch noch einmal, das ist mir alles sehr, sehr recht so, wie es ist und wie es zunehmend weiter wird. Das kann ruhig alles immer so … Damit bin ich, merke ich, einverstanden. Spürbar. Bisher musste ich auch nicht aufstehen, ich brauche noch keine Bewegung aus mir heraus, ich brauche keine Ablenkung von mir weg, im Gegenteil, es wird mit jedem Augenblick heller und klarer, das leise Geschehen um mich herum verbessert zunehmend die Lage. Soweit ich sehe, steht das fest. Ich sehe nur Weiß. Aber ich zweifle nicht daran. Ich halte aus, aber eigentlich halte ich nicht aus, Aushalten klingt nach Leiden. Sondern ich genieße im Stillen, was um mich herum geschieht und spüre den wohltuenden Einfluss. Offensichtlich. Schneien wirkt, das Schneien wirkt sich aus.

Wie lange es schon dauert, weiß ich in der Helligkeit zwar nicht, aber irgendwann werde ich übermütig. Ich bin gern allein hier, aber dann kommt der Entdecker aus mir hervor, oder ist es der Eroberer? Ich grabe ein bisschen, ich kratze bloß, ich zeige keine Ängstlichkeit, außerdem träume ich ja, wie mir klar ist. Also kann nichts passieren. Trotzdem bin ich ausschließlich hier. Das hat alles eine Logik, um die ich mich nicht kümmern muss, so unmissverständlich ist sie und bestimmt alles. Darum komme ich nicht herum. Ich kenne diese Logik nicht, aber ich weiß, was eine Logik ist. Alles geschieht in dieser Logik, auch wenn es zunächst fremd wirkt, getrost darf ich mich fallen lassen. Bis jetzt ist außer dem Schneien allerdings noch nichts geschehen. Und nun robbe ich gerade ein Stück weiter und grabe an der weißen Höhlenwand. Wo auch sonst? Ich übe. Ich habe lange gehockt und Kraft gesammelt, um mich nun mit Leichtigkeit weiterzuarbeiten. Zu entwickeln. Es auszuüben. Das geht ganz von selbst. Ich grabe mich hinaus oder ich grabe mich irgendwo hinein, das weiß ich nicht, das kann ich noch nicht sagen. Aber gleich komme ich von einer Höhlenkammer in eine nächste Höhlenkammer, ein Durchstoß aus hellstem Weiß in hellstes Weiß, und dann treffe ich plötzlich auf jemanden mit einem Kopf und einer Kapuze auf dem Kopf und Händen an den Armen, eine ebenfalls grabende Gestalt. Das überrascht mich und überrascht mich auch wieder nicht, ich lächle vor mich hin und freue mich an dem Einvernehmen. Dass wir zu zweit sind, auch wenn sich der oder die andere nicht einmal zu mir umdreht. Also grabe ich ebenfalls weiter, wie sie, wie er, an einer anderen Stelle als die neben mir grabende Gestalt, zu einer anderen Seite hin, und wir kommen in unterschiedlichen Richtungen heraus und treffen auch hier wieder auf Gestalten, die ebenso graben wie wir. Beglückend. Keiner sagt ein Wort, mancher dreht den Kopf und schaut jetzt herüber, endlich sehe ich ein Gesicht, noch eins, vielleicht geben sie Zeichen, die Leute, vielleicht gebe ich Zeichen, dazu müsste man die Zeichen kennen. Ich kenne aber keine. Im Großen und Ganzen graben alle, alle graben sich so allmählich weiter zu allen Seiten und nach allen Richtungen, wir sind nicht allein, wie leicht zu sehen ist, sondern viele, verbunden in diesen Tätigkeiten, wie es scheint, während das nächste Weiße, durch das wir uns gleich graben werden, immer ein noch helleres Weißgeschnetzeltes erhoffen lässt. Die pure Helligkeit ist da vermutlich irgendwo hinter einer dieser Höhlenwände. Und noch schneit es und hüllt uns weiter ein. Mal sehen, wie weit wir kommen, Tage gibt es ja nicht.

Ich trete auf der Stelle, ich merke das, ich langweile mich nicht erst seit eben. Ich bin seit zehn Minuten oder so wach. Warte darauf, davon erlöst zu werden. Ja, ja, immer erlöst werden. Das ganze Leben, bis es nicht mehr ist. Aber ich muss lachen. Jetzt muss ich. Ich muss lachen, auch wenn ich nicht gerade in lautes Lachen ausbreche. Denn wie ich ja weiß, kommt heute keiner, der mich wenigstens ablenken könnte. Niemand erlöst. Ich warte auch gar nicht. Aber ich gebe zu, dass mir nichts mehr einfällt. Bin ratlos. Immerhin steht das fest. Am liebsten würde ich Anne anrufen. Wie immer Anne. Das erlaube ich mir aber nicht. Ich gebe mir selber zu, dass ich allein der Grund bin. Ich bins, wer sonst? Und dass Langeweile auch ein harmloses Wort für Schwerwiegenderes sein könnte. Das stimmt. Wie gesagt, auch mit Julia war es nicht immer leicht, aber ohne sie? Und wohin denn jetzt? Bitte. Ich kann nicht immer rauchen, ich kann nicht immer fernsehen, ich kann nicht immer essen oder herumgehen und mir die Stadt in der Stille ansehen oder schlafen. Ich müsste wieder einkaufen gehen, aber dazu habe ich keine Lust. Jetzt nicht. Außerdem – um Lust geht es nicht. Ich wache einfach auf und weiß nicht weiter, der Tag ist schon morgens um sieben nichts anderes als ... schon vorbei im Grunde. Wieso anfangen? Das Gefühl kommt sofort, dass dieser Tag nicht nötig ist. Allerdings ist es mehr als das, glaube ich, es ist auch beschwerlich. Unumwunden gesagt: Dieser Tag wird ein bisschen lästig. Kommt *lästig* von *Last*? Der letzte, gestern, ist auch schon so gewesen. Wenn ich ehrlich bin. Aber da habe ich es noch nicht ausdrücklich ... tja. Ich arbeite dagegen an, okay, aber das scheint die Sache eher noch schwieriger zu machen, oder? Dabei gab es Tage, in der Vergangenheit, meine ich, die waren leicht, die waren doch richtig leichtgängig sozusagen und aus sich heraus schön und beweglich und nicht so ... irgendwie stumpf. Diese Gegenbilder sind ja immer das Dumme. Aber das ist jetzt vorbei, glaube ich, das mit den leichten Tagen. Jetzt kommen die stumpfen. Und diese Tage damals mussten nicht so mühsam angeschoben werden, ich glaube, weil von selbst schon eine Bewegung in denen war, oder? Die klackerten so fröhlich. Da bin ich in was reingeraten, und es war manchmal geradezu erfrischend. In diesen Tagen heute aber, da ist keine Bewegung, keinerlei, oder? Neuland. Altland. Wen frage ich? Offenbar bringe ich es nicht fertig, mich selbst zu erfrischen. Das stimmt. Aber das ist auch nichts Besonderes, denn es geht ja trotzdem weiter. Irgendwie humpelnd, zerrend. Es wird schon weitergehen, auch mit mir. Dann eben unter Tränen. Sozusagen. Ich brauche eigentlich bloß sitzen zu bleiben. Ob ich das nun anschiebe oder nicht. Ich könnte auch helfen. Wie, helfen? Was denn helfen? Jemandem nützlich sein zum Beispiel, Gutes tun. Aber wie? Jetzt hier, in dieser komischen Quarantäne, wo du nicht mal wem die Hand geben darfst? Nicht mal irgendwem. Nee, ich glaube nicht … helfen. Und Krone auf und raus? Dieser blöde alte Spruch. Das hieße doch, vor allem mir Gutes zu tun, oder? Ich wüsste auch nicht, was. Ich langweile mich bloß. Wie gesagt. Halb so schlimm. Aber ich kann auch ganz ruhig sein, ich brauch nicht mal abzuwarten. Siehst du. Wenn ich jetzt schon sitze, sitzen bleibe, und nichts tue als einen Kaffee zu trinken, was mach ich dann morgen? Was mache ich dann morgen? Dann werde ich womöglich noch schneller alt, oder? Na gut. Insgesamt, wenn so wenig Neues eingespeist wird in diesen alten, bald uralten Organismus. Oder in dieses stehende Hirn. Na gut, wie gesagt, dann werde ich eben noch schneller alt. Dann wirst du eben noch etwas schneller alt. Was kann ich dafür? Oder warum nicht? Oder was ist eigentlich das Problem? Was hab ich überhaupt dagegen? Noch schneller alt zu sein. Nicht so leicht zu beantworten. Auf die Schnelle. Ich merk das doch. Vielleicht ist es erst mal ein guter Tipp, sich ausgiebig zu waschen. Oder? Waschen? Ich könnte ein heißes Bad nehmen und mir heute die Haare waschen. Schon wieder? Die Zähne putzen, mich rasieren. Und dann. Und dann?

Um Viertel vor elf klingelt es, ich gehe hin und denke nichts. René steht vor der Tür.

Oh, sage ich, du. Komm rein. Als stünde er da dreimal in der Woche. Bin ich gar nicht überrascht?, frage ich mich.

Er nickt nur, was mich gleich ärgert, auf der Stelle komme ich mir einen Kopf kleiner vor als er.

Er sagt erstmal nichts, bewegt sich nicht, bleibt auf Abstand, ach ja, Abstand, und atmet so laut, dass ich zuhören kann. Das mag ich nicht.

Wahrscheinlich, denke ich in den zwei Sekunden, während ich vor ihm die drei Schritte den Flur entlanggehe, bis wir im Wohnzimmer sind, denn jetzt kommt er hinter mir her, lasten irgendwelche Reste zehn und mehr Jahre alten Verhaltens, Herumärgerns und Übelnehmens auf uns, irgendwas Klebriges, das keiner durchschaut. Quatsch, denke ich, trotzdem, denke ich weiter, reinspringen leicht gemacht, und gut, dass er da ist, obwohl er sich auch hätte ankündigen können. Aber so was tut René nicht. Na ja, so ist wenigstens ein Anfang gemacht, mal sehen, wie lang er bleibt.

René setzt sich von selbst in einen Sessel und sieht sich um und nickt und sieht mich an. Ist er verunsichert? Das wäre ja interessant. Ein verunsicherter René, wäre das nicht ein wesentlich interessanterer René?

Du warst doch schon mal hier, sage ich. Das könnte ihn leicht stützen, aber er macht ein Gesicht, als erinnere er sich an nichts. Ich sehe ihn an, er sieht gut aus, er ist doch ziemlich groß, etwas größer als ich, das wusste ich nicht mehr, und schlank. Schlank geblieben, schlanker als ich sowieso, könnte sein, dass er immer noch trainiert, die ganze Haltung sieht nach guter Körperspannung aus. Toll. Was ich aber immer nicht so mochte an ihm, ist sein heller Teint im Gegensatz zu dem dunklen Haar. Früher bräunlich dunkel. Und diesen Gegensatz scheint er jetzt noch zu verstärken. Das Haar ist garantiert gefärbt, das ist der typische Schwarz-Ton, der nach Färbung aussieht. Hätte ich ihm nicht geraten. Bartstoppeln sind allerdings grau, was ihm wieder steht. Silbrig grau, sodass es wie ein bisschen schmutzig aussieht oder, nein, sieht eher unsauber aus. Gut, passt, macht ihn interessant. Unsauber ist das Wort! Schmutzig nicht. Und dann frage ich in die kurze Lautlosigkeit hinein: Soll ich einen Tee machen?

Ja gern, sagt er und lächelt. Veränderte Welt. Er kann lächeln, und die Welt verändert sich. Ich glaube, sie verändert sich wirklich. Auch das stört mich. Aber ich gehe in die Küche und fülle Wasser in den Wasserkocher und merke, dass ich gut gelaunt bin, geradezu widerwillig. Ich entscheide mich für schwarzen Tee, ich frage nicht nochmal nach. Es fällt mir ein bisschen schwer, den Tee mit dem Löffel aus der Büchse zu schaufeln, etwas von dem Tee trifft nicht in den Papierfilter. Das ärgert mich. Passiert immer wieder. Ich bräuchte andere Löffel oder andere Büchsen. Ich ärgere mich zu leicht, das muss sich wirklich mal ändern. Ich weiß nicht, ob ich auch Kekse hinstellen möchte. Noch kocht das Wasser nicht, ich gehe erstmal zu René zurück und werde dann gleich wiederkommen. Schwarzen Tee mag eigentlich jeder. Das kann jetzt nicht schaden, glaube ich. Ihm soll es schon schmecken. Ich weiß nicht, warum ich ins Wohnzimmer gegangen bin, da ist nichts zu tun. René sitzt und sieht mich an.

Tja.

Also ... geh ich wieder zurück in die Küche?

Ich wollte etwas mit dir besprechen, ruft er, als ich auf halbem Wege bin, mit lauter Stimme aus dem Wohnzimmer. Und ich frage mich, was ich eigentlich ständig für ein Gefühl habe. Wobei, *ständig* ist übertrieben. Für die kurze Zeit, die er erst da ist, ist das übertrieben. Aber trotzdem, jetzt weiß ich wieder: Ich hatte das Gefühl nämlich schon, als ich ihn auf der Straße getroffen habe.

Aha, sage ich so leise – ich bin ja noch im Flur – , dass er es nicht hören kann. Nie im Leben. Scheint ihn aber kaum zu stören. Aha, sage ich darum noch einmal und jetzt auch etwas lauter, während ich zurück ins Wohnzimmer gehe. Mit den Teetassen, denn ich war schnell in der Küche. Aha.

Ich komme grad von meiner Mutter, sagt er, und als er das sagt, habe ich sofort das Gefühl, dass er das, was er gleich erzählen wird, eigentlich nicht erzählen will, sondern etwas anderes. Trotzdem spricht er weiter. Oder weil er das, was er eigentlich erzählen will, jetzt noch nicht erzählen will oder kann, erzählt er erstmal das, was er eigentlich nicht erzählen will.

Kennst du eigentlich meine Mutter?

Nein, sage ich, nur vom Hörensagen. Lebt sie wirklich noch?

O ja.

Wahnsinn!, sage ich. Aber ich hab sie nie gesehen, ich weiß nur, dass du früher von ihr erzählt hast, vor allem, als wir in den Bergen waren, da in der Hütte. Sie hat in Frankfurt gearbeitet.

Ach ja, das ist ewig her, aber da kannte ich sie selbst noch kaum, glaube ich. Meine Adoptiveltern sind inzwischen gestorben, das weißt du, oder? Mein echter Vater ist auch tot, aber meine Mutter lebt noch. Das wird dich alles nicht so interessieren. Aber sie treibt es doller als je zuvor.

Wie? Deine Mutter treibt es doller als je? Versteh ich nicht.

Wie gesagt, ich komm grad von ihr, allerdings aus ihrem schwäbischen Häuschen. Aber das ist ja eigentlich egal. Sonst lebt sie in Frankreich. Mit einem Grafen oder jedenfalls Adligen in einem Landhaus, das ich mir wie ein kleines Schloss vorstelle. Klingt erfunden, wenn ich das jetzt erzähle. Der Graf lebt nicht nur mit ihr, sondern auch noch mit anderen Frauen zusammen. Vier oder fünf. Meine Mutter und die anderen Damen haben dort auf dem Gut oder auf der Burg oder wie das heißt oder was das ist, was er umgebaut hat, der Graf, freie Logie. Sozusagen. Sie müssen überhaupt nichts bezahlen, sie werden verpflegt, und auch gut. Ich war da aber noch nicht zu Besuch. Mein Vater ist übrigens vor ein paar Jahren doch noch aufgetaucht, fällt mir grad ein, über den hatten wir doch damals öfter gesprochen. Dachten ja alle, der sei schon seit Jahrzehnten tot. Mit ziemlich viel Geld ist er aufgetaucht. Hat aber erstmal nichts abgegeben.

Ich fand immer, er war eine Art Phantom, sage ich, ihr wusstet nicht, ob er überhaupt lebt. Nicht mal, wie er aussieht, glaube ich.

Ein einziges Foto gab es, sagt er, aber schwarz-weiß und unscharf und von sehr viel früher, aus den Sechzigern. Ich dachte wirklich über Jahrzehnte, dass er nicht mehr lebt. Eigentlich konnte das gar nicht anders sein. Alle haben über ihn geschimpft. Trotzdem hätte ich ihn gern gesehen, ich hatte immer eine Sehnsucht. Na klar, ich bin der Sohn. Und dann hab ich ihn getroffen, auf einmal stellte sich heraus, dass er da ist, Inga hat mich angerufen und mir das erzählt und mir die Adresse gegeben. Da bin ich sofort losgefahren. Das war erst vor ungefähr zehn Jahren, da hab ich ihn kennengelernt. Und mochte ihn eigentlich sogar ganz gern, zu meiner Überraschung. Wir haben uns ein paar Mal getroffen. Und dann ist er doch gestorben, nach nochmal einer Weile. Reich, wie gesagt. Meine Schwester, die hast du aber kennengelernt, die lebt jetzt in den USA und gibt Kurse online. Kannst du auf YouTube angucken. Ziemlich erfolgreich. Und ich habe geerbt und bin plötzlich auch ein bisschen reich, so spät noch, nee, reich nicht, vielleicht wohlhabend. Meine Mutter hat auch gut Geld und, wie gesagt, lebt immer noch. Ich mache manchmal Kreuzfahrten mit ihr, Aldi-Kreuzfahrten, günstig und okay, zweimal im Jahr. Das passt alles zusammen, auch wenn im Grunde gar nichts passt, aber wenn alle mitlachen, geht es. Das, wo sie da in Frankreich wohnt, ist wirklich so eine Art Schloss, sogar mit Türmchen und vielen Treppen und Teppichen, wahrscheinlich aber eher ein sehr großes Landhaus, allerdings mit Burggraben drumherum. Also doch vielleicht eher eine ehemalige Burg. Oder ein Zwitter aus allem Möglichen. Jedenfalls ist das komisch. Hochkomisch. Eigentlich ist es entsetzlich, dieser Graf ist so alt wie sie und die anderen Damen und spielt die irgendwie gegeneinander aus. Auch erotisch. Die sind alle über siebzig und achtzig und so und die werden von nichts als ihren blöden Ränkespielen und Eifersucht zusammenge … wie gebannt sind die. Wie Kinder, nur … irgendwie in Atem gehalten. Ich weiß auch nicht, warum ich das jetzt erzähle, und warum sie da ist und vor allem da sein will, das versteh ich nicht, ich finde es nur entsetzlich. Abstoßend, aber auch lustig. Meine arme Mutter, mit der ich ja nie Mitleid hatte, nie, die macht sich jetzt ständig Sorgen, dass sie nicht so gut ankommt wie die anderen alten Frauen. Mit über achtzig. Dabei geht es tatsächlich um Sex. In dem Alter will sie die Beste sein, sie will gut aussehen, okay, kann ich noch verstehen, aber es gibt eine bestimmte Rangfolge, die sich jederzeit verändern kann, ich weiß nicht, ob die da irgendwo zu lesen ist in dem Haus, ob da eine Liste ausliegt, die der Herr Graf täglich aktualisiert, sodass sich die alten Damen daran orientieren können. Was für ein Quatsch! Aber wenn es dann doch alles zu viel wird und sie ein bisschen Vernunft annimmt, packt sie – meine

Mutter – ihre Sachen und fährt erstmal nach Hause. Mein Vater hatte ihr noch das kleine Häuschen im Schwabenland geschenkt in den letzten Jahren, aus alter Anhänglichkeit. Aber dort hält sie es auch nie lange aus, dann packt sie ihre Sachen wieder und bricht auf zu dem blöden Anwesen des französischen Grafen. Da ist es natürlich spannender als in Schwaben. Wobei ich gar nicht weiß, ob das wirklich ein Franzose ist. Spielt sich nur alles in Frankreich ab. Und ich bin unabhängig, sagt René plötzlich, früher hatte jeder von uns solche Existenzängste, weißt du noch, Existenzangst war die Hauptsache, und jetzt ist alles da und kommt von allen Seiten und wird noch immer mehr.

Ich nicke und sage: Bei dir vielleicht.

Ja, Wahnsinn, sagt er. Aber das wollte ich dir eigentlich gar nicht erzählen, ich weiß selbst nicht, ich …

Macht nichts, sage ich, interessiert mich trotzdem.

Ja aber …, sagt René und zögert, ohne dass ich mit einem Wort in die Lücke springen könnte. Es geht um einen bestimmten Moment, sagt er dann, weißt du, um diesen Zeitpunkt, als …

Was?, frage ich, weil ich das komisch finde, was er sagt. Komisch im Sinn von seltsam, merkwürdig und befremdlich. Ich freu mich richtig, dass ich ihn mal unterbrechen konnte. Vielleicht ist das ein kleines Machtspiel? Und außerdem mag ich nicht, wenn man *weißt du* zu mir sagt. Mochte ich noch nie. Aber trotzdem, ich hätte ihn lieber nicht unterbrechen sollen. Jetzt wirkt er erst richtig verunsichert.

Entschuldige, sagt er, oder klingt das ein bisschen zu großartig?

Wie? Zu großartig?

Ja genau, das meinte ich nämlich nicht, das heißt, so sollte es gar nicht ...

Ach so, nee, erzähl ruhig weiter, sage ich und tu entspannt, wieso großartig?

Nein, nein, ich wollte gar nichts Besonderes *erzählen* jetzt, sagt er, ich bin nur auf den Gedanken gekommen, nachdem wir uns vor ein paar Tagen getroffen haben. Da ist mir nämlich nachher eingefallen ...

Ich weiß, sage ich. Aber auf welchen Gedanken? Jetzt sehe ich deine Schwester übrigens gerade vor mir, sage ich und ahne, dass ihn das noch mal unterbricht. Oder? So was Verrücktes, sage ich und denke daran, dass er ja nicht weiß, wie beschäftigt ich in den letzten Tagen mit unserer Zeit da oberhalb der Baumgrenze war. Nach seiner Schwester im Internet zu schauen, auf die Idee bin ich natürlich nicht gekommen. Das hätte ich mal machen sollen. Nachher vielleicht.

Meine Schwester, wieso?

Ja, wieso weiß ich auch nicht. Das ist eben so. Ich seh das Gesicht grad.

Aha. Aber du hattest doch vorher gesagt, du wüsstest etwas? Du weißt was. Und was weißt du?

Ja, als wir uns getroffen haben, meinst du das? Mehr hatte das nicht zu bedeuten, sage ich und spüre sofort, dass er es nicht versteht. Kann er auch nicht, da lässt, altmodisch gesagt, meine Ausdrucksweise etwas zu wünschen übrig. Ich hätte das nicht sagen müssen. Jetzt hab ich uns beide, besonders ihn, richtig verwirrt.

Ach so, na gut, sagt er, als ziehe er nun einen Schlussstrich unter irgendwas, das man offenbar nicht näher bezeichnen muss, ich wollte jedenfalls eigentlich nicht viel sagen, nur dass ich mich erinnert habe an die Talsperre.

Was?

Ja, weißt du bestimmt noch.

An welche Talsperre?

Ja genau. Damals, sagt er und klingt, als hätte ich ihn bestätigt. Und trotzdem hat er auch recht. In dem Augenblick, in dem er *Ja genau* sagt, weiß ich nämlich sofort, was er meint.

Jetzt sind wir schon so alt, sage ich, wir werden bestimmt dauernd über irgendein *damals* reden. Meinst du den Tag, als wir da drin geschwommen sind, das war doch noch in der Schulzeit, letzte Klasse, oder so?, frage ich und denke etwas anderes: Das Gegenteil ist wahr!, denke ich. Über das Entscheidende sprechen wir nicht, über das Schwerwiegende. Warum auch? Wir schweigen lieber. Aus Schiss denkt man da nicht mal dran. Aber wie willst du auch da drüber sprechen? Wirklich. Ich weiß ja selbst nicht, was es ist. Eigentlich.

Ich bin reingesprungen …

In die Talsperre.

Ja.

… und ich nicht, sage ich.

Jeder erinnert sich eben an irgendwas anderes, sagt er, ich weiß noch, dass wir da zu dritt hingefahren sind, aber ich kann mich nicht mehr erinnern, wie sind wir da eigentlich hingekommen. Gefahren? Hatte einer von uns ein Auto, da schon?

Ich nicht, ich hatte keins, und ich glaube auch, ich bin auf jeden Fall ganz harmlos da reingestiegen ins Wasser. In den See. Über Steine oder Sand bestimmt, weiß ich alles nicht mehr, wenn es da überhaupt Sand gab. Gesprungen bin ich nicht. Ich springe nicht, das geht mir zu schnell. In meiner Erinnerung stand ein ganzer Urwald um das Wasser rum, aber das muss Täuschung sein, oder? Bäume gab es bestimmt. Ein Auto hatte ich noch nicht, ich glaube, ich hatte da noch nicht mal den Führerschein, den hab ich erst …

Ich auch nicht. Aber der andere, der noch dabei war, der hatte das Auto, der hat uns alle mitgenommen. Das war doch der Carsten mit diesem …

Carsten, ach ja, sage ich, Carsten war auch mit, klar. In der Küche kocht jetzt das Wasser im Kessel hoch. Bei dem Kessel ist die Automatik, die ihn sich sonst abschalten lässt, wenn das Wasser kocht, kaputt. Seit Monaten. Das Wasser kocht einfach ewig weiter.

Carsten hatte ein orangefarbenes Auto, sagt René, ein wahnsinnig hässliches, irgendwie in sich schiefes Auto, zum Totlachen, ich hab keine Ahnung, was das überhaupt für eins war, so ein komischer Wagen, so nach hinten schräg auslaufend, so was. Siebziger Jahre.

Orange, genau.

Ja, sagt er. Und ich hatte einen Radiorecorder dabei.

Den hattest du eigentlich immer mit. Der Mann mit dem Radiorecorder. Gabs da überhaupt schon so was?

Den brauchte ich aber auch wirklich. So was oder so was Ähnliches, weiß ich nicht mehr, was ich da mithatte.

Musik war immer dabei.

Fast immer, ja.

Und beim Schwimmen in dieser Talsperre haben wir auch Musik gehört, das Gerät stand am Ufer, sage ich, ich weiß sogar noch, was wir gehört haben.

Was denn, ich glaube …

Lucky man, sage ich, zum Schwimmen, in Dauerwiederholung. *Oh what a lucky man he was.* Immer wieder und immer wieder und immer wieder. *He had white horses and ladies by the score.* Wie viel Tage waren wir da eigentlich, wie viele Wochen sind das gewesen?

Eine Stunde oder zwei. Ein Nachmittag? Aber stimmt, das war super, das hat einfach alles supergut gepasst, ein richtig heißer Tag, und wir waren da völlig allein und sind geschwommen.

Und getaucht, sage ich. Die Berge drumrum. In diesem Teil oder Teilstück, das so tief war, sind wir getaucht. War das nicht da? So ein Trichter quasi. Nach unten wie ein Trichter gebildet, aber das haben wir dann später erst gelesen. Irgendwo stand das. Und wir haben noch was anderes gehört, aus dem Radio, aus dem Recorder, fällt mir jetzt wieder ein, einen klassischen Titel, ich hab nie wieder dran gedacht, bis jetzt, und ich habe es auch praktisch nie gehört sonst, glaube ich, aber das Gehirn ist erstaunlich, in diesem Augenblick fällt es mir ein, und ich hör es sogar richtig ein bisschen, *Les préludes*, oder?

Les préludes, richtig, sagt René, das stimmt, mit Karajan, genau, Kriegsfanfare, das hab ich damals auch andauernd gehört. Das hatte ich auf Kassette. Und stimmt, das war ein tiefes Becken oder sozusagen ein ganzes Tal unter Wasser, früher war das alles, der ganze Stausee, ja mal ein richtiges Tal gewesen, mit Glockenturm, bevor man das Wasser reingelassen hat, da hat reinlaufen lassen. Also ein Tal, das man von oben nicht hat sehen können. Und eiskalt, so in Schichten, nicht in Strömungen, aber in Schichten, wenn man getaucht ist, ist man weiter unten in besonders kaltes oder auch in wärmeres Wasser geraten, glaube ich jedenfalls, obwohl das so lange her ist, dass man das eigentlich schon vergessen haben müsste. *Les préludes*. Ja. Und wenn man getaucht ist, hatte man nichts bloß irgendwie Dunkles vor Augen, man hat nicht nichts gesehen, sondern …

… das weiß ich auch noch …

… sondern du hast *das* Nichts gesehn.

Genau.

Das war doch *das* Nichts, oder? Das war doch praktisch das reine Nichts.

Grünlichdunkeldüsterleerundvollzugleich und völlig … total lichtlos. Bis auf den Grund.

Ja. Und weißt du was?

Nee, sage ich.

Seitdem, glaube ich, sind wir befreundet.

Befreundet *gewesen*, denke ich und sage es auch fast, aber dann doch nicht. Zum Glück.

Kann sein, sage ich, ich weiß nicht mehr, wann das genau war, wir müssen uns ja schon vorher gekannt haben zu dem Zeitpunkt. Früher, vor ein paar Jahren, konnte ich das alles chronologisch noch auseinanderhalten, sogar aneinanderreihen, aber heute erinnere ich mich zwar dran, aber ich kann nicht mehr sagen, wann was war, vorher oder nachher. Auch nicht immer, mit wem. Höchstens nach irgendwas anderem oder vor irgendwas anderem.

Aber … ich meine das auch nicht zeitlich, sagt René. Aber diese ganze *Lucky-man*-Sache, das war so stark, finde ich, dieser eine Nachmittag. Oder nicht? Ich glaub das jedenfalls, jedenfalls in der Erinnerung ist das so, aber ich glaube, nicht nur in der Erinnerung, sondern auch wirklich. Seitdem sind wir doch befreundet gewesen.

Ich kann mir das schon vorstellen, sage ich, ich hab da noch nie dran gedacht, das war mir bisher … weiß ich nicht. Das so einzuordnen. Aber es war ein schöner Nachmittag und ein starker Moment, ganz bestimmt, *Lucky man, Les préludes,* auch wenn ich immer noch nicht vor mir sehe, genau, wie wir da hingekommen sind und wie wir wieder weggekommen sind, obwohl das ja auch nicht wichtig ist. Oder wann das genau war. Auf jeden Fall sind wir dagewesen. Aber was ich nicht verstehe ist, wenn wir von da an befreundet waren, warum dann der Carsten, der doch genauso mit war, nicht auch?

Ich bin mit dem Carsten vorher befreundet gewesen, sagt René, aber dann irgendwann nicht mehr, glaube ich, jedenfalls nicht mehr so intensiv. Scheidende Geister. Irgendwann in der Zeit seitdem wahrscheinlich nicht mehr so sehr.

Und genauso war es bei mir auch, sage ich, wenn ich mich einigermaßen richtig erinnere. Und ich glaube, ich erinnere mich an Carsten. Ich glaube …

Also ein Opfer, ja?

Carsten?

Der Carsten ein erstes Opfer.

Nein, so auch nicht, sage ich, das mein ich nicht, aber die Zeit kann nun mal verbinden, und die Zeit kann offenbar auch irgendwie trennen, sage ich, kennt man doch.

Große Worte, sagt er.

Jetzt also doch?

Aber von dir.

Okay, sage ich und warte. René sagt auch nichts, sein Gesicht sieht an mir vorbei und grinst jetzt nicht.

Na gut, sage ich noch und bin dann wieder still, na gut, weil ich denke, dass mir das sowieso zu direkt ist im Augenblick. Oder? Die Frage, der Ausgangspunkt, so plötzlich diese ganze Frage, wann und wo die Freundschaft mit René angefangen hat. Wieso kommt er auf einmal her und stellt diese Frage nach all den Jahren, welche Freundschaft ist das jetzt überhaupt? Doch eher eine vergangene, oder? Was spielt das für eine Rolle heute, könnte man sich überlegen. Und dazu hab ich keine Lust jetzt, würde ich sagen. Typisch René wieder, so plötzlich da zu sein, daherzukommen, vorbeizuschauen und zu klingeln und über die Talsperre zu sprechen, so ein uraltes Thema aufzureißen, *Lucky man*, was zwar schön ist, klar, oder schön sein könnte, Radiorecorder, weiß ich, aber so ist der Winkel einfach nicht der richtige, die ganze Sache klingt verkehrt, irgendwas ist immer schief, sodass ich mich schon wieder ärgere. Warum? Ich will mich nicht ärgern, aber kaum ist er da, ärgere ich mich schon wieder. Auch weil ich das nicht richtig sagen könnte, ich kann das nicht, ich kann mich schon wieder nicht, im Grunde kann ich mich nicht wehren, das ist es, das schafft er also. Da sitz ich so und bin still, das hat er also jetzt fertiggebracht, und ich komm zu spät, wieder, um da noch was zu verhindern, und wie auch, und außerdem, wenn Carsten *ein erstes Opfer* war beziehungsweise gewesen sein soll, wie René sagt, wer ist dann ein zweites, das versteh ich nicht. Und nach Julia erkundigt er sich überhaupt nicht, das könnte man auch mal machen. Das letzte Mal, als wir uns gesehen haben, René und ich, da hat sie noch gelebt, eine ganze Weile. Aber er hat ja bestimmt gehört inzwischen durch irgendwen von Julia, sonst würde er fragen: Wo ist sie? Sagt aber nix, hat nie was gesagt, damals nicht und, und da war noch nichts, keine Krankheit, oder? Also offene Fragen, wie immer, und außerdem hab ich jetzt vergessen, das Teewasser aufzugießen, das kochende Wasser hat irgendwann doch aufgehört zu kochen, sogar zu dampfen, ich hab nichts mehr gehört, vielleicht ist der Kocher jetzt ganz kaputt, ausgekocht.

VIER

Für den übernächsten Tag sind wir gegen neun Uhr am Altonaer Bahnhof verabredet. Nehme mir vor, möglichst durch und durch alter König zu sein und auszustrahlen, und warte draußen am Parkplatz, um noch keine Maske tragen zu müssen. Aber auch von hier aus kann ich sehen, wie leer und zugluftig der Bahnhof ist. Fast kein Mensch. Für einen Donnerstag. Ungewohnt, aber jetzt so üblich. Wobei ich schon lange nicht mehr hier am Altonaer Bahnhof gewesen bin. Wer weiß, wie viel Stunden ich heute eine Maske aufhaben muss. Im Zug. Apokalypse im Grunde. Ich weiß auch nicht, wie René mit Maske aussieht, ich finde, Leute sehen mit der Maske bekleidet oft ganz anders aus, als ich sie mit Maske erwarte. Interessanterweise sagt man bisher nicht *maskiert*. Man hat die Maske auf, aber nicht weil man nicht erkannt werden möchte, vielleicht ist das der Unterschied, den alle beherzigen, denke ich im Stehen und Warten auf René. Also in dem Sinn nicht maskiert. Auch Anne habe ich schon mal kaum erkannt, das heißt sehr lange nicht erkannt und spät erst doch erkannt und wär fast vorbeigelaufen. Wir haben gelacht, aber auch ein kleiner Schmerz. Der nächste Zug fährt um zwanzig vor zehn, bis dahin wird er wohl hier sein, René, sonst zwanzig vor elf wieder. René hat sich schon früher oft verspätet, das hat immer zu ihm gehört, oder er kam auf den letzten Drücker, und einmal habe ich die verabredete Stelle – Straßburg, vor der großen Kirche – sogar verlassen, mit dem Zug. Weil er nicht kam und nicht kam. Aber das ist schon dreißig Jahre her inzwischen. Dann ist er, zwar sehr verspätet, in der Nacht doch noch dort nach Straßburg gekommen. Aber umsonst, ich saß schon im fahrenden Zug nach Hause. Er konnte nicht fassen, dass ich nicht auf ihn gewartet hatte. Ich hatte anderthalb oder zwei Stunden gestanden, eher noch länger, und hatte nicht mehr damit gerechnet, dass er noch käme. Als er bei mir zu Hause angerufen hat, von einer Telefonzelle in Straßburg aus, war er wahnsinnig ärgerlich und hat auf Band gesprochen, Anrufbeantworter gab es schon, während ich noch im Zug saß nach Hause. Er war aufgebracht, habe ich der Stimme später angehört. Als hätte ich ihn verraten.

Und jetzt ist René vorgestern auf die Idee gekommen, wir könnten zusammen nach Westerland fahren. Wir treffen uns am Altonaer Bahnhof, hier fahren die Züge nach Westerland ab. Was aber gar nicht unbedingt stimmt, sehe ich, wenn ich auf die App schaue, nicht so ausschließlich. Wusste ich vorher auch nicht. Manche Züge fahren auch von Dammtor aus. Die Züge, hat René gesagt, sollen gespenstisch leer sein, keine Schaffner, man bräuchte eigentlich nicht mal Karten, die Schaffner würden zwar mitfahren, aber nur für den Notfall und nicht, um zu kontrollieren. Trotzdem bin ich früh genug am Bahnhof, um ein Schleswig-Holstein-Ticket für zwei Personen am Automaten zu kaufen. Ich muss noch unterschreiben, das Ticket, habe aber keinen Stift dabei, er muss auch noch unterschreiben, vielleicht hat er ja einen. René ist früher immer schwarzgefahren, er war immer gut angezogen, ständig im Jackett, manchmal, aber eher selten ist er erwischt worden und hatte dann regelmäßig die nötige Summe für die Ersatzfahrkarte dabei: zum Röllchen verpackt, mit Gummiband umbunden in einer der oberen Jackettaschen. Mit einem Lächeln hat er es genossen, das Röllchen hervorzuziehen und nicht ohne ein freundliches Wort an die Kontrolleure zu übergeben. Stimmt so. Und alles war gut. Damals fand er es glaube ich peinlich, sich überhaupt eine Fahrkarte zu kaufen. Er hat mich ausgelacht, aber nicht böse. Bürgerlich, hat er gesagt. Das galt als langweilig, sich eine Karte zu kaufen. Eben bürgerlich. Bürgerlich spießbürgerlich. Mal sehen, was er heute dazu sagt, dass ich schon eine Karte gekauft habe. Für uns beide. Er muss nur noch unterschreiben. Aber er kennt das von mir, ich habe früher jedes Mal Fahrkarten gekauft, wenn er sein Röllchen dabeihatte, ich habe nicht dein Nervenkostüm, habe ich damals zu ihm gesagt. Mir war egal, wie er das fand, aber ich glaube, für René war es in diesem Punkt kein Problem, dass ich anders war als er. Und sicher hatte er gern ein Nervenkostüm, das ich nicht hatte. Und ich hatte wirklich nicht seins, ich war so vollkommen anders, dass es auch wieder nichts ausmachte. Die Züge sind leer, wir brauchen keine Karte, hat er vor zwei Tagen bei seinem Besuch gesagt. Lass uns mal nach Westerland fahren. Wir waren noch nie zusammen in Westerland, das ist eine gute Gelegenheit. Man fährt dreieinhalb Stunden hin und dreieinhalb Stunden wieder zurück, das ist doch Wahnsinn! In leeren Zügen! Dann bleiben dazwischen noch ein paar Stunden Meer. Großartig. So sind diese Züge wenigstens nicht *ganz* leer. Das ist eine Gelegenheit, das ist es doch wert. Wir laufen da rum und bekommen schon irgendwas zu essen, zur Not gehen wir in einen Supermarkt. Zum Schwimmen ist es natürlich noch zu kalt.

René trägt einen so vollen Rucksack, dass ich überlege, ob er mich getäuscht hat oder ob er mich täuschen will und in Wirklichkeit vorhat, länger auf der Insel zu bleiben als nur bis heute Abend. Da muss auch Kleidung drin sein. Damit verreisen manche Leute wochenlang. Wir wollen doch über die Insel gehen, denke ich, oder am Strand lang. Will er das fette Ding die ganze Zeit mitschleppen? Aber ich sehe nur zu, wie er schon mal das eine oder andere zu essen und zu trinken hervorholt, Kleinigkeiten, und ich frage nicht nach, was außerdem noch da drin ist. Trau ich mich nicht, und das geht mich auch nichts an. Zumal wir über anderes sprechen können. Aber ich frage, ob er nicht gefrühstückt habe?

Nee.

Aha, sage ich und überlege, ob er früher morgens schlecht gelaunt war.

Ich habe eben schon von Anne erzählt, von ihren Plänen mit dem Wohnmobil, ich habe mich an die Namen der Kinder erinnert und Leo erwähnt und was er sonst macht und was er jetzt machen kann.

Und Renés Tochter, von deren Existenz ich bisher nichts wusste, heißt Marina, hat er gesagt. Weiß ich nicht, ob ich das glauben soll, seine Stimme verändert sich so komisch, wenn er von ihr spricht. Hat er wirklich eine Tochter? Könnte auch sein, dass er sie grad erfindet. Er kramt, während er spricht, in dem Rucksack herum und hat dabei Schwierigkeiten mit der Maske, die verrutscht ist, was er aber nicht korrigiert. Vielleicht merkt er es nicht, vielleicht ist er wirklich schlecht gelaunt. Jetzt hängt sie ihm schief im Gesicht, er kramt so weiter. Ich bin lieber ruhig. Offenbar hat er auch Schwierigkeiten mit den Sachen im Rucksack oder mit der Ordnung dieser Gegenstände. Irgendwas kann er nicht finden. Vielleicht sucht er nach Fotos, überlege ich, aber Quatsch, er hätte ja das Smartphone, auf dem wären die doch. Wenn eine Ordnung in dem Rucksack war, dann jetzt, nach dem Gekrame, nicht mehr. Ich habe nur eine halbgefüllte Umhängetasche dabei, nichts gegen Regen, keine Jacke, weil die App meinte, es regne heute nicht. Nur Sonne und wenig Wolken. Zurzeit ist es noch umgekehrt. Aber auch in der Sonne bräuchte ich nichts. Warm genug angezogen bin ich sowieso, auch gegen Wind, falls der weht. Aber manchmal ändert die App ihre Ansichten auch kurzfristig, hab ich schon erlebt, und an der See soll das Wetter ja nicht so berechenbar sein. Komischerweise bin ich oder sind wir, Julia und ich und Anne, nicht oft dort gewesen, in den Jahren, in den letzten Jahren, zwanzig oder fünfundzwanzig Jahren, in Westerland sowieso nicht. Eher an der Ostsee. Als wir das Auto noch hatten. Einmal zwei Wochen im Sommer mit der noch relativ kleinen Anne an der Schlei, aber ganz nah an der Ostsee, ein Häuschen, wir konnten nicht ein einziges Mal schwimmen gehen. Sie schien das nicht gestört zu haben. Aber uns. Regnete fast täglich und war immer zu kalt. Wie Herbst. Aber trotzdem schön. Da waren Pferde auf einer Weide, zwei Minuten von unserem Haus, da bin ich mit Anne hingegangen, wir haben jeden Tag mindestens einmal die Pferde besucht. Hallo Pferde. Mit viel Zeit. Zu dritt sind wir spazieren gegangen und haben Orte angesehen, Kirchen im Gras und solche Sachen. Aber auch viel am Meer, das da wie gesagt schon wie im Herbst war. Strand im Regen, Strand im Nebel. Komischer Sommer. Und in dem Haus sind alle Türen so niedrig gewesen, eigentlich schön, nur dass ich in den ersten Tagen dauernd angestoßen bin. Ich habe eine Erinnerung an wenigstens eine Kirche, die im Gras stand. Aber es gab noch mehr Kirchen, die auch so ähnlich standen. Julia wüsste es. Und Casals gehört, Bach, sogar im Auto. Während es regnete. Weiß ich jetzt wirklich wieder. Eine Kirche im Gras. Trotz des Wetters war es schön, jajajaja, das ist so ein Satz, den sagt man so einfach, und was ist *schön*? Hä? Ich hab das alles vor mich hin gedacht, René ist immer noch beschäftigt. Ich bin lieber still. Er sitzt in Fahrtrichtung links außen am Fenster, ich auf der rechten Seite, schätzungsweise sind zwei Meter zwischen uns. Oder? Oder etwas weniger vielleicht. Oder etwas mehr, denn ich schätze schlecht. Wir sitzen in der Mitte des Waggons, der außer uns tatsächlich leer ist. Toll. Von Anfang an. Der Zug hält hin und wieder, einmal ist sogar jemand ausgestiegen, weiter vorn. Wer weiß wo. Ich finde es gar nicht so gespenstisch, wie ich gedacht hatte, vielleicht weil man es schon wusste. Die leeren Züge scheinen wirklich pünktlich zu sein. Wir müssen nicht umsteigen, sondern fahren direkt auf die Insel. Auch gut. Ich steige nicht gern um, obwohl man kurz mal in Bewegung käme. Julia fände es gut, Julia hat das auch bei Wind und Wetter nichts ausgemacht. Kleine Unterbrechung hat Vorteile. Wenn es bei einer kleinen bleibt. Na gut, wir können jedenfalls sitzen bleiben, wo wir sitzen. Kostet für jeden etwas mehr als fünfzehn Euro. Hin und zurück und sogar Busse, aber ich weiß nicht, ob auch auf der Insel. Wahrscheinlich nicht. Ich trage eine der typischen Einwegmasken, eine leichte, dünne, darunter kann ich besser atmen. René hat etwas Originelleres auf, dunkelblau und mit einer Zeichnung, die ich nicht verstehe. Stoffmaske. Nachher vielleicht ein Blick drauf oder sogar in die Hand nehmen. Darf man das? Wo sein Mund ist, ist sie etwas ausgebeult. Ist das gut, frage ich mich, oder eher nachteilig. Wie Umsteigen. Oder sowohl als auch. Oder das. Vielleicht sprechen wir noch drüber. Bisher sind die Masken nicht Thema. Seine Tochter ist vierzehn. Wieso weiß ich dann nicht, dass du eine Tochter hast, frage ich, vor vierzehn Jahren waren wir doch in Kontakt. Wir sind doch nicht seit noch mehr als vierzehn Jahren nicht in Kontakt. Das hatten wir ja nachgerechnet, sage ich, waren es nicht zehn? Und zehn Jahre sind schon viel, finde ich, für mein Gefühl. Höchstens zehn. Tja, sagt er, nochmal tja, und hat gerade aufgehört zu kramen. Dann sagt er: wer das wüsste. Ich glaube, sagt er, vielleicht waren wir in Kontakt, vielleicht aber auch gerade nicht. Zu dem Zeitpunkt. Vielleicht habe ich auch nur nicht drüber sprechen wollen. Weiß ich alles nicht mehr, das ist zu lange her, ist aber möglich. Ja, sage ich und klinge bestimmt etwas unentschlossen, höre ich mit, was überhaupt nicht passt. René hat diese Tochter Marina mit einer Frau, die Uschi heißt, mit der er aber nicht mehr zusammenlebt. Ich kenne keine Uschi. Er habe schon nicht mehr mit ihr zusammengelebt, als Marina geboren wurde. Das hat die Sache zusätzlich schwierig gemacht, sagt er, damals jedenfalls. Und heute auch. Du kennst Uschi nicht. Nee, sage ich. Ich fahre, erzählt er, einmal im Monat da hin, sie wohnen in der Nähe von Coburg, ich mag das da alles nicht so und kenn außer Uschi auch niemanden in der Gegend. Was die Sache ganz sicher nicht leichter macht. Und wo wohnst du dann?, frage ich und frage mich sofort, warum ich das wissen muss. Muss ich eigentlich nicht. Im Hotel, sagt er, jeweils zwei oder drei Tage, ich bin immer im gleichen Hotel. Zuerst habe ich ein paar Hotels ausprobiert, aber das war natürlich schon vor Jahren, dann bin ich bei einem geblieben, das ist so mittelprächtig. Das nimmt auch meine Mutter, wenn sie Marina besucht. Mittelprächtig gefällt mir bei Hotels manchmal besser als besonders gut.

Deine Mutter fährt da auch hin?

Ja, sagt er, aber mehr sagt er nicht dazu, er kann ein einzelnes *Ja* so klingen lassen, dass mir klar wird und wahrscheinlich auch klar werden soll, dass er keine Lust hat, jetzt noch länger darüber zu sprechen. Über seine Mutter, über seine Tochter. Offenbar sind das nicht so die Ruhmesblätter. Ein besonders leidenschaftlicher Vater wird er kaum sein, hab ich den Eindruck. Und ein besonders leidenschaftlicher Sohn auch nicht. Du bist wohl kein besonders leidenschaftlicher Vater, René!, könnte ich jetzt mit ein bisschen Witz in der Stimme zu ihm sagen. Aber das wage ich lieber nicht. Früher wäre das leicht gegangen, es hätte sich angeboten und hätte Spaß gemacht, der Spott im Ton hätte Spaß gemacht. Genau darum fällt es mir jetzt ein. Der Spott im Ton hat dazugehört, der Spott ist nicht verletzend geworden, glaube ich jedenfalls. Aber vielleicht doch. Subtext. Hätte uns, glaube ich, eher angenähert als voneinander entfernt. Jetzt allerdings wissen wir offenbar noch nicht so richtig. Oder wir sind nicht eingeübt, kann auch sein. Die gymnastischen Beweglichkeiten sind noch nicht wieder vollumfänglich ausprobiert worden sozusagen. Wir sind älter geworden, zum Glück, aber auch steifer, wir kennen uns kaum, wir wissen nicht über die Lücken Bescheid, das ist es.

Oder vielleicht macht das alles jetzt auch einfach keinen Spaß mehr. Spott, meine ich. Muss nicht sein. Und für Marina darf ich mich noch nicht so interessieren. Im Gegenzug habe ich – zumindest zu diesem Zeitpunkt – keine Lust, mehr von Anne zu erzählen. Was auch? Aber da sagt René:

Wär ja auch langweilig, wenn wir uns jetzt chronologisch auf den neuesten Stand brächten oder so und versuchen würden, sämtliche Lücken zu füllen. Quatsch. Dazu hab ich keine Lust.

Draußen ist es grau, so grau, noch arm die ganze Landschaft, winternah, aber ein bisschen bleibt die hier auch immer so. Oder sogar karg. Die Landschaft wird nördlicher. Weniger Bäume. Aber vor allem wegen des Winters, der liegt hinter uns. Dieser jedenfalls. Sehr wenig los auf den Feldern. Bleich auch alles ein bisschen. Ein bisschen kommt sicher auch schon Farbe rein. Fast Mai. Merk ich noch nicht so. Wenn man es vergleichen könnte mit Februar. Februar ist der bleichste Monat, klar, liegt auf der Hand, der kugelt einen schon fast raus aus dem Jahr. So früh. Man möchte gar nicht mehr. Hat schon genug. Aber Julia ist im Juni gestorben. Wie kann man im Juni sterben? Da muss es wirklich schlimm sein. Passte überhaupt nicht. Hätte sie noch ein paar Wochen geschafft, hab ich damals gedacht, dann hätte sie das ganze Jahr noch gehabt. Bis Februar. Aber so ein Quatsch, das weiß ich auch. Auf jeden Fall: Februar ist fast *zu* bleich. Der eigentliche Nullpunkt im Jahr, da hätten sie Weihnachten hinsetzen sollen in den Februar oder irgendeinen anderen Trostpunkt. Da hat es der März schwer, nun wieder Bewegung reinzubringen in das Ganze. Im April kann es dann schon laufen, da gibt es manchmal die ersten Überraschungen. Alles längst losgegangen. Aber heute bestimmt nicht. Nee. Trotz April. Für einen lustigen Ausflug sitzen wir schon ein bisschen lange wie zwei ziemlich getrennte Figuren hier rum, findest du nicht? Ich bin wirklich schon so alt, aber so was stört mich immer noch, in solche Situationen wollte ich mich eigentlich nicht mehr bringen. Wir können auch aussteigen, könnte ich vorschlagen, René, wir können auch zurück, ich kann auch still sein, ich kann auch aushalten, dass René nichts sagt. Eine ganze Weile, wenn ich mir das vornehme. Dann eben nicht. Ich kann auch einen Wagen weiter gehen. Ist nicht schlimm, dass ich überhaupt nicht weiß, was los ist. Was ist eigentlich los? Kenn ich von Julia. So ähnlich. Aber mit der konnte man sprechen, dann irgendwann. Später. Manchmal. Wenn ich René nichts erzähle, erzähle ich eben mir selbst was.

Ich fang doch jetzt nicht damit an, Initiative zu ergreifen. Muss erstmal er. Hat uns da reingezogen. Seine Laune ist schlecht. Meine wird schon. Julia ist ihm nicht der Nachfrage wert, ich weiß, er ist blockiert, klar. Okay. Julia war größer als ich, breiter, tiefe Stimme, braunes dickes Haar, mal länger mal kürzer. Aber das weiß er ja, er kennt sie. Das wüsste er doch. Warum interessiert er sich nicht? Das ist seine Sache, verstehst du. Aber er hat sie gekannt. Oder irre ich mich? Oder hat er sie gar nicht gekannt? Doch. Dummerweise kann ich mich grad nicht, ich weiß jetzt keine bestimmte Situation, wo sie beide … aber er ist bei uns gewesen, oder? Ja klar ist er bei uns gewesen. Mehrmals. Einmal Silvester sogar, als ihre Mutter noch gelebt hat und wir um zwölf so viel Kuchen gegessen haben, statt Raketen zu verschießen, und sogar geredet haben, statt Raketen zu gucken, vom Dach aus. Dauernd Pfannkuchen gegessen. Was René gar nicht gefallen hat damals. Er war beleidigt. Sehr schnell beleidigt. Enttäuscht konnte er sowieso ausgesprochen plötzlich sein. Konnte nicht fassen, dass wir da Kuchen essen, statt aufs Dach … Man konnte da so gut aufs Dach und die ganze Stadt ansehen. Geblitzgewitter und Knallerei, und die Welt jubelt einem zu. Seine Sache, wenn er nicht drüber sprechen will, heute. Julia. Oder muss doch *ich* anfangen? Nee. Ich kann nicht. Dann muss es sich ergeben. Wenn *ich* nicht drüber sprechen wollte, das könnte ich noch verstehen. Aber wieso denn *er* nicht? Sowieso ein komischer Kerl. Wenn er so schlecht gelaunt ist. Was erlaubt er sich? Was will er eigentlich? Und ich? Was gefällt mir so an dem? Undurchschaubar. Auch früher schon. Aber das ist vielleicht der Reiz. Ich hätte ja auch keine Lust haben können, den jetzt wieder zu treffen. Da lob ich mir den Peter. Na ja, aber der ist nun verrückt im Grunde. Ein bisschen schräg bestimmt.

Und heute gleich ein ganzer Ausflug, so ein langer Tag, wie kommt er auf die Idee? Hat sich übernommen, merkt es jetzt und ärgert sich. Zu spät. Fehler gemacht? Und das wird nun klar und klarer. Kann sein. Und was soll er sagen? Zu mir kann er da doch nichts sagen. So ist es. Und nimmt das übel. Ein bisschen schnell gewesen, der Vorschlag. So eine Inselfahrt. Übelnehmen muss man das irgendwem schon. Und mag mich vielleicht auch nicht so, wie er dachte. Merkt er jetzt. Findet mich fremd. Bin ich ja auch. Oder wollte nicht allein? Das kann natürlich auch sein. Von morgens bis abends. Dann brauchte er einen Komplizen. Das ist es.

Notgedrungen. Manche Menschen fahren nicht mal einen einzigen Tag gern allein weg. Was glaubst du?

Erst im Kopf den nötigen Raum schaffen für die Möglichkeiten, die ich brauche. Noch denke ich: Das hältst du nicht aus, das ist unmöglich. Einfach zu eng. Er kann sich doch nicht mit einem sozusagen alten Freund verabreden, nach zehn Jahren oder mehr diesen alten Freund wiedersehen und sich dann mit ihm zu einer Ganztagesfahrt treffen, und dann sitzen diese beiden Einzelnen hier im Zug relativ nebeneinander zwei Meter entfernt und können kein Gespräch führen. Geht einfach nicht. Das ist fahrlässig. Mindestens. Einzelfiguren sind das. Offenbar unmöglich, ein Wort zu sagen zueinander in diesem Augenblick jetzt. Und ich sitze da und habe das auszuhalten. Gefälligst – altes Wort auch von meiner Mutter, gefälligst, sagt man das heute noch, kennt man das heute noch? Kennen ja, aber sagen nicht, würde ich meinen. Gefälligst. Aber das kann ich gefälligst nicht aushalten, das will ich auch gefälligst nicht mehr lernen, das muss ich nicht noch lernen, ich liebe diese Unfähigkeit, die ich habe, die eine oder die andere, und lasse sie mir. Und das brauche ich auch nicht in meinem restlichen Leben, mein Lieber, da steige ich lieber aus diesem Zug einfach mal aus, wissen Sie, und genau das werde ich ihm vorschlagen, René, wenn ich erst in der Lage bin, überhaupt nochmal Worte zu sagen, eins nach dem anderen. Zu ihm. Jetzt nämlich nicht. Siehst du. Im Augenblick verfüge ich nicht darüber. Auf keinen Fall. Ich brauch das auch nicht. Denn *er* hat sozusagen damit angefangen, nichts mehr zu sagen. Und mein Druck nimmt zu, verstehst du, René, das ist der Druck, der von innen kommt. Der nimmt zu. Und er wird nie etwas sagen, René, von ihm wird kein Wort auf mich zukommen. Ja, wahrscheinlich hab ich recht. Er sagt nichts. Sagt einfach nichts, weil er das kann, weil er dazu imstande ist. Ich weiß nicht warum. Das erlaubt er sich. Keine Ahnung. Insofern kann er gar nichts sagen. Weil er mich hasst, oder? Nein, Quatsch, da muss ich ihn Schutz nehmen, hassen ist was anderes. Aber ich steige aus aus diesem Zug, gleich, das kann ich tun. In Itzehoe waren wir schon, die nächste Station könnte Heide sein. Okay. In Heide werde ich aussteigen, ganz einfach, Heide, weiß ich, hat den größten Marktplatz des ganzen Landes, aber den habe ich noch nie gesehen. Ich glaube, ich bin überhaupt noch nicht in Heide gewesen. Auf dem Marktplatz. Soll so groß sein, dass der kleine Markt, der einmal in der Woche auf dem Platz stattfindet, zehnmal oder noch mehr auf diesem Marktplatz Platz fände. Der Rest ist Parkplatz, hab ich gelesen. Viel Platz. Im Sommer ein Strandvolleyballfeld irgendwo auch da, in einer Ecke, heißt aber anders, nicht Strandvolleyball, egal. Aber hab ich noch nie gesehen. Vielleicht heute, bestimmt nicht den Markt, aber den Marktplatz. Ich werde mir zum Mittag irgendein Essen besorgen, irgendwo gibts was, dann gehe ich ein bisschen rum, und dann gehe ich zurück zum Bahnhof und löse eine neue Karte oder fahre mit dieser wieder zurück. Nach Haus. Nein, mit einer neuen. Denn das gemeinsame Tagesticket, schlage ich vor, überlasse ich René, soll der weiterfahren in sein Westerland oder wohin er will. Allein. Bitteschön. Ich mach da nicht mehr mit, nee, bin mir zu gut dazu, okay, wie gesagt, ich kann seine Ablehnung bis zu mir herüber spüren. Das ist die Grenze. Bis zu mir leicht spüren. Aber massiv. Und zwar eine so massive Ablehnung, dass er nichts sagen wird, nie, auch nicht, wenn ich aussteige. Warten wir ab. Ruhig bin ich nicht. Ein paar Minuten fahren wir sicher noch, dann kommen wir in Heide an, ich schau auf die Uhr. Gerade überqueren wir den Nord-Ostsee-Kanal. Warum tut er das? Was hat er? Weiß ich nicht. Aber bloß nicht länger Gedanken machen deswegen, rate ich, einfach nur aussteigen. Okay, aussteigen.

Außerplanmäßiger Halt an einer Station, die *Sanktmichaelis Donn* heißt. Nie gehört, Sanktmichaelis Donn kenn ich nicht. Soweit ich sehen kann, steigt hier kein Mensch ein. Und keiner aus. Wir warten. Wäre der ideale Ort. Man sieht nichts, nur das Bahnhofsgebäude. Noch könnte … der Zug steht ja. Irgendwie wirkt es hoch hier, wie auf einem Berg. Aber wir sind glaube ich auf keinen Berg raufgefahren, oder? Oder wenigstens Hügel. Ich sehe, auch René sieht aus dem Fenster, er ist dem Bahnsteig und dem Bahnhofsgebäude zwei Meter näher als ich. Regnet es? Nee nee, scheint nur etwas feucht. Nebelig. Dunstig. Vielleicht Feuchtigkeit in der Luft. Feuchte Teilchen. Wie Atem. Ich habe Zeit. Und ich glaube, hier müsste schon das Meer in der Nähe sein, oder? Sieht man aber nix. Der Schaffner geht einmal auffällig eilig zwischen uns durch den Gang, sagt nichts und sieht uns nicht mal an. Sieht nicht mal zur Seite, sieht aber dramatisch aus. Hm. Wir sitzen hinter oder unter Masken, machen also alles richtig. Der Schaffner darf nichts tun und braucht auch offenbar nicht mal jemanden anzusprechen. Gekaufte Karte umsonst gekauft. Schaffner als stummer Gast. Oder *stiller* Gast. Und stumme Rolle. Wenn es aber gleich dazu kommt, dass René und ich uns hauen, dass wir uns schlagen, treten, dann … dann kann er eingreifen. Dann darf er. Muss er vermutlich sogar. Das wär ja lustig. Die beiden potenziell einzigen Fahrgäste nötigen den an sich zur Passivität angehaltenen Bahnmitarbeiter dazu einzuschreiten. Zu schlichten. Und rauszuwerfen. Jetzt ruckelt es, der Zug fährt weiter, wenn auch noch langsam. Sehr. Von Sanktmichaelis Donn ist auch im langsamen Wegfahren fast nichts zu sehen. Kein Ort. Aber das gefällt mir hier. Viele Büsche, ein paar Erhebungen oder so, und dann kommt sogar Wald an meiner Seite, so was Ähnliches wie eine Pipeline, die läuft neben der Bahnstrecke silbern-metallisch-matt schnurgerade mit. Wie unendlich. Nun werden wir schneller. Zu Hause muss ich mir ansehen, was das für ein Ort war. Wenn so ein Zug schneller wird, ist das auch … und nun Felder, klar. Viele Quadratmeter Sonnenenergie-Kacheln plötzlich oder Sonnenenergie-Gläser oder Sonnenenergie-Fenster oder wie heißt das. Wie heißt das? Aber alles, alle Elemente, steht beziehungsweise stehen schräg auf der grünen Wiese und fängt beziehungsweise fangen das Licht auf, und dazwischen fressen die Schafe das Gras. Die Schafe haben keine Ahnung, zwischen was sie da das Gras fressen. Ich auch nicht. Ich erinnere mich nicht, wie das heißt. Solarenergie. Ja schon, aber noch *weiter*. Wie *weiter*? Keine Ahnung? Frag doch mal den Typen im Schutzabstand. René? Traust du dich nicht, was? Was? Was heißt denn *trauen*? Trauen heißt trauen. Jetzt rast der Zug wieder, jetzt rast er ganz besonders, jetzt müssten alle Hemmnisse beigelegt sein, er eilt wie entkoppelt durch den nächsten Ort durch, den hab ich gar nicht gesehen, so schnell, und ist schon wieder zwischen den Wiesen. Wir sind zwischen den Wiesen und Wiesen. Und weiter. Als Nächstes kommt aber jetzt Heide, oder?

René fummelt sich am Gesicht rum. Wie lange hat er nichts mehr gesagt? Ich aber auch nicht. Vielleicht hat er Hunger. Nicht mehr auch nur andeutungsweise zu mir hergesehen. Ich sehe schon zu ihm hin. Oder Durst. Jetzt sieht er auch nicht zu mir her, oder? Aber was heißt das? Da wird mir klar, ich bin bescheuert. Ich habe mich die ganze Zeit über geirrt. Höchstwahrscheinlich. Möglicherweise. Irgendetwas hat ihn verunsichert. Oder das könnte sein. Hab ich was gesagt? Was hab ich denn gesagt? Weiß ich nicht mehr. Auch ganz egal jetzt, was ich gesagt habe, wichtig ist, dass ich von einer falschen Voraussetzung ausgegangen bin. Wirklich. Oder ich nehme es an. Falsche Vorstellung von mir, falsche Vorstellung von ihm. So was passiert. Das ist aber lange nicht passiert. Aber das war auch mit Julia so. Manchmal. Alles ist oft ganz anders, als ich denke. Im falschen Kanal. Verständnis plötzlich, gegenseitiges. Das wäre schön. Das ging auch früher mit René, ich komme dann in ein verkehrtes … Wovon ich ausgegangen bin, ist was anderes, als ich gedacht hatte. Plötzlich fällt das auf. An etwas Kleinem, das ich aber wieder vergesse.

Und dann reißt er sich mit Entschiedenheit die Maske vom Gesicht. Was ist jetzt los? Kann gut sein, dass sie dabei kaputtgegangen ist. Knallt. Kaputt. Braucht man eigentlich immer eine Zweit- oder Ersatzmaske im Gepäck, falls die erste zum Beispiel ihr Gummiband verliert?

Scheiße, sagt er.

Ich atme tief durch. Noch mal, ruhig noch mal. Und muss ich ihm jetzt helfen? Oder? Falsch eingeschätzt. Einfach wieder falsch. Schon wieder. Siehst du. Und lieber nicht zu nah kommen, wir sind entzündet. Der Zug hält in Heide, aber jetzt geht das nicht, jetzt ist mir Heide egal.

So plötzlich.

Scheiße, so eine Scheiß-*Maske!*, ruft René, nun lauter. Dabei hat er es doch geschafft. Ahnungslos, dass ich in Heide hatte aussteigen wollen. Was ist das Problem?, könnte ich fragen. Die Maske ist doch von seinem Gesicht runter. Allerdings die Brille auch. Ein Bügel seiner Brille hat sich in dem Gummibändchen der Maske verheddert. Ist der Bügel jetzt … Das ist mir auch schon passiert, kann einen wahnsinnig machen. Sage ich aber nicht. Halt mich noch zurück. Jetzt hat er das Gummibändchen von dem Bügel befreit, endlich, beziehungsweise umgekehrt. Ist doch gut, sieht doch gut aus.

Krone auf und raus, aber ich bin kein König, ich bin Raucher. Ich habe keine Geduld, kann nicht so ohne weiteres gelassen sein. Sondern wär jetzt gern allein. Sowieso unfähig, Spannungen auszuhalten. Weiß René das? Teufelchen. Eher bin ich Bettelmann, oder? Mit Julia zuletzt, das war auch zu viel der Spannung. Überspannt und übergespannt. Und wenn Anne jetzt auf Fahrt geht. Auf die Reise. Anne war damals knapp zwanzig, als Julia und ich für ein paar Monate nach Berlin gezogen sind, Winter in Berlin, den wir uns seit zwanzig Jahren gewünscht hatten. Nicht unbedingt Berlin hatten wir uns gewünscht und auch nicht unbedingt einen Winter, aber das war okay, hat sich so ergeben, der Winter. Und Berlin. Rumlaufen, und wenn du plötzlich so aus den alltäglich üblichen Bindungen und Notwendigkeiten raus bist, kannst du auf einmal anders gucken als sonst und hören, was man sonst überhört, da bin ich sicher. Geht ganz schnell. So wie Künstler, stell ich mir vor. Aber Anne mochte das nicht, sie war ja grad nach Lüneburg gezogen, ein paar Wochen vorher, und dann verselbständigt sich ungefragt das gewohnte Elternpaar, vertrautes Netz, und wohnt plötzlich ganz woanders. Das durften wir eigentlich nicht, ihrer Ansicht nach, aber das durften wir schon. Dann hat sie uns erst nicht in Berlin besucht, nach einer Weile aber doch, und nach drei Tagen war sie gern dort, ich glaube schon eher, schon gleich oder am zweiten Tag, und ist dann auch nochmal wiedergekommen, später in dem halben Jahr. Eine Zeit in Klammern. Auf den Geschmack sind wir gekommen, und wir haben länger gefrühstückt als sonst, wie Studenten, und wir sind zum Beispiel keine Menschen, die morgens ewig lange ausschlafen. Das geht nicht. Zum Glück gilt das für uns beide. Aber nach frühem Aufstehen dann eine Stunde oder zwei frühstücken. In der Wohnung von Thomas und Jacqueline, sympathische, helle Räumlichkeiten, nicht groß, aber groß genug. Und wir waren sowieso dauernd unterwegs. Und die waren, Thomas und Jacqueline, in der Zeit ein Semester in Australien. Zum Glück ist das eine Wohnung, die wir schon vorher kannten, und die wir ganz leicht gut finden konnten. Mögen konnten, das wussten wir. Schlicht und funktionell, nicht wie unsere. Ewig dankbar denen. Und dann gegangen, straff, nicht geschlendert, durch Straßen und Straßen und Straßen, würd ich nie wiederfinden. Wir hatten uns vorgenommen: Kein Programm, bloß das nicht. Nicht Berlin kennenlernen jetzt auf Teufel komm raus. Stadtführung und Karte, nee nee. Aber bei Gelegenheit und dauernd draußen sein, man kommt schon auf Ideen, so rumfahren, Ortskenntnis nimmt sowieso zu, von selbst. Und Julia hat ein bisschen fotografiert hier und da. Ihre Fotos. Dabei hat sie gesagt, und das gefiel mir damals, es ginge ihr gar nicht in erster Linie darum, die Fotos zu machen, sondern sie wollte so leben, mit dem andauernden Blick im Kopf: Was kannst du fotografieren, wie sieht das aus. Fotoapparat als Hilfsmittel. Sonst sehe ich nichts, hat sie gesagt. Keine Erinnerungsfotos, hat sie gesagt. Ich hab sie seitdem nicht mehr angesehen, die Fotos, muss das ja auch nicht unbedingt, ich seh sie bestimmt nicht mehr an, glaube ich, auch zu viel … kann ja kaum davon reden. Laut reden sowieso nicht, zu wem auch? Zu René da bestimmt nicht, da drüben. Tyrann und Teufel, wenn das nicht zu groß klingt. Thomas und Jacqueline, die wohnen da immer noch. Und wir haben Marion getroffen … und sind zusammen essen gegangen und ins Kino und waren richtig gut befreundet in der Zeit in Berlin damals. Marion, die Julia immer wieder besucht hat, also Julia hat Marion besucht, meine ich, aber Marion hat Julia nicht besucht oder kaum, das war es ja, und Julia hat das gestört, sie hat das auch zu Marion gesagt, und dann hat Marion Julia doch besucht, ein einziges Mal, das war auch schön, das haben sie beide gesagt. Warum nicht öfter? Aber danach ist sie trotzdem nicht wiedergekommen. Dann hat Julia wieder Marion besucht, und es war ein guter Besuch, hat Julia danach gesagt, schön, und darum hat sie Marion nach einer Weile noch mal besucht, aber Marion ist nicht zu uns gekommen, Einseitigkeit, schlechte Balance, hat Julia daraufhin gesagt. Keine Ahnung warum. Und dann muss Julia mit sich gerungen haben und hat sozusagen allen Widerstand aufgegeben und Marion trotzdem wieder besucht und weiter besucht, als wäre nichts, einfach weil sie befreundet war und sein wollte mit Marion. Ich fühle mich befreundet, hat sie gesagt, dann ist das eben so, kann ich auch nicht ändern. In dem Augenblick hat sich das gut und richtig angehört, fand ich. Wie sie das gesagt hat, oder den Ton. Sie ist auch gern nach Berlin gefahren und hat sich nicht beklagt. Oder geärgert. Und bei der Beerdigung Jahre später, tatsächlich gar nicht so lange Zeit danach, glaube ich, war Marion auch da, und ich hab gedacht: Siehst du. Und nicht gleich gewusst, was ich damit meine. Manchmal kommt was aus einem raus, da weiß man nicht, was das soll. Aber worauf ich hinauswollte: Als wir in Berlin waren, haben wir nicht nur lange gefrühstückt, darum erzähle ich das jetzt, sondern auch wortlos dagesessen oder manchmal mit wenigen Worten. Das war gut. Wir haben auch gesprochen, aber wir haben auch *nicht* gesprochen, und das waren trotzdem entspannte Frühstücke. Wir haben das bis dahin nicht so gekonnt, aber dort, in Berlin, haben wir das richtig gelernt. Viel Zeit zum Frühstücken, ich rauche ein Zigarillo, und dann noch abwaschen und Zähne putzen, und dann gehen wir die Treppen runter und Hand in Hand oder auch nicht, wie man will, bis in den späteren Nachmittag raus in die Stadt, wenn es nicht geregnet hat. Und wenn es geregnet hat, auch. Oft, aber nicht unbedingt so lang. Vielleicht haben wir uns in ein Café gesetzt. Ins Kino. Manchmal haben wir das getan, und wenn du so lebst, dann ist der Nachteil, dass du eigentlich nicht richtig davon erzählen kannst.

Schon bald Husum. Die Landschaft wie erwartet noch etwas karger. Es muss sich was verändert haben, das alles wirkt nun anders. Und wir fahren immer noch eine gute Stunde weiter, mein Gott. Mir gefällt es, aber ich habe ja auch Bäume zu Hause. Bäumereiche Stadt. Auf Inseln ist dann wieder mehr Wald, oder? Begrenzt zwar, aber. Ob die Landschaft noch leerer wird? Und René? Ohne Maske. Sieht nach wie vor weg, durchs Fenster, schmollt? Wieso? Und sagt weiter nichts oder denkt, dass ich weiter nichts sage. Ich sage wirklich nichts, was auch? Nichts zu sagen. Der Schaffner ist nicht mehr gekommen – ist er eigentlich, nachdem er den Waggon zwischen uns den Gang entlang durchquert hat, überhaupt je wieder zurückgegangen? Glaube nicht. Der Verschollene. Und das hier ist gerade Gegenwart, ja? Lustig dahinfahrend. Ich bekomm schon Hunger. Hunger ist noch mehr Gegenwart. Langsam Hunger, könnte ich beispielsweise zu René sagen, und wirklich sage ich zu meiner Überraschung zumindest halblaut: *So langsam hätte ich Appetit auf ein Fischbrötchen.* Das war gut, finde ich sofort, eine schöne Abwandlung, so war das sogar noch besser. Unüberlegt vielleicht, aber zweckmäßig. Kann das sein? Weil es so schön kleinteilig war. Und auch basal. Basal ist in einer solchen Lage sowieso das Beste. Hunger oder *Appetit*, worum es ja geht, bietet uns ein brauchbares, unverfängliches Thema, bei dem es fast jedem leicht fällt mitzusprechen. Und René? Noch sagt er nichts, aber er hat den Kopf gedreht, ein bisschen, schon mal einen Blick geworfen auf den Sprecher hier drüben. Hallo!, gucke ich zurück. Und da sagt er: Ja, stimmt. Ach, wie schön, geht es sofort in mir los, wärmlicher Ton. Wir sind doch noch Freunde, oder? Oder jetzt erst recht. Muss ich ja nicht verraten. Alles regelt sich. Missverständnis gewesen. Und einen Kaffee, sagt er, und dazu noch einen Grog oder so was. Was die da haben. Wir geben einfach eine Bestellung auf, schlage ich halblaut vor. Und denke still, dass man nach einem stummen Streit fast befreundeter ist als vorher. Manchmal. Wieder zusammengehört. Oder war das kein Streit? Nö. Oder doch. Was? Unterdrückter

Streit? Stummer? Streit im Stillen? Und worum ging es? Ist egal, worum die gestritten haben. Worum streitet man? Meinst du wirklich, immer um das Gleiche?

Ach.

Er hat keine Maske auf, ich schon. Das ist ein Unterschied. Beschäftigt mich jedenfalls, als wieder eine Lücke entstanden ist. Aber ich sag nix. Lücke. Aber erleichtert, weil es nur zwischenzeitlich still scheint. Lücken kennen wir jetzt. Nur Zwischenlücke. Das ist noch immer ein Gespräch. Also keineswegs fühlt sich da irgendwas abgebrochen an. Aber er setzt sie nicht wieder auf. Und ich behalte sie auf. Bin ich jetzt bürgerlich? Wenn, dann aber in seinen Augen, nicht in meinen. Er der Revoluzzer. Dass ich nicht lache. Kleiner Revoluzzer. Nee, nee, nee, nee, nee. Möchte gern. Und ich? Nicht mehr draus machen, als es ist, würde ich sagen. Drüber lachen, still. Einmal, ein einziges Mal da drüberstehen. Kein Streit, schlag ich vor. Schließlich hat er ja gar nichts gesagt bisher, oder? Nichts gesagt, nichts getan.

Womit könnte ich mir noch die Zeit vertreiben? In dieser Lücke. Ich habe heute nicht an Peter gedacht. Und ich habe bisher auch nicht an Clara gedacht. An Anne habe ich bereits zweimal gedacht, möchte mich aber im Augenblick lieber nicht darauf einlassen. An Julia auch schon. Wer fehlt noch? Ich weiß nicht, wie ich an Clara denken soll, Clara gibt im Augenblick nicht so viel her. Vielleicht kommt das ja noch. Ich habe sogar schon an Marion gedacht, ich habe an Thomas und Jacqueline gedacht. Was machen die jetzt, Thomas und Jacqueline, wie kommen die durch die Zeit? Weiß ich nicht. Home Office? Die arbeiten doch noch, oder? Die waren etwas jünger als wir. Wir müssen mal telefonieren, das heißt, ich sollte anrufen. Ich bin dran, glaube ich. Oder mailen. Und Peter, wenn ich an Peter denken möchte, Peter ist jetzt bestimmt in den Pflanzen. Auch basal auf seine Weise. Muss viel gießen, weil es nicht regnet. Und weil es Frühling und Sommer werden soll trotz allem. Eigentlich ein Künstler. Peter. Peter kann man ruhig allein lassen. Auch in Gedanken. Nicht stumpfsinnig, seine Beschäftigung, wie ich lange gedacht habe. Dieses Graben in der Erde, wenn auch in der flachen. Töpfe bloß. Und wässern, immer wieder. Er hat auf dem Balkon einen Wasseranschluss, über den er sich jeden Tag freut, glaube ich. Eimer stehen da rum, gefüllte, er sammelt auch Regenwasser. Oder *sammelt* man das nicht? Weil es nicht in dem Sinn einzelne Tropfen sind, die man sammelt, oder? Keine Einzelteile, oder jedenfalls bleiben sie nicht einzeln, im Eimer sind es längst keine einzelnen Tropfen mehr, sondern zwei oder drei Liter. Insofern als Ganzes zu betrachten. Gar nicht stumpfsinnig. Zum Beispiel auf die Pflanzen schauen, wie es ihnen geht. Ich, als Mensch mit chronisch sauberen Händen. Noch sauberer waschen jetzt zurzeit, mehrere Minuten ziemlich warmes Wasser, ziemlich aufwendig. Gärtner sind aber im Vorteil, oder? Auch gesünder wahrscheinlich auf die Dauer, schon wegen der Luft. Still unter allen anderen durchtauchend erreichen sie das Ziel als Erste. Was für ein Satz, klingt nach Fischen.

Kann das sein? Unfreiwillig siegreich jedenfalls. Anders geht es auch gar nicht. Und ohne dass die anderen es gemerkt haben. Und ohne dass die Gärtner es selbst merken. Was rede ich denn da? Und wenn die anderen es merken, ist es sowieso schon zu spät. Lässt sich nicht mehr aufholen. Aber gibt es überhaupt Konkurrenz? Nee, eben nicht. Mit Peter beispielsweise ergibt sich gar kein Gespräch über Masken, glaube ich. Nicht mal eine Meinungsverschiedenheit. Im Treppenhaus setzt er eine auf, und wenn er draußen ist vor der Tür, nimmt er sie gleich wieder ab. Insofern vernünftig. Peter ist sicher nicht jedermanns Sache, aber freundlich.

Apropos Maske: Wenn du denkst, sagt René plötzlich, ich hätte was gegen dich, irrst du dich. Das weißt du aber, oder? Auch während er das sagt, sieht er mich noch nicht an, er blickt aus dem Fenster nach vorn, unverschämt, dorthin, wohin der Zug gerade fährt. Geradeaus. Das Einzige, was ich hasse, sagt er, ist diese beschissene Maske, und seine Stimme ist nicht laut, aber trotzdem. Klingt scharf. Er meint es ernst, glaube ich, obwohl es wirkt, als mache er Quatsch. Das überrascht wie ein Schlag, Aufschlag, ich hab das Gefühl, den kenne ich nicht. Außerdem passt alles nicht zusammen, das ist wie gespielt. Ich weiß nicht, was das soll, das kommt jetzt so auf einmal, Ausbruch. Ich hab nichts gegen dich, sagt er, aber das erleichtert mich nicht. Warum sollte René etwas gegen mich haben? Und wenn du Lust hast, sagt er, wenn du Lust hast, diese Maske bis zum Sankt-Nimmerleins-Tag zu tragen, dann tu das doch, meinetwegen kannst du das ja machen. Aber ohne mich. Ich nicht. Das ist Terror. Die wollen bestimmen, aber ich will atmen. Ich will nicht plötzlich so rumlaufen. Und wenn du mich von was anderem überzeugen möchtest, lass es lieber. Lass es lieber. Kannst du dir schenken. Meine Mutter hat das auch schon versucht. Eure dumme Krankheit, die ihr euch da ausgedacht habt. Warum? Weiß ich nicht. Die gibt es gar nicht. Das ist Unsinn. Das sage ich. *So.* Ich geh euch nicht auf den Leim. Von langer Hand ausgeklügelt. Eingebildete Kranke. Ihr wollt uns doch verscheißern, bloß verscheißern, du lässt dich verscheißern, ihr habt euch verabredet, du vielleicht nicht, aber deine verschissene Regierung, deine angeblichen Wissenschaftler, alle drehen am gleichen Knopf, eure Zeitungen, die verlogenen Fernsehprogramme, diese tollen, wirklich tollen *Öffentlich-Rechtlichen,* die wir alle bezahlen, jeden Monat, die wir unverschämterweise auch noch bezahlen *müssen,* wo gibts das denn, wo gabs das denn jemals? Da haben wir überhaupt keine Wahl, da brauchen wir nicht lange drüber zu reden, dass wir keine Wahl haben, die Fälle mehren sich, in denen wir keine Wahl haben, das ist doch alles nichts als Quatsch, was sich diese lächerliche Regierung da ausgedacht hat. Und die Opposition pennt oder macht mit. Die wissen alle Bescheid. Ausnahmslos einseitig. Tut mir leid, wenn du da drauf reinfällst. Mickrig ist das. Tut mir leid. *So* mickrig. Darum geht es ja, dass sie so viele wie möglich einwickeln wollen, die wollen Angst machen, damit alle brav Folge leisten. Oder kennst du vielleicht jemanden, der krank ist? Ich nicht. Ich kenne keinen. Und ich kenne auch keinen, der einen kennt. Folge leisten soll man. Das schaffen sie schon. Sieht man ja auch. Gehorsamst bleiben alle zu Hause, und wir fahren hier ganz allein im Zug, bei schönstem Wetter, auf die begehrteste Insel des Landes. Verstehst du das? Aber wirklich, ich kenne nicht einen einzigen Menschen, der krank ist, und ich kenne tatsächlich nicht einen einzigen Menschen, der auch nur einen einzigen Menschen kennt, der krank geworden ist. Und wenn du das Fernsehen anschaltest, ist von nichts anderem die Rede, Sondersendungen über Sondersendungen. Die reden und reden und reden. Wenn das alles nicht so furchtbar ernst wäre, wenn das nicht im Grunde ein Anschlag wäre, ein Angriff auf uns alle, sogar auf unsere Lebensform, würde ich sagen, sogar im Kern, würde ich sagen, das kann man sagen, auf unsere Freiheit, dann wäre es eine grandiose Erfindung, das wäre ein toller Film, wirklich, oder man könnte ein Buch drüber schreiben und meinetwegen eine Serie drehen oder so was, und ich würde mir das auch ansehen. Aber so wie es ist, ist es gefährlich. Es ist wirklich gefährlich, das spür ich. Und eine Gemeinheit. Weil es funktioniert. Die Rechnung scheint aufzugehen. Und alle, die mitmachen und die Augen verschließen, machen sich im Prinzip schuldig. Hier werden Tatsachen geschaffen. Ganz einfach. Ganz cool. Nicht die Krankheit ist das Problem, sondern ihre Behandlung ist das Problem. So ist das. Was das alles bedeutet, hast du dir das überhaupt mal überlegt? Die Ärzte sind krank, die vermeintlich Kranken sind aber gesund, genau so ist es. Genau so. Es gibt nur diese *kranke* Behandlung, die

Behandlung selbst ist die Krankheit. Sie grenzen uns aus, auf Nimmerwiedersehen. Damit grenzen sie uns aus, wir können nichts machen, wir haben keine Handhabe. Der Bundestag ist überflüssig geworden, und keiner protestiert. Sie werden erst anfangen zu protestieren, wenn es zu spät ist. Wir dürfen ja praktisch unserer eigenen Meinung nicht mehr sein. Doch, das meine ich sogar sehr ernst. Tatsächlich, so ist das. *So.* Sie tun das. Ganz bestimmt lange vorbereitet. *So.* Sie engen uns ein. Wir sehen ja wie die Verrückten aus plötzlich. Lächerlich. Wir sind es, die wie die Verrückten aussehen, wenn wir Einspruch erheben. Einspruch erheben aber unmöglich. Wie die Verrückten stehen wir da. So hat es das noch nie gegeben. Und wenn ich die Maske trotzdem aufgesetzt habe, heute Morgen, dann habe ich es aus Täuschungsgründen getan, damit du das weißt, und vielleicht werde ich es sogar wieder tun. Schon allein, um nicht aufzufallen. Um in diesem Zug fahren zu dürfen. Man darf nur noch im Zug fahren, wenn man sich dieses Täuschungsmittels bedient. So ist es. Aber ich bekomme keine Luft, sorry, keine Luft, stickig, ich würde gern atmen, hallo? Ich würde gern mal wieder darunter hervorkommen. Ich ersticke nämlich. Ich bekomme keine Luft unter dieser Regierung, unter diesen Parteien, mit diesen Zeitungen und diesen Fernsehprogrammen, diesen *Öffentlich-Rechtlichen*. Alles zusammen. Ich bin in der einzigen wirklichen Opposition. Das hat es wirklich noch nie nie nie gegeben, meines Wissens, in der ganzen Geschichte noch nicht, das ist auch nur heutzutage möglich, mittels einer Krankheit, außerdem ist es ziemlich plötzlich gekommen, vielleicht hat es sich angekündigt, das hab ich selber aber nicht bemerkt. Ich hatte nicht damit gerechnet. Ihr habt mich kalt erwischt. Und du sagst nichts, du bist stumm. Du wehrst dich nicht. Natürlich hat es sich angekündigt, es muss Zeichen gegeben haben, es muss sich angekündigt haben, aber wenn das so war, dann habe ich ganz sicher nicht mit etwas in diesem Ausmaß gerechnet. Das hatte ich wirklich nicht für möglich gehalten. Unfassbar! Versklavung im Mäntelchen des Beschützers. *So.* Das ist gerissen. Ich gebe das gern zu, ich bin nicht der Schnellste, zuerst habe ich es auch nicht glauben wollen, ich bin naiv gewesen, viel zu lange, ich bin nicht der Hellwachste im Land, ich habe das erst langsam verstehen müssen, ich hatte keinen solchen Angriff aus dieser Richtung erwartet. Mitten heraus. Vielleicht sind andere schneller gewesen. Obwohl sie kaum zu sehen sind. Vereinzelt meldet sich jemand, und ich hoffe, das wird zunehmen. Ich hoffe. Ich sage: Zum Glück. Zum Glück sind manche schneller gewesen. Danke. Aber da muss sich noch mehr aufbauen, eine Bewegung. Eine ganze Bewegung. Gegen diese Lüge. Allmählich begreife auch ich, was los ist, und ich hoffe, es werden mehr, die das begreifen. Ich danke ihnen, dass sie mich nicht allein lassen, ich danke denen allen, dass sie es mich haben wissen lassen. Es gibt sogar Ärzte, die durchschauen das Ganze, die lassen sich nicht täuschen, die verraten uns nämlich, dass die Gestorbenen gar nicht an dieser angeblichen Krankheit gestorben sind, sondern in jedem Fall gestorben wären. Sowieso. Echte Ärzte. Es gibt nämlich gar nicht mehr Tote als sonst. Es gibt sogar ausgewiesene Epidemiologen, die melden sich zu Wort und sagen, dass diese Krankheit, wenn überhaupt, nur harmlos ist, allzu harmlos, und dass die ganzen Einschränkungen lächerlich seien. Grundlos in Wahrheit. Und ich? Ich bin fassungslos, wie gesagt, ich kann kaum atmen, es hat mich kalt erwischt, ich hätte das nicht erwartet. Nie. Wo bin ich denn? Unser ganzer Staat wird zerstört. Merkst du das? Gerade jetzt. Siehst du. Geht schnell. Sie zerstören unser Leben, ich bin siebenundsechzig Jahre alt, du bist doch auch so alt, ungefähr, oder? Und sie vergeuden alles, was wir aufgebaut haben, sie werfen unser Geld weg. Sie treiben uns in ihre dumme Enge, in die Alternativlosigkeit. Sie richten uns tatsächlich von Tag zu Tag zu Grunde. Das ist doch so, man kann es ja sehen. Hallo? Das ist Wirklichkeit. Aufwachen! Ich nehme mal an, ich brauch dir das alles nicht zu sagen, du hast es sowieso gehört. Und du glaubst es nicht. Oder? Entweder du glaubst es, oder du glaubst es nicht. Ich gehe aber davon aus, dass du nicht an das glaubst, was ich hier sage. Okay. Verkehrte Welt. Du brauchst mir jetzt nicht zu antworten. Meinetwegen brauchst du mir auch nicht zu glauben. Verrückt ist das sowieso. Ich hab bis eben überlegt, ob ich das jetzt überhaupt sage. Ich stehe unter Druck, das merkst du. Ob ich mich zu erkennen gebe, habe ich mich gefragt. Risiko. Ich tu es lieber, hab ich dann gedacht, ich kann es gar nicht mehr zurückhalten, ich halte es nicht mehr aus, auch auf die Gefahr hin, dass das unsere Freundschaft zerreißt. Na ja. Schuld ist die Maske. Wirklich verrückt. Ich habe sie nicht mehr ausgehalten, sagt René immer noch nicht laut und nicht leise, aber bei den letzten Sätzen sieht er zu mir her. Ich könnte ihn jetzt anlächeln, unter der Maske, wahrscheinlich gucken die Augen ernst oder entsetzt, ich weiß nicht, was ich machen soll. Ich bin hier im Zug und muss erstmal bleiben. Ich nicke nach vorn und sitze in der Falle.

Weiß nicht genau, was für eine Empfindung. Oder keine? Aber mit der Tendenz, doch irgendwie befreit. Oder gerührt? Oder *außerdem*. Andererseits eine Falle, aber wirklich. Wie kommt die Falle hier wieder weg? Wenigstens hat er gesagt, warum. Und alles durcheinander, mir ist ein bisschen schlecht.

Du tust mir nicht gut, schickt er noch hinterher, eine Minute später, und klingt dabei, als sei nun wirklich Schluss und er habe alles gesagt.

Was?, frage ich aber, gleich darauf. Und mehr muss ich gar nicht sagen. Ja, richtig, ich *sage* es nämlich eher, als dass ich es *frage*. *Was ...,* sage ich. Und mir fällt sofort ein: Das ist gefährlich. Solche kurzen unüberlegten Fragen oder bloß Aussagen, Ausrufe wie dieses *was* können ein Ausfalltor öffnen. Im Gegenüber. Und wie als Echo auf diese Einladung höre ich ihn schon im nächsten Atemzug dasselbe, was er eben gesagt hat, noch mal wiederholen und dann dort weitermachen. Und jetzt sieht er mich beim Sprechen auch an:

Du tust mir nicht gut, ich glaube sogar, du schadest mir, ich glaube sogar, du schadest mir schon lange, vielleicht hast du mir noch nie gutgetan und immer schon geschadet. Du hast mich begleitet, ich habe dich begleitet. Ich habe mich immer darauf verlassen, du wirkst auch meistens so freundlich, selbstverständlich kannst du wirken, du bist da und verlässlich und so, aber ich glaube, du hast es in dir, ich glaube: ungeheuerlich, ausgekocht, so langsam wird mir das klar, da tritt ein Gift aus, im übertragenen Sinn, das muss ich gar nicht erst sagen, das versprüht sich, sobald du einen ansiehst. Ob du willst oder nicht. Da ist eine Zone über deinen Augen, ich weiß nicht, ob dir das mal jemand gesagt hat, das war nämlich schon früher so. Diese dunklen Augenbrauen, dieser tiefe Schatten. Wie das Nichts im Wasser, in dieser Talsperre. Oder ob dir das mal selbst aufgefallen ist. Weiß ich ja nicht, sagst du ja nicht. So was Helldunkles, eine schwebende Zone zwischen Augen und Augenbrauen, da wird es irgendwie böse. Oder *böse* ist nicht das richtige Wort, das wirst du auch nicht erlauben. Aber pass mal auf, mir ist egal, was du erlaubst oder nicht erlaubst. Ob du mir das jetzt erlaubst, dass ich das sage, oder nicht, ich lasse mich nicht mehr stummschalten, auf keinen Fall, ich verrat dir was. Du glaubst, du hast recht, selbstverständlich hast du recht, glaubst du. Und ich habe auch sehr oft geglaubt, dass du, wenn du was gesagt hast, damit recht hattest. Aber heute nicht. Ein kleines bisschen misstraue ich dir nämlich schon immer. Nein, nein, ich glaube dir einfach nicht, zum Misstrauen gibt es nicht mal eine Grundlage. Ich glaube dir gar nicht erst. Ich glaube, dass das Gegenteil wahr ist. Von dir geht etwas aus, das mag dich jetzt überraschen, dass ich das sage, in diesem Augenblick, aber ich weiß es, ich hab es gemerkt: Das sitzt vermutlich tief in dir. Das weißt du wahrscheinlich gar nicht, du hast keine Ahnung. Ich weiß, du findest, es klingt billig, aber überleg dir, was ich sage: Seit der Talsperre. Natürlich, normalerweise darf man das nicht sagen. Aber heute musst du das mal hören. Hier unter uns. Musst du mal damit leben jetzt. Ich geb es dir zurück, ich schenk dir die Information, gerade weil du nicht vorbereitet bist. Vielleicht kannst du es dann besser aufnehmen. In deiner Gegenwart muss ich mich gegen Zerstörung wehren, ich musste das früher schon, das kenne ich, gegen unsichtbare und lautlos fortschreitende Zerstörung, ganz unauffällig, zwischen den Zeilen und ohne Beweis. So wie du das machst, gibt einem das nichts in die Hand. Ich kann das nicht irgendwie belegen, aber das ist jetzt egal. Die Zone zwischen Augenbrauen und Augen selbst zählt ja nicht als Beweis. Ich weiß, ich mach mich lächerlich, wenn ich so was sage. Aber jetzt ist das nicht mehr peinlich. Scheißegal ist es. Ich scheue mich kein bisschen.

Schon vor einer Minute hat in meiner Jackentasche das Handy vibriert, ich bin kurz erschreckt gewesen, habe aber nicht reagiert. Das Vibrieren ist auch leise zu hören gewesen, wie immer, aber ich weiß nicht, ob René es gemerkt hat über die Zweimeterdistanz, er hat ja gesprochen, immer noch nicht besonders laut, sogar leiser und zu mir gewandt. Er hat weitergesprochen, als wäre da nichts, kein Telefon. Dann kurz Stille in der Jackentasche, ich bin erleichtert gewesen, aber es hat natürlich wieder angefangen zu surren. Ich konnte nicht anders und hab in der weiten Tasche gewühlt und nach dem Telefon gegrapscht und gesehen, dass es Anne ist. Da war René still, und ich hab die Taste gedrückt.

Hallo Papa, wo bist du denn, ich hab schon versucht dich auf dem Festnetz zu erreichen, schon seit heute Morgen, aber du warst nicht da.

Nein, sage ich, ich war nicht da, weil ich hier bin, gerade unterwegs.

Wie? Unterwegs?

Ja, im Zug.

Im Zug? In welchem Zug? Wohin denn?

Nach Westerland, sage ich.

Nach Westerland? Für länger?

Nee, nur heute, sage ich und sehe, wie René aufsteht und im Gang nach vorn geht, wahrscheinlich muss er aufs Klo. Vielleicht hat ihn der Anruf aus dem Konzept gebracht und er will es nicht sehen lassen und geht pinkeln. Ich möchte Anne jetzt nicht von René erzählen, aber Anne fragt, ob ich allein sei.

Nein, sage ich, ich bin mit René gefahren. Ich sage das einfach so, aber einen Moment später weiß ich schon, dass ich es sage, weil ich weiß, dass es Anne immer beruhigt, wenn ich nicht allein bin, sogar in dieser Zeit, in der es nicht unbedingt unsicherer ist, allein zu sein.

Ich rufe an, sagt sie, eigentlich weil ich dich fragen wollte, ob du uns helfen kannst. Ist nichts Besonderes, ganz normal. Ein Spaziergang mit den Kindern, weil Leo heute erst abends gegen sechs wiederkommt und ich ... aber das ist ja jetzt alles nicht interessant, sagt sie, und ich kann heraushören, dass sie sich schon auf die neue Lage eingestellt hat. Sie hatte gedacht, ich könnte einspringen. Jetzt ist sie froh, dass alles gut ist und ich in keiner riskanten Situation bin. Wenn sie wüsste, denke ich.

Okay, sagt sie, dann macht euch mal einen schönen Tag an der See, ist ja eine gute Idee, einfach was zu unternehmen. Wetter soll auch gut bleiben, zumindest bis heute Abend.

Und ich sage: Ja, bis heute Abend, das reicht erstmal.

Genau, sagt sie, dann machs gut und schöne Grüße.

Ich melde mich, sage ich, wenn ich wieder da bin, oder morgen Vormittag.

Morgen Vormittag reicht doch, sagt sie. Tschüß.

Ich drücke das Smartphone aus, atme und hebe den Kopf, um zu sehen, wo René bleibt. Hat er eigentlich den Rucksack mitgenommen?

Jetzt bin ich verkrampft, irgendwie krumm, wie ich da sitze. Soll er wiederkommen? Erst diese Donnerrede und dann Anne.

Also habe ich einen Augenblick Zeit, bis René wieder da ist. Ich muss mich nicht erholen, es wird auch so gehen.

Ich bin ja nicht krank, nicht mal geschwächt. Angeknackst?

Mir fällt nichts ein, denke ich, unruhig oder beunruhigt? Wär auch ein Wunder, wenn nicht. Und was ist da los bei

Anne? Klang sie, als hätte sie was nicht gesagt? Nee, nichts Besonderes, glaube ich. Ich zittere ein bisschen unter der Oberfläche. Entspannen jetzt, das ist die Aufgabe. Gleich kommt er wieder, ich weiß.

Und sitze da rum, ein bisschen angegriffen schon. Irgendwie eingezwängt. Obwohl hier Platz ist, viel. Und keiner hat ein Wort von dem gehört, was René gesagt hat, der Wagen ist ja leer. Sehnsucht nach einem Schiedsrichter.

Wenn ein Schiedsrichter zu sehen gewesen wäre, hätte René aber nichts gesagt. Keinen von den dummen Sätzen. Oder nicht so dummen. Als wollte er sich rächen.

Und?

Nichts. Pause. Plötzlich fällt mir ein kurzer Satz ein, den eine Freundin gesagt hat, mit der ich vor über vierzig Jahren zusammen war, lange vor Julia, sogar vor Katja, sogar noch vor Susanne. René kannte die auch schon. Ich habe genau im Kopf, was sie damals gesagt hat, obwohl ich seitdem nie wieder dran gedacht hab. Und jetzt höre ich auch, *wie* sie das gesagt hat. Der Ton ist da. Das war in dem Herbst vor dem Winter, in dem wir, sie und ich, uns getrennt haben. Wir saßen – an dem Tag in dem Herbst – in meinem Zimmer, Studentenwohnung, und hatten uns nicht gestritten. Wir haben uns fast nie gestritten. Aber meine Mutter war seit ein paar Stunden zu Besuch da. Aus München gekommen, und sie hatte das Gespräch, so wie manchmal, seit einer ganzen Weile … gefühlte Stunden hatte sie geredet, vermutlich waren es tatsächlich Stunden. Am Stück. Auf jeden Fall war es anstrengend gewesen. Sie hatte über ihre Themen gesprochen, wie immer, sie hatte sich und ihre Themen mit einem unsichtbaren Bollwerk umstellt und so, quasi magisch, verhindert, dass wir auf andere Themen kommen konnten. Und auf andere Arten zu sprechen. Ein Rätsel, wie sie das immer schaffte. Mit uns hatte sie leichtes Spiel, das kann sein. Oder es war Magie. Jedenfalls war sie die Besucherin, und wir waren die Gastgeber. Ich war der Gastgeber, meine Mutter war die Besucherin, und meine damalige Freundin war auch zu Besuch, zumindest in meinem Zimmer. Und wie gesagt, im Grunde hatte meine Mutter schon die ganze Zeit über geredet, freundlich, aber bestimmt. Meine Freundin und ich waren nicht in der Lage, meine Mutter ein einziges Mal wirksam zu unterbrechen und von sich und ihren Themen auf uns und unsere Themen umzulenken. Ich stand still, konnte nicht denken oder war nicht da.

Und dann war meine Mutter auf einmal aufgestanden und verschwunden. Aus dem Zimmer. Aber auch das hatte mich nicht aus diesem Zustand herausholen können. Sie hatte gesagt, sie müsse mal verschwinden. Aufs Klo natürlich. Sie war in den Flur gegangen, auf die Toilette, und hatte die Tür hinter sich geschlossen. Stille. Meine Freundin und ich blieben in einer plötzlich starken Stille zurück, wir waren aus dem Rhythmus gerissen. Und dann wandte sich meine Freundin ein Stück zu mir und sagte leise, aber vollkommen deutlich: Ich hasse dich.

Ich hasse dich. Nur einmal hatte sie es gesagt und war sitzen geblieben, dann war meine Mutter wiedergekommen, hatte irgendeine Bemerkung gemacht, und alles war so weitergegangen wie vor ihrem Verschwinden. Nochmal eine Stunde oder so. Am nächsten Tag war sie weitergefahren.

Ich glaube, ich hatte nichts empfunden, als meine damalige Freundin gesagt hatte: Ich hasse dich. Jedenfalls nichts Besonderes. Verwundert war ich sicher gewesen, aber kaum erschreckt. Es hatte mich sogar ein bisschen belustigt. Es belustigt mich auch heute, merke ich. Der Satz war witzig gewesen. Meine damalige Freundin konnte sowieso witzig sein. Brachte etwas so komisch heraus, dass man lachen musste, knapp und ohne Kommentar: Ich hasse dich.

A-ha, hätte ich sagen können, habe ich aber bestimmt nicht.

Ich wüsste auch nicht, dass der Satz in den nächsten Tagen eine Rolle gespielt hätte, aber bald darauf, ein paar Wochen später, kam plötzlich der Moment, die Überlegung und dann der Entschluss, dass wir uns trennen sollten, müssten. *Unweigerlich.* Wir trennten uns. Im Grunde waren wir schon getrennt. Ich wusste nicht, ob sie das gewollt hatte. Aber letztlich hat sie mehr unter dieser Trennung gelitten als ich. Es war, als hätte sie die Trennung damit in Gang gebracht, an dem Abend mit meiner Mutter. Und der eine kleine Satz hat einen Reißverschluss losgezogen, der dann von allein weiterzog und zog.

Wir waren erstarrt und getrennt und kein *wir* mehr. Von einem Sätzchen.

FÜNF

Als ich im Bahnhof Westerland aussteige, drehe ich mich sofort um, zur einen Seite, zur anderen. René nicht zu sehen. Er kann ja nicht schon früher ausgestiegen sein. Aber mich wundert das kaum. Vielleicht sieht er mich, denke ich und bleibe vor dem Zugplan stehen. Anderes Thema. Abfahrt der Züge. Mit dem nächsten zurück, so schnell wie möglich. Wie spät ist es jetzt? Wann fährt denn der? In knapp vierzig Minuten. Dann kann ich noch was essen. Bratwurst? Falls überhaupt was offen hat. Oder zum Wasser? Kurz zum Wasser und auf dem Weg lieber nach einem Fischbrötchen Ausschau halten? Auf dem Weg zum Wasser, wenn man schon mal hier ist. Ob ich das schaffe? Sonst nehm ich den nächsten. Aber außer Anne wartet keiner, und Anne wartet auch nicht. Nur dass ich René nicht über den Weg laufe. Jetzt keine Lust. Das wird auch er nicht wollen.

Ach je.

Unterwegs als Rentner. Der ich bin. Das geht nicht so spurlos an mir vorüber, oder? An dem alten Mann. Mit krummer Krone. Das, was René gesagt hat, jetzt kommt es. Angriff. Oder geht es vielleicht doch spurlos? Ich möchte das, ich wünsch mir, dass es spurlos bleibt. Wenigstens dieses eine einzige Mal ganz anders als sonst. Ohne Drama, ohne Geschichte, die sich entspinnt. Na gut, dann geht das jetzt spurlos an mir vorüber, sage ich. Ich beschließe: René geht spurlos an mir vorüber, der ganze René. Und ich geh dann zum Wasser und habe Hunger. Einmal an Bratwurst gedacht, schon Appetit auf Bratwurst. Oder Fischbrötchen.

Und schon seit wie vielen Jahren ist jetzt Julia nicht mehr da und lenkt mich von René ab. Anne weiß auch: Verlust zu beklagen. Und beklagt auch. Ist beklagt worden. Trauer. Trauer ist abgetrauert worden. Vielleicht noch nicht ganz. Noch nicht so ganz und gar. Ist aber jedenfalls schon betrauert worden. Auf Wiedersehen nie und nimmer. Klar, und Meer, das Meer. Das Meer mit ihr. Ich hole mir Julia heran, weil René unfreundlich war, oder? Aber René war ja gar nicht unfreundlich. In dem Sinne. René war unverschämt. Mindestens. Und gemein. Boshaft oder bösartig, was war noch mal das Schlimmere? Vergess ich zwar, kann ich aber, glaub ich, selbst lösen. Bösartig ist sogar viel schlimmer, das weiß ich jetzt, aber ich weiß nicht, ob René wirklich bösartig ist. Das glaube ich eigentlich nicht. Steht mit dem Rücken zur Wand. Vielleicht. Bestimmt angezählt. Das war das Wort! Aber passt das überhaupt? Und wenn ja, *ich* auch?

*

Am nächsten Morgen ein neuer Morgen und ein anderes Aufwachen als sonst, in Helligkeit. Ganz anders. So sieht es aus, wie für ein Kind. Frisch, hell. Wirklich, so pur. Zum ersten Mal Heiterkeit. Ich weiß nicht, wo ich bin. Ich lach mich tot. Ich weiß auch nicht, ist das hier zum ersten Mal richtige Helligkeit? Ich nehme an, was ich gesagt habe, war Unsinn. Ich kann auch liegen bleiben und muss nicht wissen, wo. Liege einfach weiter und sehe zu. Bis ich Hunger bekomme. Gardinen sehe ich. Und dahinter wahrscheinlich blauen Himmel. Ich lächle beziehungsweise merke, dass ich lächle. Beziehungsweise nehme an, dass ich lächle. Jedenfalls denke ich an Essen. Und Trinken. Und ja, wirklich ein Lächeln. Vielleicht bin ich operiert worden. Zum Beispiel die ganze Nacht durch. Dann hatte ich das vergessen. So neu fühlt man sich also. Kann sein. Aber keine Kabel oder irgendwelche Zuflüsse zu sehen, oder? Nix, nee. Dafür riecht es nach Holz. Und wo denn auch operiert worden? Einerseits wo, andererseits woran. Oder hat man mich allein gelassen? Aufwachraum? Noch eine Weile. Dann war es wohl eher was Kleines. Ich habe keine Kopfschmerzen und weiß auch nicht, ob man in einem solchen Fall Kopfschmerzen hat. Ich bin schon alt, relativ. Aber nicht benommen und weiß auch nicht, wie der Abend gewesen ist. Haben wir was getrunken? Vor dieser morgendlichen Helligkeit.

Ich muss nochmal eingeschlafen sein, bin eben nochmal aufgewacht. Keine Geräusche außerhalb dieses Zimmers. Und im Zimmer viel Holz, altes Holz. Die Helligkeit im Fenster ist noch da, doch die Tageszeit wird sich geringfügig verschoben haben. Das sehe ich. Vielleicht ist es vorhin acht Uhr gewesen und jetzt kurz nach neun oder halb zehn? Ich hebe den Kopf, seh mich um und suche nach dem Smartphone.

Nach dem Smartphone.

In diesem Augenblick weiß ich Bescheid, dazu brauche ich das Smartphone nicht. Gestern bin ich als Rentner aus dem Zug gestiegen, ich bin vom Bahnhof schnell durch den Ort hindurch und gleich auf das Wasser zu. Hab ich auf dem kurzen Weg das Alter verloren? Dann wär ich ja wirklich im Märchen.

Obwohl ich zum Wasser wollte, hab ich auf dem Weg zum Wasser nicht an das Wasser gedacht. Sondern an René und meinen Hunger. An die Temperatur und daran, ob meine Kleidung gerade noch passte oder schon zu warm sei. Auch jetzt hab ich wieder Hunger, großen sogar. Und Lust, was zu essen. Gestern hatte ich auch Lust, etwas zu essen. Dann habe ich mir, gestern, ein Fischbrötchen gekauft und bin weitergegangen. Weiter, weiter. Etwas rastlos Richtung Meer. Dann doch stehen geblieben, weil ich das Fischbrötchen lieber in Ruhe essen wollte. Ich merkte, ich war unruhig und musste mich beruhigen. Dann bin ich umgedreht, noch mal an den Fischbrötchenstand, und habe mir ein zweites Fischbrötchen gekauft. Das erste war mit Matjes belegt, das zweite mit Bratfisch. Dieses war größer, außerdem mit einem Salatblatt und Mayo. Der Bratfisch bildete ein schräges Rechteck. Parallelogramm? Der Matjes war noch als Fisch erkennbar gewesen. Und frisch. Der Bratfisch zu einem Parallelogramm gebraten. Und jetzt hätte ich gern einen Kaffee gehabt und auch was Süßes, aber ich hatte keine Lust, weiter stehenzubleiben, auch wenn ich aufs Klo musste. Ich wollte gehen. Lust zu gehen, auszuschreiten. Am Meer pinkeln. Die Alternative wäre gewesen, ein Café zu suchen. Hallo? Im Lockdown? Ein paar Minuten später am Meer, am Wasser, ich war überrascht. Meer. Auf das Meer war ich nicht gefasst gewesen. Ich hatte gewusst, dass ich auf das Meer zuging, aber offenbar war ich ohne Erwartung gewesen. Im letzten Augenblick kapiert. Das Meer lag da in leichtem Sonnenglitzer, wie man es kennt, mit einer beständigen zarten Bewegung in sich, wie immer oder wie meistens. Einfach Meer. Der Anblick hat trotzdem ganz leicht überfordert. Einerseits ein Wunder. Andererseits selbstverständlich, wie immer. Genau so. Ich konnte nicht stehenbleiben, ging weiter am Meer entlang. Sand, Wasser, Sonne, Schuhe aus und mit den Füßen rein, macht man so, und ich ging weiter. Bald schon Mai. Am Meeresufer. Ich war beruhigt und aufgeregt zugleich, fühlte mich beschützt. Das Meer trennt diese Insel vom Festland. Irgendwie musste das eine grundsätzliche Abtrennung sein, das brauchte nicht erst verstanden zu werden. Und das Wasser dazwischen verband und trennte und machte die Insel zu etwas anderem. Einer Insel. Weitergehen. So ist das, wenn man am Meer ankommt?

Auf einer Insel kann man sich zwar auch verlaufen, aber es macht weniger aus. So sehr ich anfangs gehen wollte, egal wohin, so dringend habe ich irgendwann – nach einer oder zwei Stunden – woandershin gewollt als zum Meer. Oder zum Bahnhof zurück. Irgendwohin zurück und unter Menschen, denn am Meer waren überhaupt keine Menschen, was ich erst wunderbar gefunden hatte, dann hatte es mir einen Schrecken eingejagt. Und ich wollte wieder zurück. Aber dann habe ich einen Fehler gemacht, ich weiß nicht mehr, ich bin irgendwie abgebogen und in die Dünen geraten. Darf man eigentlich nicht. Ich habe mich nicht verlaufen, oder doch? Ganz egal, jedenfalls bin ich ewig so weiter, es kamen immer nur neue Dünen und kein Westerland und kein Bahnhof, während ich langsam aber sicher erschöpft war und Durst hatte und auch schon wieder Hunger. Meine Güte. Vielleicht die Meeresluft. Ich war nicht verzweifelt, ging in dem Gefühl weiter, dass ich es mir leisten konnte. Und was für eine Erleichterung, dass niemand auf mich wartete, nicht mal Anne. Ich gehörte gerade in keine Geschichte mehr hinein. Aha. Das wollte ich begreifen, um es vielleicht auszunutzen. Endlich auch allen raus. Irgendwann Felder und Wege, Menschen immer nur von weitem. Während des Gehens habe ich Hunger und Durst und den Wunsch, mich irgendwo hinzusetzen, wieder vergessen. Mir ist es eingefallen, ich habe es vergessen und bin weiter. Ein Abenteuer, habe ich gedacht und gelacht. Nicht laut darüber gelacht. Aber laut hab ich gesprochen, ich habe mir so Sachen erzählt, Dinge, die da zu sehen waren, habe beschrieben, wo ich entlang kam. Einfach Unsinn, aber warum nicht? Wenn man so allein über eine Insel geht. Ob ich jemals allein über eine Insel gegangen war? Noch am Morgen hatte ich nicht gewusst, dass ich am Nachmittag quer über die Insel gehen würde, allein und ohne Orientierung allmählich. Aber wozu auch Orientierung. Irgendwann kamen Schilder. Ich habe mich für Keitum entschieden, den Ortsnamen hatte ich schon mal gehört, da gab es sicher ein Café, ein Restaurant. Geschlossen oder doch nicht mehr geschlossen? Ich würde mich da hinsetzen und ausruhen. Dann überlegen, wie es weiter ginge. Ab und zu fiel mir René wieder ein und die Stummheit während der Zugfahrt und dann seine komische Rede. Vorwurfsvoll. Ich hatte sie noch im Ohr, ich war verwundert. Eigentlich eher erstaunt. Mich erstaunte der Umstand, dass mich das nicht aufregte. Vielleicht kam das noch, im Augenblick machte es nicht den Eindruck. Ohne jeden Ärger darüber, dass er angegriffen hatte. Komisch. Und wie schön, diese Klarheit. Dann wusste ich eben mal Bescheid. Jetzt war er – wo war er? Egal, fort. Bestimmt zurückgefahren. Ich hatte unsere gemeinsame Karte, aber er war bestimmt zurückgefahren, während ich noch hier geblieben war auf der Insel. Ich musste einen späten Zug nehmen, vielleicht um neunzehn Uhr, dann säße ich sicher ganz allein in einem Wagen oder sogar ganz allein in einem Zug. Der dann nur mich fuhr. Und den Schaffner. Und den Zugführer. Der hätte uns drei gefahren. Aber nur mich nach Hause. Und René? Wahrscheinlich sahen wir uns nicht nochmal. Oder er rief an und machte einen Versuch zu klären. Aber war ja alles geklärt. Ich war gewohnt, mir Gedanken zu machen, ich war gewohnt, mir Sorgen zu machen, aber jetzt machte ich mir keine, weder noch. Ich war hier und suchte ein Café oder ein Restaurant. Vielleicht war keins geöffnet, kaum Feriengäste waren auf der Insel. Ach, irgendwo würde schon was zu finden sein, ein Stuhl zum Sitzen, nochmal ein Brötchen, eine Flasche Bier. Vielleicht ein kleiner Laden. Wenn dieser Ort Keitum keinen geöffneten Laden hatte, vielleicht würde man mir irgendwo ein Taxi rufen können, das mich nach Westerland zurückfuhr, und dort gab es unter Garantie alles, was ich brauchte. Geld hatte ich für diesen Tag genug in der Tasche. Aber auf der Insel gab es sicher Automaten. Geldautomaten, Fahrkartenautomaten. Ich musste an meine Mutter denken, sie sagte das gern: *Unter Garantie.*

Gemacht, was ich noch nie gemacht habe, oder? Ein ganzes Leben lang jahrzehntelang immer wieder hinter Scheiben oder auf Schildern im Vorgarten gelesen, im Vorübergehen: *Zimmer frei.* Aber nie genutzt. *Zimmer frei*, und auch *Ferienwohnung frei.* Das sah aber aus wie für andere, nicht für mich. Nie dran gedacht, da reinzugehen und zu fragen und das Zimmer zu nehmen. Aber jetzt. Reetdachhaus. Zum ersten Mal im Leben in einem Reetdachhaus übernachten. Wer weiß, was draus wird, unter einem Reetdach. Reingehen und fragen, ob wirklich ein Zimmer frei ist. Ja, ein Zimmer ist frei, kommen Sie doch rein, sagt die Dame. Auch für eine Nacht nur? Ja, auch für eine Nacht, das machen wir. Na klar. Fünf Euro Zuschlag. Okay. Ingrid Sowieso heißt sie, Nachname habe ich vergessen oder nicht richtig verstanden und das nicht richtig Verstandene vergessen. Mit Frühstück oder ohne? Mit. Gut, prima. Eine Frage.

Ja? Könnte ich auch jetzt ein Frühstück bekommen? Jetzt ein Frühstück? Ja. Es ist gleich halb sieben. Na, aber … Na gut, oder wollen Sie einfach nur was essen? Ja. Aber dann … sollen wir das Frühstück zu einem Abendbrot machen? Sehr gern, sage ich, allerdings … Wie bitte? Ja, sehr gern ein Abendbrot, aber ich bräuchte unbedingt einen Kaffee dazu. Okay. Und haben Sie auch ein Bier? Ja, Bier haben wir, können Sie haben. Nehme ich beides, sage ich, und Ingrid Sowieso guckt mich an. Ich kann nicht fragen, wie sie mit Nachnamen heißt, sie hat es eben schon gesagt. Sind Sie viel gelaufen heute?, fragt sie. Ja, sage ich, ziemlich ungewohnt. Und haben Sie keine Sachen?, fragt sie. Was für Sachen?, frage ich und denke an Krankheiten oder diejenige Krankheit, welche im Augenblick. Aber sie meint einen Koffer. Nee, sage ich. Gepäck, sagt sie. Genau, sage ich, ach so, nein, sage ich dann. Inzwischen weiß sie Bescheid, glaube ich, die Informationen sind gegeben. Ich wollte hier eigentlich gar nicht übernachten, auf der Insel, sage ich, das ist eher so passiert. A-ha, sagt sie. Ich bin zu lang gelaufen, sage ich. Hab mich verlaufen in den Dünen oder bin da einfach so weitergegangen, und jetzt bin ich zu kaputt zum Zurückfahren. Ach so, Sie kommen von *der* Seite. Ja, von welcher denn sonst?, frage ich. Von der Wattseite, sagt sie, das ist die andere Seite, die ist noch schöner, dann müssen Sie sich morgen unbedingt die nochmal ansehen, bevor Sie wieder fahren, die Wattseite, die Seeseite ist toll, sagt sie, aber die Wattseite ist ein Traum, und sie fügt hinzu, wenn Sie die sehen, bleiben Sie gleich ne Woche. Reine Poesie, sagt sie, viele kommen überhaupt nur wegen der Wattseite auf die Insel. Ach so, sage ich, oh, gut zu wissen. Ja, sagt sie, dann gehen Sie doch jetzt mal in Ihr Zimmer, und in sagen wir einer Viertelstunde steht das Abendbrot auf dem Tisch. Ist das gut?, fragt sie noch hinterher. Wunderbar, sage ich und gehe in das Zimmer und dusche sofort und beeile mich dabei, denn vielleicht klopft sie ja gleich, wenn das Abendbrot fertig ist. Oder jemand anders klopft, ich weiß ja nicht, ob sie das Abendbrot selbst macht. Sie ist die Chefin. Ich bin überzeugt, dass es wenige Gäste gibt zurzeit überhaupt auf der Insel, auch, weil ich so schnell ein Zimmer bekommen habe. Oder darf man hier noch gar nicht? Ich musste nur an einer einzigen Tür klopfen, und gleich wurde mir aufgetan. Für mich wird gerade ein Abendbrot zubereitet, das ist ja wirklich wunderbar, denke ich und ziehe meine Sachen aus, die ich gleich wieder anziehen muss, und gehe schnell unter die Dusche. Aber unter der Dusche geht ein Reiz von diesem Zustand aus, unter der warmen und wenn ich möchte sogar heißen Dusche zu stehen und zu duschen und zu duschen und zu duschen, dass ich am liebsten noch länger duschen würde als nur schnell und kurz, um nicht Gefahr zu laufen, zu überhören, dass Ingrid Sowieso anklopft mit der Mitteilung, mein Abendbrot sei fertig. Andererseits, denke ich und denke nicht weiter, sondern dusche lieber weiter, weil ich gar nicht anders kann. Am liebsten immer so. Das ist Wärme. Diese *nasse* Wärme. Und gleich, kann ich sagen, *gibt es etwas zu essen*. Schöner Satz. Dazu ein Bier. Aber vorher die alte Kleidung. Die alte Kleidung ist zwar von heute

Morgen, das heißt, heute Morgen war es neue Kleidung, ganz frisch. Aber inzwischen. Und in die muss ich frisch geduscht wieder rein. Na gut. Nicht mal einen Schlafanzug hab ich dabei.

Joern Rauser

*1964

lebt in Meldorf/Schleswig-Holstein

„Über die Herbstwelten in der Literatur", 2001

Hamburger Förderpreis für Literatur, 2003

Zeitfracht Medien GmbH
Ferdinand-Jühlke-Straße 7
99095 Erfurt, Deutschland
produktsicherheit@kolibri360.de